아르센 뤼팽 전집 11

호랑이 이빨

上

Arsène Lupin

아르센 뤼팽 전집 11

호랑이 이빨 | 上 | 모리스 르블랑
Les Dents du Tigre

심소정 옮김

황금가지

차례

上

돈 루이스 페레나

서문

　『호랑이 이빨』은 제1차 세계대전 동안에 씌인 작품이다. 10월 8일자 《작가 사회》에서 모리스 르블랑은 〈이 소설은 이미 1918년에 영국, 미국을 비롯해 곳곳에서 번역되었다.〉고 밝혔다. 같은 해, 미국인들은 르블랑에게 이 장편 소설을 연극으로 각색할 것을 제의했다. 르블랑은 아르센 뤼팽의 이미지가 각색 과정에서 손상을 입을지도 모른다는 걱정에 이 연극의 프랑스 상연을 허용하기 전에 먼저 대본을 읽어 보았다. 그러고는 〈솔직히 『호랑이 이빨』을 제대로 연극으로 각색할 수 있다고는 생각하지 않았습니다〉라고 말했다.

　이 소설은 1920년 8월 31일부터 《르 주르날》에 연재되기 시작했다. 삽화는 장 루티에가 맡았다. 연재를 시작하기 하루 전, 모리스 르블랑은 같은 신문에 실린 「아르센 뤼팽의 도덕성」이라는 제목의 기사문을 통해 괴도신사 뤼팽이 자기도 모르는 사이에 어떻게 점차 윤리적인 사람이 되어 갔는지에 대해 이렇게 설명했다.

「뤼팽은 언제나 사회라는 테두리 밖에서 법과 대치하며 살아왔다. 그러나 역설적으로 그는 이 사회에 보다 공헌하려 할 때만 법을 어긴다. 뤼팽은 열렬한 애국자이기도 하다. 그는 놀라운 위력을 발휘해 자기 나름대로 국가에 큰 공헌을 하기 때문에 그를 교도소에 처넣어야 할 이 사회가 오히려 그에게 감사할 수밖에 없는 상황을 만든다. 뤼팽은 결국 영광과 명성을 좇는 맹목적인 애국주의자이며 극우주의자, 극단적인 보수주의자이고 간단히 말해, 지극히 모범적인 자본가이며 부르주아이다」

『호랑이 이빨』은 1921년 3월 「돈 루이스 페레나」와 「플로랑스의 비밀」이라는 소제목이 붙은 단행본 두 권으로 나뉘어 출간되었으며 1923년에는 〈모험과 활극 소설〉 시리즈로 출판되었다. 1932년 〈물음표〉 시리즈로 발간된 개정판에서는 마지막 장의 내용을 일부 수정하기도 했다. 수정본에서는 뤼팽의 은퇴를 취소한다.

폴 구스타프 반 히케는 유명한 벨기에 문학 평론지 《르 디스크 베르》에서 이 소설에 대해 다음과 같은 절찬을 했다.

〈이 두 권의 소설은 놀랄 만큼 치밀한 논리로 짜여 있다. 반전에 반전을 거듭하는 이야기 전개에 뒤통수를 맞고 나면 당신은 한 치의 오차도 용납하지 않는 과학적인 계산에 입각한 작품 구성과 그 효과에 대해 혀를 내두르게 될 것이다. 새로운 장르의 소설을 성공적으로 창조하는 것이 그 어느 때보다도 어려워 보이는 이 시대에 르블랑은 문학의 새 지평을 여는 데 성공했다!〉

다르타냥, 포르토스, 몬테크리스토 백작

오후 4시 30분, 경찰청장 데말리옹이 자리를 비운 사무실에서 그의 개인 비서가 책상 위에 편지 한 다발과 보고서를 가지런히 정리해 놓고 호출 벨을 눌렀다. 곧 복도 쪽 문이 열리고 수위가 방 안으로 들어오자 비서는 다음과 같은 지시를 내렸다.

「경찰청장님께서 5시에 다섯 사람을 소환하셨습니다. 자, 여기 명단이 있으니 이 사람들이 도착하거든 서로 대화를 나누지 못하도록 각각 다른 방에서 기다리게 하십시오. 그리고 명함을 받으면 제게 가져다 주시고요」

수위는 명단을 들고 나갔다. 비서도 자기 사무실로 들어가려고 몸을 돌리는데 순간 복도 쪽 문이 다시 열리더니 한 사내가 비틀거리며 들어와 간신히 안락의자에 기대고 섰다.

「아니, 베로 형사? 갑자기 어쩐 일입니까? 어디 편찮으신 데라도……?」

〈베로 형사〉라 불린 이는 어깨가 딱 벌어진 건장한 체격의 사내였다. 그런데 평소에는 그토록 혈색이 좋던 그의 얼굴이 공포에 사로잡힌 사람처럼 새파랗게 질려 있었다.

「아닙니다, 괜찮습니다」

「하지만 아무래도 어디가 편찮으신 것 같은데요. 안색이 말이 아니에요. 게다가 식은땀도 뻘뻘 흘리시고……」

베로는 이마에 맺힌 땀을 닦아 낸 뒤 침착함을 되찾으려 애쓰며 대답했다.

「조금 피곤할 뿐입니다. 요즘에 무리하게 임무를 수행하느라……. 청장님께서 제게 맡기신 사건을 어떻게 해서든 해결하고 싶었거든요. 그런데 확실히 몸이 좀 이상하긴 하군요」

「약이라도 드릴까요?」

「아뇨, 아뇨, 그저 목이 좀 마릅니다」

「그럼 물 한잔 드릴까요?」

「아뇨, 괜찮습니다」

「그렇다면……?」

「그저……, 그저……」

베로 형사는 불분명한 발음으로 중얼거렸다. 그는 마치 갑자기 실어증에 걸린 사람처럼 걱정스러운 표정으로 같은 말만 되풀이했다. 잠시 후 베로는 안간힘을 쓰며 이렇게 물었다.

「청장님께서는 아직 안 돌아오셨습니까?」

「네, 5시가 되어야 오실 겁니다. 그때 중요한 모임이 있거든요」

「네, 저도 압니다. 굉장히 중요한 모임이죠. 사실 그 일 때문에 청장님께서 저를 부르신 겁니다. 그런데…… 어서 빨리 청장님을 뵈어야겠어요. 급히 드릴 말씀이 있습니다!」

비서는 베로의 태도에 적잖이 놀랐다.

「굉장히 흥분하셨군요! 그만큼 위급한 사항입니까?」

「어마어마하게 위급한 상황입니다. 한 달 전, 바로 오늘 벌어졌던 범행에 대한 이야기예요. 그보다 그 사건과 관련해 앞으로 벌어질 두 건의 살인에 대한 일이기도 합니다. 바로 오늘 밤에 벌어질 일이요! 틀림없이 오늘 밤에 두 사람이 살해될 겁니다. 그러니 지금 당장 어떤 조치라도 취하지 않으면……」

「자자, 베로 형사, 우선 자리에 좀 앉으시죠」

「아! 이 모든 음모가 얼마나 치밀하게 꾸며졌는지 아십니까? 감히 아무도 상상할 수 없을 정도입니다!」

「하지만 형사님께서 이미 범인들의 계획을 알아내셨고, 또 청장님께서 범행을 막기 위해 필요한 수단은 모두 강구하실 테니……」

「물론이죠, 물론이죠. 하지만 만에 하나 제가 청장님을 뵙지 못하게 될지 몰라 이 사건에 대해 알고 있는 사실을 이 편지에 낱낱이 적어 놓았습니다. 그 편이 확실할 테니까요」

그는 노란 봉투를 비서에게 넘겨주며 덧붙였다.

「자, 이 작은 상자도 탁자 위에 두겠습니다. 이 속에는 편지 내용을 보충 설명하는 어떤 물건이 들어 있습니다」

「하지만 왜 직접 전하시지 않고요?」

「글쎄, 두렵습니다. 누군가 저를 감시하고 있어요. 저를 제거하려 한단 말입니다. 그래서 다른 이에게 이 비밀을 전하지 않고는 안심할 수가 없습니다」

「걱정 마세요, 베로 형사. 청장님께서 곧 도착하실 겁니다. 그 전에 의무실에 가서서 약이라도 드시고 좀 쉬고 계세요」

형사는 잠시 주저하며 다시 한번 식은땀이 맺힌 이마를 닦더니 곧 몸을 추스르고 밖으로 나갔다.

비서는 형사가 넘겨준 편지를 책상 위에 쌓여 있던 두툼한 서류 뭉치 사이에 끼워 넣고는 자기 사무실로 들어가 버렸다.

비서가 문을 닫자마자 거의 동시에 복도 쪽 문이 또다시 열렸다. 그리고 베로 형사가 중얼거리며 방 안으로 들어왔다.

「아무리 생각해도 비서님께라도 먼저 이걸 보여 드리는 게 나을 것 같아서……」

이를 딱딱 부딪치며 온몸을 벌벌 떠는 형사의 얼굴은 백지장처럼 하얗게 질려 있었다. 베로는 방에 아무도 없다는 것을 알아차리자 곧 비서의 사무실 쪽으로 발걸음을 옮겼다. 그러다가 그는 갑자기 힘이 쭉 빠진 듯 가까운 의자에 주저앉아 신음하듯 중얼거렸다.

「내가 왜 이러지? 나도 독약을……? 아! 이런 끔찍한 일이! 무서워……」

마침 바로 옆에 경찰청장의 책상이 있었다. 그는 손을 뻗어 연필을 쥐고 공책을 펼쳐 무슨 말인가를 힘겹게 적었다. 그러다가 금세 연필을 놓았다.

「아니야. 이럴 필요가 뭐 있어. 청장님께서 곧 내 편지를 읽으실 텐데. 그런데 정말 내가 왜 이러지? 아! 무서워……」

베로 형사는 결심한 듯 자리에서 일어나더니 다시 단호한 말투로 말했다.

「비서님, 무슨 일이 있어도, 무슨 일이 있어도……, 오늘 밤에 살인 사건이 벌어진단 말입니다. 그러나 아무도 막을 수 없을……」

베로 형사는 비틀거리며 비서의 사무실 쪽으로 발을 내딛었다. 그러나 얼마 못 가 또다시 주저앉았다.

그는 무시무시한 공포에 사로잡힌 듯 있는 힘을 다해 소리를 질렀다. 그러나 이를 어쩌면 좋단 말인가! 그의 목소리가 너무 작아 아무도 그 소리를 듣지 못했다. 베로 형사는 곧 상황을 파악하고 고개를 두리번거리며 호출 벨을 찾았다. 하지만 소용없는 일이었다. 두 눈에 검은 장막이 깔리기라도 한 듯이 그는 더 이상 앞을 볼 수 없었다.

베로 형사는 다시 무릎을 꿇고 장님처럼 손으로 앞을 더듬으며 벽까지 기어갔다. 마침내 어떤 나무판 같은 것에 그의 손이 닿았다. 바로 옆방과 청장실 사이에 놓인 나무벽이었다. 형사는 벽을 짚으며 계속 기어갔다. 그러나 극도로 혼란에 빠진 베로의 두뇌는 이미 방향 감각을 완전히 상실한 상태였다. 그 바람에 베로는 비서의 사무실이 있는 왼쪽 대신 오른쪽으로 기어 병풍으로 가린 작은 문까지 갔다.

손잡이를 돌리자 문이 열렸다. 그는 문을 붙들고 서서 기어가는 목소리로 겨우 중얼거렸다.

「살려 주세요, 사람 살려……」

베로 형사는 경찰청장이 탈의실로 사용하는 골방 안에 힘없이 쓰러졌다.

「오늘 밤입니다……」

베로 형사는 비서가 자기 말을 듣고 있다고, 자신이 비서의 사무실에 있다고 착각하며 마지막 남은 힘으로 말을 이었다.

「오늘 밤, 살인 사건이 바로 오늘 밤에……. 이빨 자국을, 이빨 자국을 보실 겁니다. 아, 숨이 차요. 너무 고통스러워요. 도와 주세요! 바로 이 독약이……. 제발 구해 줘요!」

그의 목소리는 점점 작아졌다. 그는 마치 악몽이라도 꾸는 사람처럼 여러 번 같은 말을 중얼거렸다.

「이빨이, 하얀 이빨이, 다시 이빨 자국을 남길 겁니다!」

목소리는 더욱 작아졌다. 퍼렇게 질린 입술 사이로 알아들을 수 없는 소리가 새어 나왔다. 그는 마치 끊임없이 되새김질을 하는 늙은이들처럼 한동안 무언가 씹는 시늉을 하듯 중얼거렸다. 그의 고개가 조금씩 아래로 떨어졌다. 베로 형사는 두세 번 한숨을 내쉬더니 온몸을 크게 한 번 떨고는 더 이상 움직이지 않았다.

잠시 후 들릴 듯 말 듯한 미약한 숨소리가 그의 입에서 새 나왔다. 희미해지는 정신을 깨우고 점점 어두워지는 두 눈에 의식을 밝히려는 듯, 그는 최후의 노력을 기울이고 있었다.

오후 4시 50분, 경찰청장이 도착했다.

경찰청장인 데말리옹 씨는 쉰 살쯤 먹은 중년 신사였다. 그는 몇 년 전부터 모두가 경의를 표할 만큼 탁월한 능력을 발휘하며 경찰청을 이끌어 왔다. 살집이 두툼해서 전체적으로 둔한 인상이었지만 표정이나 눈빛만큼은 날카로워 지적이라는 소리를 많이 들었다. 그는 항상 회색 바지에 조끼, 하얀 각반에 너울거리는 넥타이 차림으로 다녀 일반 공무원들이 주는 딱딱하고 융통성 없는 모습과는 거리가 멀었다. 이런 차림새와 꾸밈없이 탁 트인 태도를 보면 그가 매우 인간적인 사람이라는 사실을 금세 눈치 챌 수 있었다.

호출 벨을 울리자마자 곧 비서가 청장실로 들어왔다.

「내가 소환했던 사람들은 모두 모였나?」

「네, 청장님. 각자 다른 방에서 기다리라고 지시했습니다」

「그래? 서로 미리 대화를 나눈다고 해서 안 될 건 없지만……. 아니, 그 편이 낫겠군. 그런데 설마 미국 대사 본인이 오지는 않았겠지?」

「아닙니다. 청장님」

「여기 오신 신사 분들의 명함은 받아 두었나?」

「여기 있습니다」

경찰청장은 비서관이 내민 명함 다섯 장을 집어 한 장 한 장 읽어 보았다.

아치볼드 브라이트, 미 대사관 수석 서기관
메트르 르페르튀, 공증인
다스트리냐크 백작, 퇴역 소령
후안 카세레스, 페루 공사관 서기보

그런데 다섯 번째 명함에는 주소나 직함도 없이 달랑 이름만 적혀 있었다.

돈 루이스 페레나

데말리옹 청장이 말했다.

「특히 이 사람을 무척 만나 보고 싶군. 얼마나 호기심을 자극하는 인물인지 몰라! 그에 관한 외인부대의 보고서를 읽어 봤나?」

「네, 청장님. 저도 이 사내가 몹시 궁금합니다」

「그럴 거야. 얼마나 용감한 인물인가! 기상천외한 영웅이지!

그의 동료들이 그에게 〈아르센 뤼팽〉이라는 별명을 지어 줬다는 사실도 아나? 그만큼 그가 모든 이에게 경탄의 대상이었다는 거지! 그런데 아르센 뤼팽은 언제 죽었지?」

「전쟁이 터지기 2년 전에 죽었습니다, 청장님. 뤽상부르 국경 부근에 있는 불타 버린 별장에서 그와 케셀바흐 부인의 시체를 발견했죠. 수사 결과 뤼팽이 케셀바흐 부인을 목 졸라 죽였다는 사실이 밝혀졌고 뤼팽 자신은 별장에 불을 놓은 후 스스로 목매달아 죽었다는 사실도 알아냈습니다. 후에 케셀바흐 부인이 저지른 모든 범행 또한 백일하에 드러났고요」

「그런 신출귀몰한 도둑놈에게 걸맞는 최후였지」

데말리옹 청장이 말을 이었다.

「그리고 솔직히 난 그와 직접 대면할 필요가 없었던 것을 몹시 다행스럽게 여긴다네. 자, 다시 본론으로 돌아와서, 모닝턴의 유산에 관련된 서류는 모두 준비됐나?」

「책상 위에 올려놓았습니다, 청장님」

「좋아. 그런데 참, 베로 형사는 돌아왔나?」

「예, 청장님. 아마 지금쯤 양호실에서 휴식을 취하고 있을 겁니다」

「왜, 어디 불편한 데라도 있던가?」

「상태가 몹시 안 좋아 보였습니다. 어딘가 아파 보이기도 하고……」

「뭐라고? 좀 더 자세히 말해 보게」

비서는 방금 전에 형사와 만났을 때의 상황을 자세히 설명했다.

데말리옹은 걱정스러운 표정으로 말했다.

「내게 편지를 남겼다고? 편지는 어디 있나?」

「이 서류들 속에 있습니다」

「이상한 일이야, 참으로 이상한 일이야. 베로는 유능한 형사인데다가 아주 침착한 사내란 말일세. 그러니 그가 걱정할 정도의 일이라면 예삿일이 아닐 거야. 지금 당장 베로를 좀 데리고 오게. 그동안 난 여기 있는 우편물들을 살펴보고 있겠네」

5분 후, 비서관은 놀란 표정으로 돌아왔다. 베로 형사를 찾을 수 없었던 것이다.

「청장님, 더욱 이해가 안 가는 일이 있습니다. 수위 말이, 그가 이곳에서 나오자마자 곧 다시 들어갔는데 나오는 것은 못 봤다는 겁니다」

「아마 자네 사무실로 가기 위해 들어왔던 거겠지」

「제 사무실이라고요? 청장님께서 오실 때까지 전 계속 거기 있었습니다」

「그렇다면 정말 이상한 일이군」

「그렇죠. 아니면 수위가 잠시 한눈을 팔았을지도 모르고요. 베로 형사는 여기에도 없고 제 사무실에도 없으니까요」

「그럴 거야. 아마 잠시 바람을 쐬러 나갔을 테지. 얼마 안 있으면 돌아올 거야. 게다가 지금은 먼저 처리해야 할 일이 있으니 그는 천천히 기다리도록 하지」

청장은 힐끗 시계를 쳐다보았다.

「5시 10분이군. 수위에게 신사 분들을 들여보내 달라고 이르게. 아니, 그전에……」

데말리옹 청장은 잠시 주저하더니 서류 더미 속에서 베로의 편지가 담긴 봉투를 끄집어냈다. 한쪽 구석에 〈퐁네프 카페〉라는 글귀가 인쇄되어 있는 노란색 봉투였다.

비서관이 끼어들었다.

「베로 형사가 제게 한 말로 미루어 볼 때, 지금 당장 편지 내용을 살펴보시는 게 좋을 것 같습니다」

데말리옹은 잠시 생각에 잠겼다.

「자네 말이 옳아」

청장은 곧 종이 자르는 칼을 집어 급히 봉투를 열어 보더니 깜짝 놀라서 외쳤다.

「아니! 어떻게 이런 일이……」

「무슨 일입니까, 청장님?」

「무슨 일이냐고? 자, 이것 봐. 백지잖나. 봉투 속에 든 건 이게 다일세」

「그럴 리가요?」

「직접 살펴보게나. 네 번 접은 백지일 뿐이잖아? 한마디도 씌어져 있지 않은……」

「하지만 베로 형사는 사건에 대해 자기가 아는 모든 내용을 편지에 썼다고 했는데요」

「그랬을지도 모르지. 하지만 이걸 보게. 내가 베로 형사에 대해 잘 몰랐다면 아마 그가 장난친 거라고 생각했을 거야」

「베로 형사가 실수를 한 모양이군요」

「틀림없이 그럴 거야. 하지만 다른 사람도 아니고 베로 형사가 이런 실수를 했다는 사실이 좀처럼 믿기지 않는군. 두 사람의 목숨이 경각에 달렸을 때 이런 어처구니없는 실수를 저지르다니……. 그가 자네에게 오늘 밤 두 건의 살인이 벌어질 것이라고 예고한 것이 틀림없다면 말야」

「틀림없이 그랬습니다, 청장님. 바로 오늘 밤, 그것도 지극히 악랄하고 끔찍한 방법으로 살인이 자행될 거라고 했습니다」

데말리옹 청장은 뒷짐을 지고 방 안을 왔다갔다 하다가 작은 탁자 앞에 멈춰 섰다.

「내 이름이 적힌 이 꾸러미는 뭐지? 〈경찰청장님께. 사고가 발생할 경우 열어 보십시오〉라고 씌어 있군」

「아, 잠시 잊고 있었습니다. 그 꾸러미도 베로가 놓고 간 겁니다. 그 안에는 굉장히 중요한 물건이 담겨 있는데, 그 내용물로 편지 내용을 보충 설명할 수 있을 거라 했습니다」

청장은 자기도 모르게 미소를 지었다.

「과연, 백지로 된 편지를 이해하려면 보충 설명이 꼭 필요하지. 사고가 발생한 것은 아니지만 지금 당장 열어 봐야겠군」

데말리옹 청장은 말을 마치기도 전에 꾸러미를 묶은 끈을 자르고 포장지를 벗겼다. 그 속에는 약사들이 주로 사용하는 작은 마분지 상자가 들어 있었다. 상자는 이미 여러 번 사용했던 것처럼 몹시 더러웠다.

청장은 뚜껑을 열었다.

상자 속에는 지저분한 솜 조각이 가득 차 있고 그 중앙에 먹다 남은 초콜릿 반 조각이 놓여 있었다.

「도대체 이게 무슨 뜻일까?」

경찰청장은 그만 어안이 벙벙해졌다.

청장은 초콜릿을 집어 자세히 살펴보았다. 그는 곧 베로 형사가 이 초콜릿을 중요하게 여긴 이유를 짐작할 수 있었다. 약간 말랑말랑한 질감의 이 초콜릿 조각에는 선명한 이빨 자국이 남아 있었다. 그 자국은 윗니와 아랫니를 쉽게 구별할 수 있을 정도로 매우 선명했다. 2~3밀리미터 정도 파인 이 자국들은 각자 고유

한 크기와 형태를 지니고 불규칙한 간격으로 서로 떨어져 있었다. 초콜릿을 깨물었던 이가 이렇게 선명한 윗니 네 개와 아랫니 다섯 개의 자국을 남겨 놓았던 것이다.

데말리옹 청장은 고개를 숙이고 깊이 생각에 잠긴 모습으로 또 다시 방 안을 왔다갔다 하면서 중얼거렸다.

「이상하군! 빨리 이 수수께끼를 풀어야 할 텐데……. 한마디도 씌어져 있지 않은 백지와 초콜릿에 찍힌 이빨 자국……. 과연 어떤 의미가 있는 걸까?」

그러나 더 이상 이 수수께끼에 대해 생각하며 시간을 낭비할 수는 없었다. 그는 베로 형사가 건물 안이나 그 주변을 산책하고 있을 테니 조금만 기다리면 곧 이 일에 대해 설명을 들을 수 있으리라 생각했다. 그래서 비서에게 지시를 내렸다.

「더 이상 신사 분들을 기다리게 할 수는 없지. 모두 들어오시라고 이르게. 베로는 아마 회담이 끝나기 전에는 돌아올 거야. 베로 형사가 돌아오면 곧장 내게 알리게나. 될 수 있는 한 빨리 그를 만나 봐야겠어. 그 일 외에는 아무도 이 회담을 방해하지 못하도록 주의하게. 알겠나?」

잠시 후 수위가 공증인 르페르튀를 안으로 데리고 왔다. 그는 붉고 살찐 얼굴에 안경을 쓰고 구레나룻을 기른 남자였다. 뒤이어 미국 대사관 서기 아치볼드 브라이트와 페루 대사관의 서기관보인 카세레스가 들어왔다. 이들 셋과 이미 아는 사이였던 데말리옹 청장은 이들과 함께 대화를 나누다가 전투 중 부상을 입고 조기 은퇴한 슈이아의 영웅, 퇴역 소령 다스트리냑 백작이 도착했다는 기별을 받고 직접 마중하러 나갔다. 청장은 모로코에서 소령이 보여 줬던 영웅적인 행동에 대해 열렬한 찬사의 말을 몇 마디 건넸다.

또다시 문이 열렸다.

「돈 루이스 페레나 씨?」

경찰청장은 레지옹 도뇌르 훈장과 군사 훈장을 단 중키에 약간 마른 사내에게 악수를 청하며 물었다. 맑은 눈과 젊은이처럼 경쾌한 태도 덕분에 페레나는 눈가와 이마에 서린 잔주름에도 사십 대 이상 되어 보이지 않았다

「네, 청장님」

페레나는 청장에게 정중히 인사했다.

다스트리냐크 소령이 놀란 듯 외쳤다.

「아니, 페레나, 자네가 이곳에 나타나다니! 자네, 살아 있었군!」

「소령님! 다시 뵙게 되어 정말 기쁩니다!」

「페레나가 살아 있었다니! 모로코를 떠날 때만 해도 자네의 행방을 알 길이 없어 모두 자네가 죽었을 거라 생각했다네」

「그저 포로로 잡혔을 뿐입니다」

「베르베르 인들의 포로가 된다는 건 결국 죽는 것과 마찬가지 않나」

「소령님, 늘 그런 것은 아닙니다. 살아 있는 한 어디든 도망칠 구멍은 있기 마련이니까요. 여기 그 증거가 있지 않습니까?」

두 사람이 대화를 나누는 동안 경찰청장은 페레나의 혈색 좋은 얼굴을 찬찬히 살펴보았다. 전체적으로 웃는 상에 정직하면서도 단호해 보이는 눈, 강렬한 햇볕에 그을릴 대로 그을린 돈 루이스의 얼굴을 보며 청장은 호감을 느꼈다.

잠시 후 경찰청장은 참석자들에게 자리에 앉으라고 권했다. 그

리고 자신도 자리에 앉아 분명한 발음으로 천천히 말을 시작했다.

「제가 여러분을 이곳에 모이게 한 이유가 무척 궁금하실 줄로 압니다. 우선 제 설명을 들어 주십시오. 처음에는 아마 잘 이해가 안 가는 일일지도 모르겠습니다. 하지만 저를 믿고 주의 깊게 귀를 기울여 주신다면, 이 사건이 사실은 무척 간단하고 자연스러운 일이라는 사실을 깨닫게 되실 겁니다. 저 또한 최대한 간단하게 설명드리도록 노력하겠습니다」

그는 비서가 준비해 둔 서류를 펼치고 메모를 참고하면서 말을 이었다.

「1870년, 전쟁이 터지기 몇 년 전에 부모를 여읜 스물두 살, 스무 살, 열여덟 살의 에르멜린, 엘리자베트, 아르망드 루셀이라는 세 자매가 생테티엔에서 빅토르라는 이름의 사촌 동생과 살고 있었습니다.

첫째인 에르멜린은 자매들 중 가장 먼저 생테티엔을 떠나 모닝턴이라는 영국인과 결혼해 코스모라는 아들을 낳고 런던에서 살았지요. 두 부부는 몹시 가난해 어려운 살림살이를 겨우겨우 꾸려 나갔습니다. 그래서 에르멜린은 여러 차례 여동생들에게 도움을 요청하는 편지를 보냈습니다. 하지만 답장은 없었고 그래서 그녀는 편지 쓰기를 포기했지요. 1875년경, 모닝턴 내외는 미국으로 떠났습니다. 5년 후 그들은 큰 부자가 됐지요. 모닝턴 씨는 1883년에 사망했지만 부인은 물려받은 재산을 효율적으로 투자해 막대한 금액을 벌어들였습니다. 1905년, 그녀는 아들에게 4억 프랑이라는 막대한 유산을 남기며 사망했습니다」

참석자들은 모두 4억 프랑이라는 엄청난 액수에 놀라움을 감추지 못했다.

청장은 소령과 돈 루이스 페레나가 시선을 주고받는 것을 눈치채고 물었다.

「두 분 다 코스모 모닝턴 씨와 잘 아는 사이였던 걸로 알고 있습니다만……?」

「그렇습니다, 청장님. 모닝턴은 페레나와 제가 모로코에서 전투를 치루고 있을 당시 그곳에 체류하고 있었지요」

다스트리냐크 소령이 대답했다.

데말리옹 청장은 계속 말을 이었다.

「그렇습니다. 코스모 모닝턴 씨는 그때 여행을 떠나 있었습니다. 직업이 의사였던 그는 여행 중 기회가 닿을 때마다 노련한 의술을 무료로 제공했다고 하지요. 그는 먼저 이집트로 갔다가 알제리를 지나 모로코에 머물렀다고 합니다. 그리고 1914년 말에 미국으로 돌아가 동맹군에 가담했지요. 작년에 전쟁이 끝나자 그는 파리에 정착했습니다. 그런데 4주 전, 어이없는 사고로 갑작스럽게 사망했습니다」

미 대사관 서기관이 대화에 끼어들었다.

「주사를 잘못 맞았기 때문이죠, 청장님? 신문에 대대적으로 보도됐습니다. 그리고 저희 대사관에도 따로 연락이 왔고……」

「그렇습니다. 겨울 내내 심하게 앓던 독감을 치료하기 위해서 모닝턴 씨는 의사의 처방에 따라 글리세로포스파트 성 나트륨 함유된 주사를 직접 여러 차례 놓았지요. 그런데 마지막에 필수적인 예방 조치를 제대로 취하지 않아 주사를 놓은 부위가 눈 깜짝할 사이에 감염된 겁니다. 그 후 몇 시간 만에 모닝턴 씨는 사망했습니다」

경찰청장이 대답했다.

경찰청장은 공증인을 바라보며 물었다.

「제 말이 사실과 일치합니까, 르페르튀 씨?」

「정확히 일치합니다, 청장님」

데말리옹 청장이 말을 이었다.

「다음 날 아침, 르페르튀 씨께서 이곳에 찾아와 코스모 모닝턴 씨가 죽기 전 맡겨 놓았던 유언장을 제게 보여 주셨습니다. 그 이유는 이 서류에 씌인 내용을 듣고 나면 알게 되실 겁니다」

경찰청장이 서류들을 뒤적거리는 동안 공증인이 다음과 같이 덧붙였다.

「청장님께서 하신 말씀에 한 가지만 보충하도록 하지요. 저는 제 의뢰인인 모닝턴 씨가 사망하기 전, 그를 단 한 번밖에 본 적이 없습니다. 그의 저택 침실에서 그가 직접 쓴 유언장을 건네받은 날이었지요. 그가 막 독감에 걸렸을 때였기도 합니다. 그때 그가, 벌써 몇 달 전부터 어머니의 가족들을 찾는 작업을 시작했으며 몸이 낫는 대로 조사를 계속할 예정이라 하더군요. 자신의 병을 비롯해 여러 가지 좋지 않은 상황이 겹쳐 잠시 조사를 중단하고 있다고 했습니다」

그동안 청장은 봉해져 있지 않은 봉투를 집어 속에 들어 있던 크기가 다른 종이 두 장을 꺼냈다. 그는 그중 큰 종이를 조심스럽게 펼친 후 참석자들에게 말했다.

「자, 이것이 문제의 유언장입니다. 이제 이것과 첨부 서류를 큰 소리로 읽어 드릴 테니 경청해 주시기 바랍니다.

〈휴버트 모닝턴과 에르멜린 루셀의 적자이며 미국 귀화 시민인 나, 코스모 모닝턴은 내 재산의 반을 본인의 귀화국인 미국에 유증한다. 이 재산은 본인이 직접 작성한 지침에 따라 자선 사업에

쓰여야 하며 지침서는 공증인 르페르튀 씨가 미 대사관에 전달할
것이다.

파리와 런던에 있는 여러 은행에 나누어 보관한 나머지 2억 프
랑은 모친께서 생전에 희망하신 대로 당신께서 특별히 아끼시던
엘리자베트 루셀이나 그녀의 직계 후손에게 우선 상속될 것이
며, 이들이 생존해 있지 않을 경우 둘째 여동생 아르망드 루셀이
나 그녀의 직계 후손, 이들이 생존해 있지 않을 경우 사촌 빅토
르나 그의 직계 후손에게 상속될 것이다. 이 은행들의 목록은 르
페르튀 씨가 보관한다.

어머니의 자매나 사촌의 가족을 찾기 전에 본인이 사망할 경
우, 본인의 절친한 친구인 돈 루이스 페레나에게 나머지 조사를
부탁하며 그를 위 2억 프랑의 유산 집행인으로 지정한다. 또한 특
별히, 그에게 본인의 대리인으로서 본인의 사망 후 이로 인해 벌
어질 수 있는 일련의 사건들을 맡아 처리해 줄 것을 부탁한다. 이
모든 일을 우리 두 사람이 나누었던 우정을 생각해 본인의 마지
막 소원을 들어준다는 마음으로 기꺼이 맡아 주었으면 한다. 이
일을 맡아 주는 데 대한 고마움의 표시와 또 본인의 목숨을 두 번
이나 구해 준 일에 대해 감사하는 마음에서 그에게 100만 프랑을
남긴다.〉」

경찰청장은 여기서 잠시 낭독을 멈췄다. 돈 루이스가 중얼거리
는 소리가 들렸다.

「가엾은 코스모……, 그런 돈을 남기지 않아도 기꺼이 그의 마
지막 소원을 들어줬을 텐데……」

데말리옹 청장은 계속 낭독했다.

「〈또한 만약 본인이 사망한 지 석 달 후에도 돈 루이스 페레나

와 르페르튀 씨가 어머니의 자매나 그 가족을 찾지 못할 경우, 또는 그들 중 누구 하나도 상속자로 나서지 않을 경우, 2억 프랑은 전액 돈 루이스 페레나에게 상속될 것이며 그 후에는 그 어떤 자도 이에 대해 이의를 제기할 수 없다. 본인은 돈 루이스가 모로코의 막사 아래서 본인에게 제시했던 그 고귀하고 보람 있는 사업을 위해 이 막대한 재산을 사용해 주리라 믿는다.〉」

데말리옹 청장은 다시 낭독을 멈추고 돈 루이스를 쳐다보았다. 돈 루이스는 변함없는 표정으로 말없이 앉아 있었다. 그러나 그의 속눈썹에는 눈물방울이 맺혀 있었다. 다스트리냐크 백작이 말했다.

「축하하네, 페레나」

「소령님, 이 상속은 조건부라는 사실을 잊으셨습니까? 저는 무슨 일이 있어도 고인의 소원대로 루셀 집안의 생존자를 꼭 찾아내고야 말겠습니다」

돈 루이스가 대답했다.

「그래. 내가 아는 자네라면……」

소령이 고개를 끄덕거리며 대답했다.

「아무튼 이 유산을…… 조건부이긴 하지만 거절하시는 건 아니죠?」

데말리옹 청장이 물었다.

「물론이죠. 이런 막대한 유산을 거절하는 사람이 어디 있겠습니까?」

페레나가 웃으며 대답했다.

청장은 계속해서 말을 이었다.

「제가 구태여 질문을 드린 이유는 유언장의 마지막 구절 때문입니다. 〈만에 하나, 어떤 이유에서든 본인의 친구 페레나가 이 유산을 거절하거나 유산을 물려받기 전에 사망한다면 이 금액을 파리에 있는 미국 국적의 예술가와 학생들만을 위한 대학을 건립하는 데 쓰기 바란다. 주불 미 대사관과 경찰청장님께 이 일을 위임한다. 또한 이 일과는 별도로 경찰청장님께 2억 프랑 중 30만 프랑을 경찰청 요원들의 연금 기금에 적립해 주실 것을 부탁드린다.〉」

데말리옹 청장은 유언장을 접고 첨부 서류를 펼쳤다.

「이 첨부 서류는 모닝턴 씨께서 유언장을 쓰고 나서 몇 가지 사항에 대해 보다 명백히 밝히기 위해 르페르튀 씨께 쓴 편지입니다.

〈르페르튀 씨, 제가 사망한 바로 다음날 제 유언장을 경찰청장님께 보여 드리고 그로부터 한 달간 유언장의 내용에 대해 철저하게 비밀을 지켜 달라고 부탁하십시오. 또한 청장님께는 정확히 한 달 후에 청장실에 미 대사관의 고위 관리와 르페르튀 씨, 그리고 돈 루이스 페레나를 소환해 주실 것을 부탁드립니다. 유언장을 낭독하신 후에는 바로 간단한 신분 확인 절차를 거쳐 제 상속인이며 절친한 친구인 돈 루이스 페레나에게 100만 프랑의 수표를 즉시 전달해 주십시오. 될 수 있는 한 이 절차가 신속히 이루어졌으면 좋겠습니다. 신분 확인은 모로코에서 페레나의 상관이었고 불행히도 조기 퇴역해야 했던 소령 다스트리냐크 백작님께, 그리고 페레나의 출신에 대한 확인은 페루 공사관에 부탁해 주십시오. 돈 루이스 페레나는 스페인 국적을 가지고 있지만 페루에서 출생했기 때문입니다.

또한 제 유언장은 공개된 후 적어도 이틀이 지난 후에 르페르튀 씨의 사무실에서 상속인들에게 낭독해 주십시오.

끝으로, 청장님께서는 첫 번째 모임으로부터 60일이나 90일 후에 또다시 같은 사람들을 청장실로 모이게 해 주십시오. 이것이 저의 재산 분배와 그 실행 방법에 대한 제 마지막 부탁입니다. 바로 그 두 번째 모임에서 상속인을 지정하고 공표할 겁니다. 만약 이 모임에 참석하지 않을 경우 상속인으로 지정, 공표될 수 없으며 대신 돈 루이스 페레나가 제 상속인이 될 겁니다. 또 유언장에서 밝힌 것과 같이 루셀이나 빅토르 집안 사람들 중 생존자를 찾아내지 못한 경우에도 마찬가지로 돈 루이스가 상속권을 갖게 됩니다.〉

이것이 코스모 모닝턴 씨의 유언장 전문입니다」

경찰청장이 서류를 내려놓으며 말했다.

「그래서 제가 여러분을 이 자리에 모신 겁니다. 그리고 곧 여섯 번째 참석자가 도착할 겁니다. 그는 루셀 가족들을 찾는 임무를 맡은 경찰청 요원으로서 여러분께 지금까지의 진척 사항을 보고드릴 겁니다. 하지만 우선 고인의 뜻에 따라 페레나 씨께 100만 프랑의 수표를 넘겨 드려야겠죠. 전 보름 전에 이미 돈 루이스 씨께 신원에 대한 자료를 요청했습니다. 제 요청에 따라 돈 루이스 페레나 씨께서 제출하신 서류에는 조금도 하자가 없음을 알려 드립니다. 페레나 씨의 출신에 관해서는 정확한 정보를 수집해 달라고 페루 공사관님께 부탁드렸지요」

「공사관님께서 저에게 이 임무를 맡기셨습니다. 무척 간단한 임무였지요. 돈 루이스 페레나는 스페인의 유서 깊은 집안 출신으로, 30년 전에 페루로 이민 왔으나 스페인의 영지와 국적은 유지했습니다. 언젠가 미국에서 돈 루이스 씨의 선친을 만나 뵌 적이 있는데 외아들 자랑이 대단하시더군요. 5년 전에 바로 우리 공사관에서 돈 루이스 씨께 선친의 사망 소식을 전해 드리기도 했지요. 자, 이것이 모로코로 발송했던 부고 사본입니다」

페루 공사관 서기관보가 말했다.

「이것은 돈 루이스 페레나 씨 본인이 직접 쓴 답장이고요. 그리고 소령님, 소령님께선 소령님 부대 소속이었던 페레나 상병을 알아보시겠습니까?」

데말리옹 청장이 물었다.

「물론입니다」

다스트리냐크 백작이 대답했다.

「틀림없지요?」

「틀림없습니다. 생각해 보고 말 것도 없어요」

경찰청장은 웃음을 터뜨리며 이렇게 덧붙였다.

「그렇다면 신출귀몰한 행적으로 동료들 사이에 아르센 뤼팽으로 통했던 페레나 상병을 틀림없이 알아보시겠다, 이 말씀이죠?」

「그렇습니다, 청장님. 확실히 동료들 사이에선 그렇게 불렀지요. 하지만 페레나의 상관들은 간단히 〈영웅〉이라고 불렀습니다. 다르타냥처럼 용맹하고 포르토스만큼 강하며……」

경찰청장은 또다시 웃음을 터뜨리며 말을 이었다.

「그리고 몬테크리스토 백작만큼 신비로운 인물이라고요. 외인 부대 제4연대 보고서에 이 모든 내용이 적혀 있더군요. 전체적으로는 좀 따분하긴 했지만 보고서를 참고해 페레나 상병이 2년이라는 짧은 기간 동안 여러 비범한 공적들을 세워 군사 훈장과 레지옹 도뇌르 훈장을 받았다는 이례적인 사실을 확인할 수 있었습니다. 그리고 일곱 번이나 무공 표창을 받았고요. 그중에서 여러

분께서 꼭 아셔야 할 이야기는……」

「청장님, 제발 부탁입니다, 왜 사람들 앞에서 그런 시시한 이야기를 하시려는 겁니까. 구태여 그러실 필요까지는……」

돈 루이스가 거북하다는 듯이 끼어들었다.

「충분히 그럴 만한 이유가 있습니다. 여기 모이신 여러분들은 유언장의 내용을 듣고 확인할 뿐 아니라, 지금 이 자리에서 유언장에 있는 한 가지 조항에 대해 그 집행을 승인할 의무 또한 있습니다. 100만 프랑에 달하는 유산의 양도 말입니다. 그러니 유언의 집행에 앞서 수혜자에 대해 보다 정확히 알려 드리는 것이 도리 아니겠습니까? 그러니 끝까지 들어 주십시오」

「정 그러시겠다면 전 이만 실례하겠습니다」

페레나는 자리에서 일어나 문으로 향했다.

「차렷! 뒤로 돌아! 앞으로 가!」

다스트리냐크 소령이 장난기 어린 말투로 명령하고는 페레나를 방 한가운데로 도로 데려와 자리에 앉혔다.

「청장님, 저의 옛 부하를 위해 부탁드립니다. 페레나 상병은 워낙 겸손한 사람이라 자기 앞에서 자신의 공적이 낭독되는 것을 듣는다면 무척 당황할 겁니다. 게다가 보고서가 여기 있으니 보고 싶은 사람은 직접 읽어 볼 수 있습니다. 이 글에 뭐라 씌여 있는지는 정확히 모르겠지만 여기 씌여 있는 페레나에 대한 모든 공적들은 틀림없이 실제로 있었던 일이라고 제가 장담하죠. 정말이지 그 오랜 군 생활에서도 저는 페레나 상병만큼 용감무쌍한 군인은 본 적이 없습니다. 사실 외인부대에는 자신의 용맹함을 뽐내려고 남들이 보는 앞에서 자기 살을 태워 보이는 등 별 희한한 짓거리를 하는 무리들이 많이 있답니다. 하지만 그 친구들을 모두 합해도 페레나의 발뒤꿈치에도 못 따라온단 말입니다. 우리가 다르타냥, 포르토스, 뷔시라고 불렀던 이 사람이야말로 전설 속에서, 또는 실제로 존재했던 가장 놀라운 영웅들과 비견할 만한 이 시대의 진정한 영웅이랍니다. 저 친구가 이룩한 수많은 업적들을 모두 말씀드린다면 아마도 저를 허풍쟁이라고 놀리실 겁니다. 지금 생각해 봐도 제가 정말 그 모든 놀라운 일들을 실제로 목격했는지 의심스러울 지경이니까요. 한번은 세타에서 적군에게 쫓기고 있는데……」

돈 루이스가 유쾌한 목소리로 외쳤다.

「소령님, 한번만 더 이러시면 이번엔 진짜로 가 버리겠습니다. 정말이에요. 절 봐주신다면서 오히려 나서서 그러시면……」

「하하, 알겠네. 페레나, 내가 늘 하던 말이지만 자네는 다 좋은데 딱 한 가지가 흠이야. 프랑스 인이 아니라는 사실 말일세」

「하지만 소령님, 제가 늘 이렇게 말씀드리지 않았습니까. 어머니께서 프랑스 인이셔서 저도 반은 프랑스 인이고 제 자신도 프랑스 인이라는 사실에 자부심을 느낀다고요. 제 기질 또한 철저히 프랑스적(的)입니다. 프랑스에 대한 무한한 애정이 없었다면 그토록 몸 바쳐 전투에 임할 수 없었을 겁니다」

두 사람은 다시 한번 정답게 서로의 손을 꼭 잡았다.

「자, 자, 당신의 공적이나 이 보고서에 있는 무용담을 들려 드리려는 게 아닙니다, 페레나 씨. 다만 당신이 1915년 베르베르 족의 손에 붙잡혔고 지난달까지 행방불명 상태였다는 사실을 모두에게 말씀드리고자 했을 뿐입니다」

청장이 주위를 환기시켰다.

「예, 청장님. 실제로 그랬습니다. 외인부대에서 복무한 기간도

5년이 훨씬 넘었으니 이제 제대할 때도 됐지요」

「그런데 어째서 코스모 모닝턴 씨가 당신을 상속자로 지정했을까요? 그가 유언장을 작성할 당시, 당신은 이미 4년 전부터 행방불명 상태이지 않았습니까?」

「그 사이에 코스모와 저는 계속 편지를 주고받았거든요」

「뭐라고요?」

「편지로 서로 소식을 전했다고요. 그에게 탈출해서 파리로 돌아갈 예정이라고 미리 알렸습니다」

「하지만 무슨 수로……? 어디에 계셨길래? 그리고 어떻게 편지를……?」

돈 루이스는 대답 대신 빙그레 웃었다.

데말리옹 청장이 혼잣말처럼 말을 이었다.

「이번엔 몬테크리스토 백작이시군요. 신비에 싸인 몬테크리스토 백작……」

「하하, 원하신다면 그렇게 부르셔도 좋습니다. 포로로 잡혔던 일이나 기적적인 탈출, 뿐만 아니라 제가 전쟁 중에 겪은 모든 일들은 사실 신비롭기 그지없지요. 언젠가 이 모든 신비를 모두에게 밝혀 보이는 것도 재미있을 거예요. 저를 조금이라도 믿어주신다면……」

잠시 동안 아무도 말이 없었다. 데말리옹 청장은 다시 한번 이 괴상한 사내를 살펴보았다. 그러면서 자기도 모르게 머릿속에 떠오르는 생각을 내뱉었다.

「마지막으로 한 가지만 더 물어봐도 되겠습니까? 왜 당신 동료들은 당신을 〈아르센 뤼팽〉이라는 특이한 별명으로 불렀습니까? 단지 당신이 다른 사람들보다 대담하고 힘이 세서 그랬나요?」

「실은 어떤 도난 사건을 계기로 그런 별명이 붙은 겁니다. 겉보기에는 매우 복잡해서 누구도 그 사건을 해결할 수 없을 거라 생각했습니다. 그런데 제가 사건의 전말을 밝히고 범인도 잡았지요」

「페레나 씨는 추리 감각이 뛰어나신가 보죠?」

「예, 청장님. 아프리카에 체류하는 동안 제 추리력을 발휘할 만한 기회가 종종 있었습니다. 그래서 그 당시 사람들 입에 자주 오르내리던 〈아르센 뤼팽〉이라는 별명을 얻은 겁니다. 마침 그의 사망 소식으로 세상이 한참 떠들썩하던 때였지요」

「누군가가 뭔가 대단한 걸 잃어버렸나 보군요?」

「상당한 값어치의 물건이었지요. 그리고 당시에 오랑 근교에 살던 코스모 모닝턴이 크게 피해를 입었고요. 그때부터 저희 두 사람의 친분이 시작된 겁니다」

또다시 한동안 침묵이 감돌았다. 돈 루이스가 이 침묵을 깼다.

「가엾은 코스모! 그 사건으로 인해 그는 제 추리력에 대해 무한한 믿음을 갖게 됐죠. 이상하게도 그는 늘 자신이 무참하게 살해당할 것이라는 강박 관념에 시달렸습니다. 그래서 제게 종종 이런 말을 하곤 했죠. 〈자네가 범인을 끝까지 추적하겠다고 꼭 약속해 주게!〉」

경찰청장이 말했다.

「하지만 결국 그의 예감은 빗나간 셈이군요. 코스모 모닝턴은 살해된 게 아니니까요」

「청장님께서는 잘못 알고 계십니다」

돈 루이스가 딱 잘라 말했다.

데말리옹 청장은 뜻밖의 말에 깜짝 놀랐다.

「뭐라고요! 지금 무슨 말씀을 하고 계시는 겁니까? 코스모 모닝턴 씨가……」

「코스모 모닝턴은 사람들이 믿고 있는 것처럼 주사를 잘못 맞아서 숨진 게 아닙니다. 그가 늘 두려워했던 대로 누군가에게 무참히 살해당한 겁니다」

「하지만, 페레나 씨. 당신 주장엔 아무런 근거도 없잖습니까!」

「제 말은 틀림없는 사실입니다, 청장님」

「당신이 현장에 있었습니까? 당시 상황에 대해 따로 들은 얘기라도 있는 겁니까?」

「지난달에 전 파리에 없었습니다. 그리고 파리에 도착한 후에도 신문을 정기적으로 읽지 않았기 때문에 그가 죽었다는 사실조차 모르고 있었습니다. 청장님께 처음 그 소식을 들었죠」

「그렇다면 페레나 씨. 당신은 사건에 대해 저보다 더 많이 알지도 못하면서 어떻게 그런 얘기를 하십니까? 의사의 사망 진단서를 읽어 보시면 그저 단순한 사고사였다는 사실을 알게 되실 겁니다」

「글쎄요, 진단서를 보지 못한 건 유감스럽지만 제 생각에 진단서만으로는 불충분할 것 같군요」

「그렇다면 당신은 도대체 무슨 근거로 그런 주장을 하시는 겁니까? 무슨 증거라도 있습니까?」

「그렇습니다」

「어떤 증거요?」

「청장님께서 방금 하신 말씀들입니다」

「제가 한 말이라고요?」

「청장님께서 이렇게 말씀하시지 않았습니까? 우선 코스모 모닝턴이 유능한 의사였다고요. 그리고 나서 그가 자신에게 주사를 잘못 놓는 바람에 생긴 염증으로 몇 시간 만에 사망했다고 하셨습니다」

「그랬죠」

「잘 생각해 보십시오, 청장님. 코스모 모닝턴처럼 유능하고 숙련된 솜씨로 환자들을 돌보는 의사가 소독도 제대로 하지 않은 주사기로 자신에게 주사를 놓는다는 게 말이 됩니까? 저는 코스모가 의술을 시행하는 모습을 직접 본 적이 있기 때문에 그가 얼마나 조심스럽게 일하는지 잘 압니다」

「그래서요?」

「그러니 사망에 대해 의심스러운 부분이 없을 때 대부분의 의사들이 그러는 것처럼, 문제의 의사도 별 생각 없이 사고사라는 진단을 내렸을 수 있다는 거죠」

「그래서 당신 생각에는……」

「르페르튀 씨, 모닝턴 씨가 막 숨을 거두려는 순간 현장에 계셨다고 하셨죠. 고인의 모습에서 특별히 수상한 점을 발견하지는 못하셨나요?」

페레나가 물었다.

「아니요, 모닝턴 씨는 이미 혼수상태에 빠져 있었습니다」

「그 점부터가 수상하지 않습니까? 아무리 제대로 소독되지 않은 주사 바늘이라고 해도 그렇게 빠른 시간 내에 그토록 치명적인 효과를 낸다는 사실이 말입니다. 르페르튀 씨, 그가 고통스러워하지는 않던가요?」

「글쎄요……. 아, 맞아요. 이제야 생각이 나는군요. 그의 얼굴에 그때까지 한번도 본 적 없었던 갈색 반점이 나 있었습니다」

「갈색 반점이라고요? 그것이야말로 제 가설을 뒷받침하는 증거입니다! 코스모 모닝턴은 독살당한 겁니다」

「뭐라고요!」

경찰청장은 자기도 모르게 큰 소리로 외쳤다.

「글리세로포스파트 앰플 속이나 환자가 사용했던 주사기 속에 누군가 독극물을 미리 집어넣었던 겁니다」

「하지만 의사의 진단서는요?」

데말리옹 청장이 이의를 제기했다.

「르페르튀 씨, 의사에게 갈색 반점에 대해 말했습니까?」

돈 루이스가 물었다.

「예, 하지만 그는 대수롭지 않게 생각하더군요」

「그 의사가 모닝턴의 주치의였습니까?」

「아니요, 그의 주치의는 퓌졸이라는 제 친구입니다. 사실 바로 이 친구의 소개로 제가 모닝턴 씨의 의뢰를 맡게 된 거였고요. 제가 환자의 병상에서 만났던 의사는 아마도 그 동네 의사였을 겁니다」

청장은 서랍 속에서 사망 진단서를 끄집어내며 말했다.

「여기 그 의사 이름과 주소가 있습니다. 〈벨라부안, 아스트로가 14번지.〉」

「의사들의 주소록을 갖고 계십니까, 청장님?」

데말리옹은 재빨리 주소록을 펼쳤다.

「벨라부안이라는 의사는 없군요. 뿐만 아니라 아스트로가 14번지에 사는 의사는 한 명도 없습니다」

청장의 말에 모두들 한동안 할 말을 잊었다. 미 대사관 서기관과 페루 공사관 서기관보는 흥미진진하게 세 사람의 대화를 듣고 있었다. 다스트리냐크 백작은 뭔가 감을 잡았다는 듯이 고개를 끄덕였다. 백작은 페레나의 추리를 전적으로 신뢰하고 있었다.

경찰청장도 마침내 페레나의 말을 인정하기 시작했다.

「과연…… 확실히 수상한 점이 한두 가지가 아니군요. 갈색 반점이나 가짜 의사…… 당장 수사에 착수해야겠습니다」

순간 청장은 뭔가 생각났다는 듯이 돈 루이스 페레나에게 질문을 던졌다.

「그런데 살인 사건과 모닝턴 씨의 유언장 사이에 밀접한 관련이 있다고 생각하시는 겁니까?」

「청장님, 그것까지는 저도 아직 모르겠습니다. 만약 그렇다면 누군가가 유언장의 내용을 미리 알고 있었다고 가정해야겠죠. 르페르튀 씨, 누군가가 유언장의 내용을 미리 알아냈을 가능성이 있습니까?」

「그럴 리 없습니다. 모닝턴 씨는 이 점에 대해 무척 조심스럽게 행동하셨거든요」

「당신 사무실에 있는 유언장을 누군가 몰래 봤을 가능성도 전혀 배제할 수 없나요?」

「누가 어떻게 본단 말입니까? 그 유언장을 관리한 사람은 저밖에 없습니다. 그리고 그만큼 중요한 서류들을 보관하는 금고 열쇠는 제게만 있고요. 저는 매일 저녁 혼자 이 서류들을 정리하고 점검합니다」

「그럼 혹시 누군가가 억지로 금고를 열려 했던 흔적은 없었습니까? 사무실에 도둑이 든 일도 없었나요?」

「없었습니다」

「혹시 코스모 모닝턴 씨를 사건 당일 오전 중에 만나셨나요?」

「금요일 오전이었지요」

「그럼 오전에 유언장을 받으셨군요. 그렇다면 습관대로 저녁에 서류를 금고에 넣기 전까지 유언장은 어디에 두셨습니까?」

「책상 서랍 속에 넣어 두었던 것 같습니다」

「그 서랍이 억지로 열렸던 흔적은 없었습니까?」

이 질문에 르페르튀는 대답을 못하고 갑자기 한 대 맞은 사람처럼 멍한 표정을 지었다.

「어땠습니까?」

페레나가 재촉하듯 다시 물었다.

「그러고 보니…… 선생이 말한 대롭니다. 이제야 생각이 납니다. 그날 오후에 확실히 뭔가 심상치 않은 일이 있었지요」

「틀림없습니까?」

「예, 점심 식사를 마치고 돌아와 보니 서랍 문이 열려 있더군요. 나가기 전에 틀림없이 열쇠로 단단히 잠가 뒀는데 말입니다. 그러나 당시에는 별로 대수롭게 여기지 않았어요. 그런데…… 이제 이해가 가는군요. 이해가 가요」

돈 루이스 페레나의 가설이 하나하나 사실로 밝혀지고 있었다. 최소한의 단서를 바탕으로 자신이 직접 보고 듣지도 않은 사건들을 연결해 그토록 능수능란하게 결론을 이끌어 내는 페레나의 비범한 육감과 예지력에 모두 혀를 내두르지 않을 수 없었다.

경찰청장이 말했다.

「선생의 주장엔 다소 무리가 있긴 하지만 지적하신 몇 가지 점에 대해서는 즉시 조사를 시작하겠습니다. 실은 한 달 전부터 제가 데리고 있는 요원 중 한 사람에게 이 일을 맡겨 놓았습니다. 그가 이 사건에 대해 보다 구체적인 자료를 가져올 겁니다. 지금

쯤이면 도착할 시간이 됐는데……」

공증인이 물었다.

「코스모 모닝턴 씨의 상속자들에 대한 정보를 입수하신 겁니까?」

「그렇습니다. 그저께 그 요원이 제게 전화를 걸어 상속인들에 대한 모든 정보를 모았고 그 외에 다른 것에 대해서도……. 그러고 보니 방금 전에 그가 제 비서에게 와서 한 달 전 오늘 벌어졌던 범행에 대해서도 말했다고 했습니다. 그런데 한 달 전 오늘이라면 바로 코스모 모닝턴이……」

청장은 말을 마치기도 전에 급히 호출 벨을 눌렀다.

곧 청장의 비서가 달려 왔다.

「베로 형사는?」

청장이 다급히 물었다.

「아직도 돌아오지 않았습니다」

「당장 그를 찾아오도록 하게! 지금 당장! 무슨 일이 있어도 그를 찾아내야 해!」

그러고 나서 청장은 돈 루이스 페레나에게 말했다.

「여기 들어오기 전에 비서관에게 들은 말인데, 제가 수사를 맡겼던 베로 형사가 한 시간 전쯤 몹시 고통스러운 모습으로 제 사무실에 왔다고 하더군요. 그는 몹시 흥분해서 자신이 감시당하고 있으며 누군가에게 미행을 당했다고 했답니다. 그리고 모닝턴 사건에 대해 급히 보고할 내용이 있으며 그 사건과 관련해 오늘 밤에 두 가지 살인 사건이 더 일어날 거라고 했다더군요. 그리고 그 두 건의 살인을 막기 위해 경찰력을 동원해야 한다고 거듭 강조했다는 겁니다」

「무척 고통스러워 보였다고요?」

「그렇습니다. 안절부절못하고 아무래도 어딘가 이상해 보였다고도 했지요. 그는 만약의 사태에 대비해 이 사건에 대해 상세한 보고서를 남기기도 했다는군요. 그런데 이 보고서라는 게 달랑 백지 한 장이었단 말입니다. 자, 여기 그가 주고 간 봉투와 종이가 있습니다. 그리고 또 이 마분지 상자도 두고 갔는데 이 속에는 이빨 자국이 난 초콜릿 조각이 들어 있었지요」

「청장님, 그 두 가지 물건을 제가 좀 볼 수 있을까요?」

「원하신다면요. 하지만 거기서 무슨 단서를 찾아내실 수는 없을 겁니다」

「모르는 일이죠」

돈 루이스는 〈퐁네프 카페〉라고 적혀 있는 노란 봉투와 마분지 상자를 오랫동안 자세히 관찰했다. 다른 사람들은 숨을 죽이고 돈 루이스가 입을 열기만을 기다렸다. 마치 돈 루이스의 말 한마디에 이 사건을 해결할 결정적인 단서라도 있으리라 기대하는 듯했다. 하지만 돈 루이스의 관찰 결과는 생각보다 단순했다.

「봉투에 씌인 글씨체와 상자에 쓰인 글씨체가 서로 다릅니다. 봉투 위에 씌인 글씨체가 훨씬 흐릿하고 손을 떤 흔적이 남아 있어요. 누군가 글씨체를 모방한 겁니다」

청장이 물었다.

「그래서 어떤 결론을 내릴 수 있단 말입니까?」

「이 노란 봉투는 청장님의 요원이 보낸 것이 아니라는 말이죠. 베로 형사가 퐁네프 카페에서 보고서를 작성하고 봉투를 봉한 후, 그가 잠시 한눈을 판 사이에 누군가 봉투를 바꿔치기했던 것 같습니다」

「그건 추측에 지나지 않습니다!」

청장이 냉정하게 말했다.

「그럴지도 모르죠. 하지만 청장님의 요원이 불길한 예감에 떨고 있었고 철저히 감시당하고 있었다는 사실, 그리고 모닝턴의 유산에 대해 밝혀 낸 일들 때문에 그가 큰 위험에 처해 있다는 사실만은 확실합니다」

「글쎄요……」

「그를 구해야 합니다, 청장님. 이 모임이 시작됐을 때부터 저는 우리 모두가 이미 시작된 어떤 음모 속에서 헤매고 있다는 생각이 들었습니다. 지금이라도 너무 늦지 않았다면 좋으련만……. 부디 청장님의 요원이 첫 희생자가 되지 않기만을 간절히 바랄 뿐입니다」

경찰청장은 짜증스러운 목소리로 외쳤다.

「이것 보십시오. 선생은 선생의 추측을 굳게 믿고 계시지만 그 추측을 뒷받침할 만한 구체적인 증거가 전혀 없지 않습니까? 그러니 베로 형사가 와서 사건의 경위에 대해 보고할 때까지 그런 억측은 하지 마십시오」

「베로 형사는 돌아오지 않을 겁니다」

「아니, 이번엔 또 무슨 말을 하는 겁니까?」

「벌써 돌아왔으니 다시 돌아올 리가 없다는 거죠. 수위가 봤다고 하지 않았습니까」

「뭔가 착각한 거겠죠. 만약 수위의 증언 외에 다른 증거가 없으시다면……」

「다른 증거가 있습니다, 청장님. 바로 여기에도 그가 돌아왔다는 흔적이 있습니다. 거의 알아볼 수는 없지만 여기 그가 공책에 남긴 글씨를 보십시오. 방금 우연히 발견한 낙서인데 청장님 비서는 그가 이 글을 남겼다는 말은 하지 않았습니다. 이것이야말로 그가 이미 돌아왔다는 명백한 증거 아니겠습니까?」

순간 청장은 몹시 당황했다. 다른 참석자들도 불안한 예감에 휩싸였다. 때마침 도착한 비서관의 보고를 듣자 그들은 더욱 불안해졌다. 아무도 베로 형사를 보지 못했다는 것이다.

돈 루이스가 다급한 목소리로 말했다.

「청장님, 지금 당장 수위를 불러 주십시오」

수위가 청장실로 들어서자 돈 루이스는 청장의 허가를 받기도 전에 다급히 그에게 질문을 던졌다.

「틀림없이 그가 다시 이 방에 들어오는 것을 보셨나요?」

「틀림없습니다」

「한순간이라도 한눈을 파신 적도 없고요?」

「천만에요」

청장이 초조한 목소리로 외쳤다.

「하지만 페레나 씨! 만약 베로 형사가 정말로 여기 있다면 우리가 그 사실을 모를 리가 있겠습니까?」

「그는 여기 있습니다, 청장님」

「뭐라고요?」

「계속 고집을 부리는 것 같아 죄송합니다. 하지만 누군가 어떤 방에 들어가서 나오지 않는다면 그건 그가 아직 그 안에 있다는 소리죠」

「그가 몰래 숨어 있기라도 한다는 겁니까?」

「아닙니다. 기절했거나, 아파서 움직이지 못하거나 어쩌면……
죽어 있을지도 모르죠」

「하지만 도대체 어디서 그러고 있느냐 말입니다! 빌어먹을……!」

「바로 이 병풍 뒤에 있을 겁니다」

「이 병풍 뒤에는 아무것도 없습니다. 문이 하나 있을 뿐입니다」

「그 문 안에는요?」

「탈의실이 있습니다」

「그렇다면, 청장님. 베로 형사는 틀림없이 정신이 혼미해진 나머지 비서의 사무실로 간다는 것이 그만 반대로 이 탈의실 쪽으로 들어가 그 자리에서 쓰러져 버렸을 겁니다」

데말리옹 청장은 급히 병풍 쪽으로 걸어갔다. 그러나 문을 열기 직전에 그는 잠시 멈칫했다. 갑자기 자존심이 상했던 걸까? 청장은 지금 눈앞에서 펼쳐진 이 일련의 사건에서 지휘권을 장악해 절대적인 권위를 보여 주는 이 놀라운 사내의 영향력에서 자신이 자유롭다는 것을 보이고 싶었는지도 모른다. 이러한 청장의 태도에도 돈 루이스는 공손하면서도 의연한 태도를 잃지 않았다.

데말리옹 청장이 말했다.

「도저히 믿을 수 없는 일입니다」

「청장님, 베로 형사의 증언으로 오늘 밤 살해당할지 모르는 두 목숨을 구할 수 있다는 사실을 잊지 마십시오. 이러고 있을 시간이 없습니다」

데말리옹은 그래도 미심쩍다는 듯 어깨를 으쓱해 보였다. 그러나 페레나의 확신에 찬 태도에 넘어가 결국 그가 시키는 대로 문을 열었다.

순간 청장은 그 자리에 서서 돌처럼 굳어 버렸다. 외마디 소리조차 내지르지 못했다. 잠시 후 그는 나지막한 목소리로 중얼거렸다.

「아니, 이럴 수가……!」

뿌연 유리창으로 새어 들어오는 희미한 석양 빛 속에서 어떤 남자의 몸뚱이가 나뒹굴고 있었다.

「형사님, 베로 형사님」

수위는 황급히 쓰러진 남자에게 다가가 그의 이름을 불렀다. 그리고 비서의 도움을 받아 남자의 몸을 일으켜 안락의자에 앉혔다.

베로 형사는 아직 살아 있었다. 그러나 심장 박동 소리가 거의 들리지 않을 정도로 간신히 숨만 붙어 있는 상태였다. 베로 형사의 입가에서는 조금씩 침이 흘러나왔다. 두 눈에서는 이미 초점이 사라졌다. 그러나 안면 근육만큼은 삶에 대한 초인적인 의지 덕분인지 조금씩 움직이고 있었다.

돈 루이스는 나지막하게 중얼거렸다.

「이것 좀 보십시오, 청장님. 갈색 반점이……」

순간 방 안에 있던 사람들도 모두 두려움에 사로잡혀 정신없이 호출 벨을 누르고 창문을 열어 구조를 요청하는 등 난리 법석을 피워 댔다.

데말리옹 청장도 허겁지겁 명령을 내렸다.

「의사를! 당장 의사를 데리고 오게. 눈에 띄는 대로 아무나 빨리, 그리고 사제도……. 이렇게 그냥 죽도록 내버려 둘 수는 없어」

돈 루이스는 손을 들어 모두를 진정시켰다.

「이제 와서 할 수 있는 일은 아무것도 없습니다. 그보다 마지막으로 그가 남길 말은 무엇인지 듣는 편이 낫겠습니다. 허락해 주시겠습니까, 청장님?」

돈 루이스는 몸을 숙이고 형사의 떨리는 머리를 등받이에 편히 기대 주었다. 그리고 아주 다정한 목소리로 형사의 귀에 대고 속삭였다.

「베로 형사, 나 데말리옹 청장이야. 오늘 밤에 벌어질 사건에 대해 알려 주게나. 내 목소리가 잘 들리나? 내 말을 알아듣는다면 눈을 감아 보게」

곧 베로의 눈이 감겼다. 우연의 일치인지는 알 수 없었다. 돈 루이스는 질문을 계속했다.

「자네가 루셀 자매들의 상속인들을 찾아냈다는 사실을 알고 있네. 그리고 오늘 밤 누군가 그들의 목숨을 위협하고 있다는 사실도. 자네가 오늘 밤 살인 사건이 두 건이나 발생한다고 그랬다며? 아마 모닝턴 사건과 관련이 있는 듯한데, 우린 아직 이 두 상속인의 성을 알아내지 못했네. 아마 더 이상 루셀은 아닐 텐데 말일세. 그것을 알려 주게나. 내 말 잘 들리나? 아까 노트 위에 자네가 FAU라고 썼지? 내 말이 맞나? 이 세 글자가 어떤 이름의 앞부분인가? 이 세 글자 뒤에 오는 글자는 뭔가? B? 아니면 C?」

그러나 형사의 창백한 얼굴은 더 이상 어떤 반응도 보이지 않았다. 잠시 후 형사의 머리가 앞으로 푹 고꾸라졌다. 그는 두세 차례 가쁘게 숨을 내쉬더니 곧 온몸에 경련을 일으켰다. 그러고는 더 이상 움직이지 않았다.

베로 형사는 숨을 거뒀다.

죽음을 눈앞에 둔 사내

　눈 깜짝할 사이에 누구도 예기치 못했던 비극적인 일이 벌어졌다. 온몸을 부들부들 떨며 이 광경을 지켜보던 참석자들은 잠시 동안 그 자리에 못 박힌 듯 멍하니 서 있었다. 공증인은 무릎을 꿇고 성호를 그었다. 경찰청장은 슬픔에 잠긴 목소리로 중얼거렸다.

　「가엾은 베로. 언제나 임무와 의무를 최우선시했던 용감한 사내였는데. 미리 치료를 받으러 갔다면 목숨을 건질 수도 있었을 텐데. 한시바삐 범인들의 음모를 폭로하려는 생각에 이곳에 왔다가 그만……. 아, 불쌍한 사람……」

　돈 루이스가 걱정스러운 표정으로 물었다.

　「결혼은 했습니까? 아이들도 있나요?」

　「세 아이의 아버지랍니다. 결혼도 물론 했고」

　「제가 그들을 책임지겠습니다」

돈 루이스가 딱 잘라 말했다.

곧 이어 의사가 도착하자 데말리옹 청장은 시체를 옆방으로 옮기라는 지시를 내렸다. 그동안 돈 루이스는 의사에게 다가갔다.

「베로 형사는 독살당한 것이 틀림없습니다. 손목을 잘 살펴보세요. 염증으로 부어오른 이 부분……, 바늘에 찔린 자국이 보이시죠?」

「누군가 이 부위에 독극물을 주입했다는 겁니까?」

「그렇습니다. 날카로운 핀이나 펜촉을 사용한 듯합니다. 하지만 범인의 생각보다 약효가 늦게 돌았던 것 같습니다. 바늘에 찔리고 난 뒤, 몇 시간이나 지난 후에 숨을 거두었으니까요」

수위들이 청장의 지시에 따라 시체를 옮겼다. 청장실에는 처음에 모였던 다섯 명만 남았다.

미 대사관 서기와 페루 공사관 서기관보는 자신들이 더 있어봐야 소용없다고 생각했는지 돈 루이스 페레나의 놀라운 추리력에 경의를 표한 뒤 바삐 돌아갔다.

다스트리냐크 소령도 옛 부하의 손을 꼭 잡고 정겹게 악수를 나눈 뒤 방문을 나섰다. 곧 이어 르페르튀와 페레나가 상속금의 증여 날짜를 잡고 청장실 밖으로 나가려는 순간 데말리옹이 황급히 들어왔다.

「아, 돈 루이스 페레나 씨! 아직 안 가셨군요. 다행입니다! 갑자기 어떤 생각이 났어요. 베로 형사가 노트 위에 써 놓은 글자가 당신 보기에 틀림없이 FAU였나요?」

「그런 것 같습니다. 청장님. 잘 보십시오, FAU라고 씌어져 있지 않습니까? 그리고 F가 대문자로 씌어져 있는 걸로 봐서 어떤 고유 명사의 첫머리라고 추정할 수 있지요」

데말리옹 청장은 고개를 끄덕였다.

「과연 그렇군요. 어쩌면 이것이 중요한 단서가 될지도 모르겠습니다. 실은 이 음절이 정확히……. 자, 직접 확인해 봅시다」

데말리옹 청장은 급히 책상 위에 쌓여 있는 우편물을 뒤적였다. 그리고 편지 한 장을 집어 들더니 서명을 가리켰다.

「아, 여기 있습니다! 바로 이겁니다. 과연 제가 생각했던 대로군요. 포빌. 첫 음절이 정확히 일치합니다. 자, 잘 살펴보십시오. 이름도 없이 포빌이라고 짤막하게 서명되어 있지요? 아마 열에 들떠 있을 때 편지를 쓴 모양입니다. 날짜도 주소도 없는 데다가 글씨도 이렇게 떨려 있으니……」

청장은 편지를 소리 내 읽었다.

「〈친애하는 청장님, 저와 제 아들이 큰 위험에 처해 있습니다. 죽음이 성큼성큼 다가오고 있습니다. 그런데 오늘 밤이나 내일 아침, 저는 저희 부자를 위협하는 이 흉악한 음모에 대한 결정적인 증거를 찾게 될 겁니다. 내일 오전 중에 이 증거들을 갖고 청장님을 찾아 뵙도록 하겠습니다. 저희 두 사람을 꼭 보호해 주십시오. 간절히 부탁드립니다. 포빌.〉」

페레나가 물었다.

「이름 앞에 어떤 직함 같은 것도 없나요?」

「아무것도 없습니다. 하지만 불을 보듯 뻔한 일이지요. 베로의 주장과 이 절망적인 요청은 너무나 정확히 일치하고 있습니다. 오늘 밤 살해당할 두 사람은 틀림없이 포빌 씨와 그의 아들일 거란 말입니다. 문제는 포빌이라는 성이 너무 흔해서 제 시간에 이들을 찾아내기가 불가능하다는 건데……」

「아니, 뭐라고요! 청장님, 하지만 무슨 수를 써서라도……」

「물론 가능한 모든 수단을 동원하겠습니다. 그리고 될 수 있는 한 많은 요원들을 급파해서 조치를 취하도록 하죠. 하지만 지금 우리에겐 그들을 찾아낼 그 어떤 단서도 없다는 사실을 잊지 마십시오」

돈 루이스는 답답함을 참지 못하고 언성을 높였다.

「아, 이런 끔찍한 일이! 두 사람이 죽음을 앞두고 있다는 사실을 뻔히 알면서도 손을 쓸 수 없다니! 청장님, 부탁입니다. 제발 이 사건을 손수 지휘해 주십시오. 코스모 모닝턴의 희망에 따라 청장님께선 이미 이 사건에 발을 들여놓으셨습니다. 그러니 청장님의 권위와 노련한 경험으로, 보다 적극적으로 나서서 일을 처리하셔야 합니다」

데말리옹 청장은 주저하며 말했다.

「하지만 이런 일은 치안국이나 검찰청 소관이란 말입니다」

「원칙은 그렇습니다. 하지만 청장님, 때로는 리더가 직접 행동을 취해야 할 때도 있는 겁니다. 계속 이렇게 고집을 피워서 죄송합니다만……」

페레나가 이 말을 마치기도 전에 청장의 비서가 명함을 한 장 들고 나타나 머뭇거리며 말했다.

「청장님, 이분이 청장님을 꼭 만나 뵙겠다고 하십니다. 워낙 완강하게 나오셔서 어쩔 수 없이……」

데말리옹 청장은 명함을 받아 들고 기쁨과 놀라움이 뒤섞인 탄성을 질렀다.

「이것 좀 보십시오, 선생」

청장은 페레나에게 명함을 건넸다.

이폴리트 포빌, 기술자
쉬셰가 14번지

「당신이 바라는 대로 되었습니다. 결국 우연이라고는 해도 이
사건에 대해 가장 많은 단서를 손에 넣은 제가 직접 개입할 수밖
에 없게 되었군요. 이 사건이 쉽게 풀리는 듯해 그나마 다행입니
다. 만약 이 포빌이라는 사람이 루셀의 상속자 중 한 명이라면 우
리의 일도 그만큼 한결 간단해지겠죠」

공증인이 나섰다.

「설령 그렇다 하더라도 고인의 뜻에 따라 마흔여덟 시간이 지
나기 전에는 상속자에게 유언장을 공개할 수 없다는 사실을 잊지
마십시오. 그러니 아직까지 포빌 씨에게 이 사실을 밝힐 수는 없
습니다」

갑자기 청장실 문이 열리더니 어떤 남자가 수위를 거칠게 떼밀
며 들어왔다.

그는 인사도 없이 다짜고짜 이렇게 외쳤다.

「형사님은? 베로 형사님은요? 죽었죠, 그렇죠? 사람들 말이……」

「그렇습니다, 선생. 방금 숨을 거뒀습니다」

「아, 너무 늦었어요! 제가 너무 늦게 도착했어요!」

사내는 그 자리에 주저앉아 두 손을 모으고 흐느끼며 분한 듯
외쳤다.

「아, 나쁜 놈들! 나쁜 놈들!」

벗겨진 이마에는 주름살이 깊숙히 패여 있었고 안면 근육은 신
경성 경련으로 파들파들 떨렸다. 그는 약 오십대 정도 된 중년 신
사로 창백한 얼굴에 볼은 홀쭉했으며 낯빛을 보니 앓고 있는 기

52

색이 역력했다. 그 남자의 눈에서는 눈물이 끊임없이 흘러내렸다.

경찰청장이 그에게 말을 걸었다.

「누구에 대해 말씀하시는 겁니까? 베로 형사를 죽인 자들 말인가요? 누군지 저희에게 말씀해 주실 수 있습니까? 그러면 수사에 큰 도움이 될 겁니다」

이폴리트 포빌은 고개를 저었다.

「안 됩니다. 아직은 안 됩니다. 지금은 말해 봐야 아무 소용없을 겁니다. 증거가 충분치 못하니……. 안 됩니다. 안 될 말입니다」

그는 벌써 자리에서 일어나 떠날 채비를 했다.

「청장님, 죄송합니다. 쓸데없이 찾아와 폐만 끼쳤군요. 하지만 꼭 알고 싶었습니다. 베로 형사가 그들의 음모에서 무사히 빠져 나오기만을 간절히 바랐는데……. 그의 증언과 제 증언을 모으면 귀중한 단서가 됐을 겁니다. 혹 그가 죽기 전에 청장님께 뭔가 알려 드린 일은 없습니까?」

「없습니다. 단지 오늘 저녁, 오늘 밤에……」

이폴리트 포빌은 소스라치게 놀랐다.

「오늘 저녁이라고요? 그렇다면 벌써 음모가 진행되고 있을지도……. 천만에요. 그럴 리 없어요. 놈들이 벌써 저를 해칠 수는 없을 겁니다. 아직 준비가 덜 됐을 테니까요」

「베로 형사는 분명히 오늘 밤, 두 건의 살인 사건이 벌어질 거라고 말했습니다」

「아닙니다, 청장님. 베로 형사가 뭔가 착각을 한 겁니다. 제가 더 잘 알고 있어요. 빨라야 내일 저녁입니다. 틀림없이 제가 미리 쳐 놓은 덫에 걸릴 겁니다. 아! 나쁜 놈들……」

돈 루이스가 포빌에게 다가가 물었다.

「포빌 씨, 모친의 성함이 엘리자베트 루셀이죠? 맞습니까?」

「예, 지금은 돌아가셨습니다」

「생테티엔 출신이셨고요?」

「그렇습니다. 그런데 갑자기 왜 그런 질문을 하십니까?」

「내일 청장님께서 설명해 주실 겁니다. 그런데 한 가지만 더 여쭤 보겠습니다」

돈 루이스는 베로 형사가 놓고 간 마분지 상자를 열었다.

「이 초콜릿 조각을 보고 뭔가 생각나는 게 있으십니까? 이 이빨 자국은……」

포빌은 음울한 목소리로 내뱉듯이 말했다.

「아니, 이럴 수가, 이런 뻔뻔스러운 짓을! 베로 형사가 어디서 이걸 손에 넣었지?」

포빌은 또다시 주저앉았다. 그러나 곧 다시 일어나 비틀거리며 서둘러 문 쪽으로 걸음을 옮겼다.

「청장님, 그만 가 보겠습니다. 내일 아침에 모든 걸 말씀드리죠. 그때쯤 모든 증거를 손에 넣게 될 테니까요. 그러면 저희 부자가 사법 당국의 보호를 받을 수 있을 겁니다. 저는 사실 병을 앓고 있습니다. 그렇다고 해서 당장 죽어야 할 이유는 없지 않습니까? 저는 살고 싶어요! 살 권리가 있단 말입니다. 제 아들도 마찬가지고요! 우리 부자는 살아야 합니다. 아! 나쁜 놈들……」

포빌은 마치 취한 사람처럼 정신없이 뛰쳐나갔다.

데말리옹 청장은 급히 자리에서 일어났다.

「포빌 씨의 측근에 대한 정보를 입수하고 그의 거처를 감시하라는 명령을 내리겠습니다. 이미 제 비서가 치안국에 전화를 걸어 알렸습니다. 잠시 후 거기서 제가 매우 신뢰하는 요원 한 명을 보내 줄 겁니다」

돈 루이스가 단호하게 말했다.

「청장님, 부탁입니다. 저도 청장님 밑에서 이번 사건을 수사할 수 있도록 허락해 주십시오. 코스모 모닝턴의 유언장에도 그렇게 씌어져 있지 않습니까. 그러니 제게 맡겨 주십시오. 포빌 씨의 적들은 몹시 대담하고 비범한 재주를 지닌 놈들입니다. 제 명예를 걸고 저는 오늘 밤 포빌 씨의 집에서, 그의 곁에서 한 발자국도 떠나지 않겠다고 맹세하겠습니다」

청장은 잠시 주저했다.

〈페레나는 왜 적극적으로 나서서 포빌을 보호하는 걸까? 포빌 부자가 죽고 난 뒤 석 달이 지나도록 다른 상속자가 나타나지 않는다면 페레나가 그 2억 프랑을 차지하게 될 텐데……. 과연 페레나는 고인에 대한 각별하고 고결한 우정만으로 이러한 제안을 하고 있는 걸까? 아니면…….〉

청장의 마음속에는 페레나에 대한 의혹이 조금씩 고개를 들기 시작했다.

데말리옹 청장은 결의에 찬 페레나의 두 눈을 뚫어지게 쳐다보았다. 페레나는 빈정거리는 듯하면서도 재기가 넘치고 심각하면서도 미소 짓는 듯한 종잡을 수 없는 표정을 짓고 있었다. 이렇게 모순된 표정이 한데 뒤섞인 그의 얼굴에서 그가 품고 있는 저의를 알아내기란 쉽지 않았다. 그러나 지금 청장을 바라보고 있는 페레나의 시선은 너무나도 정직하고 성실해 보였다. 청장은 곧 비서를 불렀다.

「치안국에서 보낸 사람이 도착했나?」

「예, 마즈루 반장이 왔습니다」

「들어오라고 하게」

청장은 페레나를 보며 말했다.

「마즈루 반장은 제가 데리고 있는 요원 중 가장 유능한 사람입니다. 재치 있고 활동적인 요원이 필요한 사건마다 항상 그 가엾은 베로 형사와 이 마즈루 반장을 투입하곤 했지요. 선생께도 큰 도움이 될 겁니다」

마즈루 반장이 청장실로 들어섰다. 반장은 작지만 단단해 보이는 체구를 지닌 사내였는데 축 처진 콧수염과 무거운 눈꺼풀, 물기 많은 눈과 제대로 자르지 않은 긴 생머리 때문에 무척 우울해 보이는 인상이었다.

「마즈루 반장, 자네 동료인 베로 형사가 죽었다는 소식은 이미 들었겠지? 그의 원수를 갚고 새로운 범죄가 또 일어나지 않도록 미리 조치를 취해야 한다네. 여기 이분께서 필요한 설명을 모두 해 주실걸세. 오늘 밤 이분과 함께 행동하고 내일 아침에 밤새 무슨 일이 있었는지 내게 보고하게」

이 말은 페레나가 자유롭게 수사에 착수해도 좋다는 허락이나 다름없었다. 청장이 마침내 페레나의 뛰어난 추리력과 곧은 마음을 인정한 것이다.

돈 루이스가 정중히 고개를 숙이며 말했다.

「감사합니다, 청장님. 청장님의 신뢰에 보답하기 위해 최선을 다하겠습니다」

돈 루이스는 데말리옹 청장과 공증인 르페르튀에게 작별을 고하고 마즈루 반장과 함께 경찰청을 나섰다.

돈 루이스는 길을 걸으며 마즈루 반장에게 자신이 이 사건에 대해 알고 있는 이야기를 들려주었다. 반장은 페레나의 추리력에 탄복을 금치 못하면서 자신도 최선을 다해 페레나의 수사를 돕겠다고 말했다.

이들은 우선 퐁네프 카페에 들렀다. 돈 루이스와 마즈루는 이 카페의 단골인 베로 형사가 아침에 이곳에 와서 긴 편지를 썼다는 사실을 확인했으며 형사와 거의 동시에 들어온 어떤 남자가 그의 옆 테이블에 앉아 편지지를 요구하고 두 번이나 노란 봉투를 달라고 했다는 사실도 알아냈다.

마즈루가 돈 루이스에게 말했다.

「선생 생각이 옳았군요. 실제로 누군가가 편지를 바꿔치기한 겁니다」

종업원이 묘사한 인상착의에 따르면 옆 테이블에 있던 남자는 눈에 확 띌 만큼 특이한 남자였다. 그는 키가 크고 약간 구부정하며 얼굴에는 뾰족한 밤색 턱수염을 기른 사내였다. 더구나 검은색 비단 줄이 달린 코안경을 썼으며 은으로 된 백조 머리 장식이 달린 지팡이를 들고 있었다는 것이다.

「이 정도면 쉽게 용의자를 검거할 수 있을 겁니다」

마즈루 반장이 만족스러운 듯이 말했다.

이들이 막 카페 밖으로 나서려는 순간 돈 루이스는 잠시 걸음을 멈췄다.

「잠시 기다려 주십시오」

「무슨 일입니까?」

「누군가 우릴 미행하고 있습니다」

「미행이라뇨? 그럴 리가! 그래, 누구한테 미행을 당하고 있다는 겁니까?」

「그건 별로 중요하지 않습니다. 어쨌든 미행하고 있는 자가 있으니 이자부터 먼저 처리해야겠습니다. 잠시만 좀 기다려 주십시오. 곧 돌아올 테니 너무 걱정하지 않으셔도 됩니다. 곧 기가 막힌 속물과 함께 돌아올 테니 말입니다」

잠시 후, 페레나는 구레나룻이 돋보이는 키가 크고 마른 신사와 함께 돌아왔다.

페레나는 두 사람을 서로 소개했다.

「이쪽은 마즈루 씨, 제 친구 중 한 사람입니다. 이쪽은 카세레스 씨, 페루 공사관 서기관보로 일하고 계시고 방금 전 청장실에서 있었던 모임에도 참석하셨지요. 페루 공사관의 명을 받아 제 신원을 증명할 서류를 수집한 분이기도 하고요」

그리고 그는 쾌활하게 말을 건넸다.

「자, 친애하는 카세레스 씨. 저를 찾으셨습니까? 경찰청을 나설 때부터 당신이 저희 뒤를 쫓고 있다는 사실을 금세 알아챘답니다」

서기관보는 말없이 눈짓으로 마즈루를 가리켰다.

페레나가 다시 입을 열었다.

「걱정 마십시오. 마즈루 씨가 계시다고 해서 당황하지는 않으셔도 됩니다. 그의 앞에서 말씀하셔도 상관없습니다. 마즈루 씨는 입이 무거운 분이시니까 말입니다. 게다가 이 문제에 대해서도 이미 훤히 알고 계시답니다」

서기관보는 침묵을 지켰다. 페레나는 그를 맞은편 자리에 앉혔다.

「자, 단도직입적으로 말해 봅시다. 존경하는 카세레스 씨, 이건 분명히 해 둬야 할 문제니 좀 거친 말이 오간다 해도 양해해 주시기 바랍니다. 그래야 시간 낭비를 막을 수 있지 않겠습니까? 자자, 돈이 필요하신 거죠? 그렇지 않습니까? 그래, 얼마나 필요하십니까?」

카세레스는 마지막으로 잠시 주저하며 돈 루이스의 동행인을 힐끔 쳐다봤다. 그러고는 결심한 듯 낮은 목소리로 말했다.

「5만 프랑!」

돈 루이스가 기가 막힌다는 듯이 외쳤다.

「허허, 이 사람이! 욕심도 많으시구먼! 어떻게 생각하십니까, 마즈루 씨! 5만 프랑이라면 상당한 액수 아닙니까? 게다가…… 자, 친애하는 카세레스 씨, 잠시 함께 우리 관계를 돌이켜 봅시다. 몇 년 전에 알제리에서 잠시 머물 때 저는 마침 그곳에 체류하던 당신을 알게 되는 영광을 누렸습니다. 그리고 곧 당신이 어떤 종류의 인간인지를 알아차렸지요. 그래서 스페인 귀족 출신의 페레나라는 가공의 인물에 대해 서류를 만들어 줄 수 있겠냐고 물었더니 당신은 문제없다고 대답하셨습니다. 가격은 2만 프랑으로 정했고요. 그런데 마침 지난주에 경찰청장에게서 신원 증명 서류를 제출하라는 말을 듣고 페루 공사관으로 갔을 때, 저는 제 출신에 대한 조사를 맡은 사람이 당신이라는 사실을 알게 됐습니다. 그래서 당신과 만나 청장 앞에서 할 말을 미리 짠 후에 또다시 당신에게 2만 프랑을 드렸지요. 계산은 그걸로 끝이 아니던가요? 또 뭘 더 달라는 겁니까?」

페루 공사관 서기보는 더 이상 당황한 기색을 보이지 않았다. 오히려 탁자 위에 팔꿈치를 올려놓고 당당하게 대답했다.

「이것 보시오. 예전에 댁과 거래할 당시만 해도 나는 댁이 개인적인 일 때문에 외인부대에 입대해서 신분을 감추고 사는 사람으로 알았수다. 훗날 보다 당당하게 살아갈 수 있는 방법을 모색하는 딱한 신사 분이라고 생각했지. 그런데 지금 댁은 내일이면 100만 프랑을, 또 몇 달 후엔 2억 프랑이나 되는 거액을 상속받을지 모르는 코스모 모닝턴의 유산 상속인이 아니오? 그러니 계산을 새로 해야 하지 않겠소?」

돈 루이스는 그의 말에 꽤 충격을 받은 듯했다.

「만약 내가 거절한다면?」

「내가 조사 과정에서 실수를 했으며 돈 루이스 페레나라는 인물이 사실 수상한 점이 많은 인물이라고 공증인과 청장에게 알리겠소. 결국 댁은 돈을 한 푼도 상속받지 못할 뿐 아니라 체포될수도 있지」

「미안하지만 당신도 함께 체포될 텐데요, 용감한 나리」

「내가?」

「물론입니다! 호적 위조 및 변조 죄로 말입니다. 그래, 제가 모조리 자백할 거라는 생각은 조금도 못해 보셨단 말입니까?」

순간 의기양양하던 카세레스의 태도가 돌변했다. 그는 적당한 대답을 찾지 못해 콧구멍만 벌름거릴 뿐이었다.

돈 루이스가 큰 소리로 웃어 젖혔다.

「자자, 카세레스. 제발 그런 얼굴 하지 마시오. 내 당신에게 해를 끼치는 일은 없을 테니 말이지. 단지 나한테 그런 얕은 수를 쓰려는 생각만 당장 버리면 된단 말이오! 당신보다 훨씬 더 능수능란한 작자들도 내게 허튼수작을 부리다가 혼쭐난 적이 있단 말이오! 그리고 솔직히 당신은 남들을 벗겨 먹는 데는 별로 재능이 없어 보이는군. 어딘가 좀 모자라 보인다오. 카레세스 씨, 당신은 천치 같은 인간이오! 그러니 괜히 쓸데없는 짓 하지 말고 얌전히 있는 게 좋을 거요. 자, 카세레스 씨, 이제 마음이 좀 변했소? 더 이상 고귀한 페레나 씨에 대한 음모를 꾸미지 않기로 단단히 결심하셨소? 좋소. 카세레스 씨, 아주 훌륭하오. 그러시다면 나도 정직한 사람답게 쩨쩨하게 굴지 않겠소」

페레나는 주머니에서 크레디 리오네 은행 도장이 찍힌 수표책을 꺼냈다.

「자, 여기, 코스모 모닝턴의 상속인이 친히 내리는 2만 프랑이 있소. 미소를 지으면서 받으시길 바라오. 마음씨 후한 신사 분께 고맙단 인사도 하셔야지. 그리고 롯의 딸들처럼 뒤도 돌아보지 말고 꺼져 버리시오. 자, 어서!」

돈 루이스 페레나의 거역할 수 없는 권위에 눌린 카세레스는 두말 않고 그의 말에 따랐다. 카세레스는 미소를 지으며 수표를 챙겨 넣고 거듭 감사하다는 말을 한 뒤 뒤도 돌아보지 않고 밖으로 나갔다.

「나쁜 자식 같으니라고! 반장님, 그렇지 않습니까? 반장님 생각은 어떠십니까?」

마즈루 반장은 눈을 크게 뜨고 돈 루이스를 멍하니 바라보았다.

「하지만, 하지만 선생!」

「왜요, 반장 나리?」

「다, 당신 정체가 뭡니까?」

「제 정체요?」

「그래요!」

「못 들으셨습니까? 페루인지 스페인인지의 귀족이라고. 저도 어느 쪽인지 확실히는 모르겠습니다. 어쨌든 전 〈돈 루이스 페레나〉라는 사람입니다」

「거짓말! 방금 내가 목격한 바에 따르면……」

「예전에 외인부대 상병이었던 〈돈 루이스 페레나〉란 말입니다」

「헛소리는 그만하시지」

「별의별 공을 세워 메달에 훈장까지 받은 전쟁 영웅이올시다」

「그만하라고 그랬소. 한 번만 더 허튼 소리를 했다간 지금 당장 나와 함께 경찰청으로 가야 할걸」

「젠장, 끝까지 들어 보시라고 하지 않았습니까. 저는 외인부대 출신에 전쟁 영웅이고 상태 교도소의 유형수였던 적도 있고 러시아 공작이기도 했고 치안국장 노릇을 한 적도 있고……」

반장은 이를 갈며 말했다.

「당신 정말 돌았어? 어디서 허무맹랑한 소리를 지껄이는 건가!」

「진실을, 틀림없는 사실만을 밝히고 있는 겁니다. 제 정체가 뭐냐고 물어보지 않았습니까? 그래서 하나하나 열거하고 있는 겁니다. 더 전에는 뭐였는지도 말씀드릴까요? 귀족 칭호도 꽤 여러 개 갖고 있었죠. 후작, 백작, 공작, 대공작, 준공작, 소공작, 가짜 공작…… 별의별 작위란 작위는 다 받아 봤습니다. 제가 왕이었다는 소문도 있습니다. 빌어먹을, 차마 그 소문이 사실이 아니라고 우길 수도 없어요」

마즈루 반장은 마디가 굵고 거친 자신의 두 손으로 가늘고 연약해 보이는 돈 루이스의 두 팔목을 꽉 잡은 채 위협적으로 말했다.

「자, 그쯤 해 두실까? 당신이 어떤 작자인지는 모르겠지만 결코 놓치지 않겠어. 당장 경찰청으로 함께 가시지!」

「목소리 좀 낮춰, 알렉상드르」

돈 루이스의 가는 두 손목이 거짓말처럼 쉽게 반장의 손아귀에서 빠져나오더니 반대로 반장의 건장한 두 손을 움직이지 못하게 꼭 잡았다. 돈 루이스는 한껏 빈정거리는 듯한 말투로 말했다.

「멍청한 녀석, 내가 누군지 아직도 모르겠나?」

순간 마즈루는 숨이 멎는 듯했다. 마즈루의 큰 두 눈이 한층 더 휘둥그레졌다. 그는 완전히 얼이 빠진 상태에서 이 불의의 사태를 이해하려 애썼다. 상대방의 목소리며 농담하는 듯한 말투, 대담한 장난기와 빈정대는 듯한 눈초리. 그리고 무엇보다도 〈알렉상드르〉라는 이름은 자신의 진짜 이름이 아니었다. 예전에 이 별명으로 자신을 부르던 사람은 단 한 명밖에 없었다. 하지만 어떻게 그런 일이…….

그는 더듬거리며 겨우 이렇게 말했다.

「두목, 두목님……?」

「이제야 알겠나?」

「하지만 그럴 리가, 어떻게 이런 일이, 분명히……」

「분명히 뭐?」

「두목님은 돌아가셨잖아요?」

「그래서? 내가 한 번쯤 죽었기로소니 그것 때문에 사는 데 지장이라도 받을 줄 알았단 말인가?」

상대방이 점점 더 혼란을 겪는 것처럼 보이자 돈 루이스는 반장의 어깨에 손을 얹고 침착하게 말했다.

「자네를 경찰청에서 일하게 해 준 게 누구지?」

「치안국 청장님이셨던 르노르망 씨요」

「그러면 〈르노르망〉 씨는 누구였지?」

「바로 두목님이셨죠」

「다시 말해 아르센 뤼팽이었다는 말이지, 안 그런가?」

「예, 맞습니다」

「이것 봐, 알렉상드르. 아르센 뤼팽에겐 체질상 폼 잡고 앉아서 치안국장 노릇을 하는 것보다 페레나로 둔갑해서 훈장도 받고, 외인부대 부대원이 되어 영웅 노릇도 해 보고, 심지어는 죽은 채로 살아 있는 편이 훨씬 더 쉬운 일이었어. 그걸 여태껏 모르고 있었단 말이야?」

마즈루 반장은 말없이 상대방의 얼굴을 자세히 살펴보았다. 마즈루의 우울한 눈빛이 매서워지더니 얼굴이 화끈하게 달아올랐다. 그는 주먹으로 탁자를 꽝 치며 분노에 가득 찬 음성으로 나지막하게 말했다.

「과연, 확실히 두목님이 맞으시군요. 하지만 아무리 그렇다고 해도 제가 행여 도움을 줄 거라고는 생각도 하지 마세요. 안 되고 말고요! 저는 이제 이 사회에 공헌하는 삶을 살고 있고 앞으로도 그럴 겁니다. 전 이미 정직한 삶에 맛을 들였어요. 이제 더 이상 그릇된 방식으로 살고 싶지 않단 말입니다. 천만에요! 절대, 절대, 절대로 다시는 그런 바보 같은 짓은 하지 않을 겁니다!」

페레나는 어깨를 으쓱해 보였다.

「정말 바보로군, 알렉상드르. 확실히 정직한 삶을 산다고 해서 머리가 좋아지는 건 아닌 모양이야. 아니, 누가 언제 예전에 하던 짓을 다시 시작하라고 그랬나?」

「하지만……」

「하지만 뭐?」

「지금 두목님께서 꾸미고 계신 음모는?」

「음모? 그래, 내가 이번 사건에 무슨 딴 생각이라도 품고 뛰어들었다고 생각하는 건가?」

「아니, 그게……」

「내 말 잘 듣게, 풋내기 반장 나리. 두 시간 전만 해도 난 이 일에 대해서 전혀 아는 바가 없었네. 그런데 자비로우신 하느님께서 예고도 없이 갑자기 나한테 상속자라는 멍에를 지우신 거지. 그러니 하느님의 뜻을 거역하지 않기 위해서라도……」

「어떻게 하시려고요?」

「코스모 모닝턴의 원수를 갚고 모닝턴의 상속자들을 찾아 그들을 보호하고 장차 물려받게 될 2억 프랑을 사이좋게 나눠 가지도록 도와줄 생각이야. 그뿐이야. 이것이야말로 정직한 사람의 임무가 아니고 뭐겠어?」

「그렇긴 하지만요……」

「그렇긴 하지만 내가 만약 이 임무를 부정한 방법으로 수행하기라도 하면 어쩌느냐, 그 말을 하고 싶은 거지?」

「두목……」

「이봐. 만약 내 행동이 조금이라도 자네 비위에 거슬리거나 돈 루이스 페레나의 양심에 비춰 티끌만큼이라도 의심 가는 부분을 발견한다면 주저하지 마, 당장 내 멱살을 잡고 경찰청으로 끌고 가란 말이야. 그때는 그렇게 해도 좋네. 아니, 꼭 그렇게 해야 해. 명령이야. 이제 마음이 놓이나?」

「제 마음이 놓이는 것만으로는 충분하지 않아요, 두목」

「또 무슨 소린가?」

「다른 사람들도 있습니다」

「무슨 소린지 잘 설명해 보게」

「누군가 두목님을 밀고한다면요?」

「뭐?」

「배신당하실 수도 있단 말씀입니다」

「누구한테?」

「옛 동료들이 있지요」

「모두 떠났네. 프랑스 밖으로 모두 보냈다고」

「어디로요?」

「그건 비밀이네. 자네는 내가 특별히 경찰청에 남겨둔 걸세, 혹시라도 자네 도움이 필요할 경우에 대비해서. 결국 내 생각이 옳았잖나」

「하지만 두목님의 정체가 드러나기라도 하면……」

「그러면?」

「체포되실 겁니다」

「그럴 리 없지」

「아니, 어째서요?」

「나를 체포할 수 있을 리가 없지」

「그럴 만한 이유라도 있습니까?」

「이 한심한 친구야, 방금 자네 입으로 말했잖아. 아무도 반박할 수 없는 기막힌 이유가 있다고 말야!」

「그게 뭔데요?」

「나는 이미 죽었다고」

마즈루는 멈칫했다. 페레나의 이 말 한마디에 한 대 크게 얻어맞기라도 한 듯했다. 순간 마즈루는 옛 두목의 강인하면서도 장난기 넘치는 일면을 알아보았다. 곧이어 그는 배꼽을 잡고 미친 듯이 웃어 댔다. 그의 우울해 보이는 얼굴이 우스꽝스럽게 일그러졌다.

「하하하! 두목! 여전하시군요! 하느님 맙소사, 너무 우습군!

하하, 정말이지 두목님한테는 못 당해요! 두목님께서 이미 죽어서 땅에 묻힌 지 오래라고요? 하하, 이런 웃기는 일이! 푸하하하!」

기술자인 이폴리트 포빌은 쉬셰가에 있는 꽤 넓은 저택에 살았다. 그는 저택 왼쪽에 위치한 정원에 따로 큰 건물을 짓고 작업장으로 사용했다. 그 바람에 정원에는 나무 몇 그루와 작은 잔디밭만이 남게 되었다. 담쟁이덩굴로 뒤덮인 철책이 정원을 빙 둘러싸고 있었다. 철책 사이에는 쉬셰가 쪽으로 나갈 수 있는 작은 문이 있었다. 루이 페레나는 우선 마즈루와 함께 파시 경찰서로 갔다. 마즈루는 경찰 서장에게 자신의 신분을 밝힌 뒤 그날 밤 경찰관 두 명을 포빌 저택 주위에 배치해 망을 보게 하고 수상해 보이는 자는 모두 체포할 수 있게 해 달라고 부탁했다.

서장은 최선을 다해 협조하겠다고 약속했다.

두 사람은 동네에서 간단히 저녁을 먹고 밤 9시에 저택 정문 앞에 도착했다.

「알렉상드르」

「예?」

「무섭지 않나?」

「아뇨. 왜요?」

「왜냐고? 우린 지금 포빌 부자를 보호하면서 이 두 사람을 없애면 엄청난 재산을 차지하게 되는 자들과 맞서 싸우고 있는 걸세. 그런데 이 작자들은 눈에 뵈는 게 없는 놈들 같네. 그러니 자네 목숨이나 내 목숨이나 그자들에겐 파리 목숨이나 같다고. 그래도 두렵지 않나?」

마즈루가 진지하게 대답했다.

「두목, 무슨 일이 생겨 언젠가 정말로 두려움에 떨게 될 수도 있겠죠. 하지만 지금 같은 때는 조금도 무섭지 않아요」

「어떨 때?」

「두목님이 곁에 계실 때요」

그리고 그는 단호히 벨을 눌렀다.

문이 열리고 하인이 나왔다. 마즈루는 명함을 건넸다.

이폴리트 포빌은 작업실에서 두 사람을 맞이했다. 탁자 위에는 온갖 책이며 서류, 팸플릿 등이 가득 널렸고, 유리문이 달린 장식장 두 군데에는 설계도 여러 장과 도안이 수북이 쌓인 이젤 두 개, 포빌 자신이 직접 설계하거나 발명한 기계들을 강철과 상아로 축소해 만든 모형들이 즐비했다. 벽에 붙다시피 놓인 널찍한 소파 맞은편에는 위층의 원형 회랑으로 통하는 나선형 계단이 있었다. 전화기는 벽에 설치되어 있었다.

마즈루는 먼저 자신의 신분을 밝히고 페레나 또한 경찰청에서 파견된 요원인 것처럼 소개한 다음 곧 자신들의 방문 목적과 이유를 밝혔다.

「데말리옹 청장님께서는 오늘 오후에 입수한 단서들이 심상치 않아 많이 걱정하고 계십니다. 그래서 내일 두 분께서 면담하러 오실 때까지 저희 요원들이 포빌 씨와 아드님을 보호할 예정입니다. 저희를 믿고 지시를 따라 주시기 바랍니다」

포빌은 이 말에 적잖이 언짢은 기색을 보였다.

「선생들 도움 없이도 이미 나름대로 예방책을 다 세워 놓았습니다. 그것도 아주 철저히 세워 놓았다고요. 오히려 당신들이 끼어들어 일을 그르치게 될까 봐 그게 더 걱정입니다」

「왜 그렇게 생각하십니까?」

「놈들이 당신들 때문에 한층 더 조심할 테니까요. 그렇게 되면 그들을 궁지로 몰 증거를 손에 넣는 데 실패할 수도 있단 말입니다」

「좀 더 자세히 설명해 주시겠습니까?」

「안 돼요. 그럴 순 없습니다. 내일, 내일 아침까지는……. 그 전에는 절대 안 돼요」

돈 루이스 페레나가 대화에 끼어들었다.

「내일 아침이면 너무 늦습니다」

「내일이면 너무 늦는다고요?」

「베로 형사가 청장의 비서에게 분명히, 오늘 밤에 두 건의 살인이 벌어질 거라고 몇 번이고 되풀이해 말했단 말입니다」

포빌이 성난 목소리로 외쳤다.

「오늘 밤이라고요? 그럴 리 없어요. 천만에! 내 장담하건대 오늘 밤만은 아닙니다. 당신들은 아직 모르는 사실이 있습니다」

「물론이죠. 그렇지만 포빌 씨께서 모르는 사실을 베로 형사가 알아냈을지도 모르죠. 당신의 목숨을 노리는 자들의 비밀을 당신보다 먼저 알아냈을 수도 있단 말입니다. 놈들이 베로를 의심하고 있었다는 사실과 흑단 지팡이를 든 어떤 남자가 그를 감시하고 있었다는 사실, 결정적으로 그가 살해당했다는 사실, 이 모든 것이 그 증거 아니겠습니까?」

이폴리트 포빌은 점점 자신감을 잃어 가는 것 같았다. 페레나는 이 틈을 타 끈질기게 그를 설득했고 결국 포빌은 자신의 의지보다 강한 페레나의 집념에 고집을 꺾었다. 하지만 완전히 페레나의 의견에 양보한 것은 아니었다.

「당신 말이 옳다고 칩시다. 하지만 그렇다고 밤새 여기 계시진 않겠죠?」

「아니, 그럴 생각입니다」

「그래 봐야 소용없다니까요! 시간 낭비요! 최악의 사태가 벌어진다 하더라도……. 그래, 어쩔 셈입니까?」

「이 저택 안채에는 누가 삽니까?」

「누가 사냐고요? 당연히 제 아내가 살죠. 아내의 침실은 안채 2층에 있습니다」

「부인의 목숨은 위태롭지 않은가 보죠?」

「그렇습니다. 그 사람은 괜찮아요. 놈들이 노리는 건 바로 내 목숨이죠. 정확히 말해 나와 내 아들 에드몽의 목숨입니다. 그래서 일주일 전부터 원래 내 침실 대신에 여기서 자고 있습니다. 일 핑계를 댔지요. 작성해야 할 문서가 너무 많아서 밤늦게까지 일해야 할 뿐만 아니라 아들의 도움도 받아야 한다고 둘러댔어요」

「아드님도 여기서 잡니까?」

「위층에서 잡니다. 작은 침실 하나를 마련해 줬지요. 거기 들어가려면 이 내부에 있는 계단을 통해 올라가는 수밖에 없습니다」

「아드님은 지금 거기 있습니까?」

「예, 자고 있습니다」

「몇 살입니까?」

「열여섯 살이요」

「그런데 이렇게 거처를 옮기신 건 틀림없이 누군가가 당신네 부자를 공격할 거라고 생각하셨기 때문이죠? 안 그렇습니까? 그렇다면 놈들 중 한 명이 이 저택 안에 있습니까? 하인들 중 한 명인가요? 아니면 외부 사람인가요? 그렇다면 그자는 어떻게 해서 저택 안으로 침입할 수 있습니까? 저희가 궁금한 것은 바로 이 점입니다」

「내일, 내일까지만 참으세요. 내일이면 모두 설명해 드리지요」

포빌은 끈질기게 같은 말만 되풀이했다.

「왜 오늘 저녁에는 안 된단 말입니까?」

페레나 역시 물러나지 않았다.

「증거를 잡아야 한다고 몇 번이나 말하지 않았습니까. 그리고, 그리고 이 일에 대해 섣불리 발설했다간 끔찍한 결과를 초래할 수 있단 말이에요. 전 그럴까 봐 몹시 두렵습니다. 그래요, 두렵단 말입니다!」

실제로 포빌은 온몸을 벌벌 떨고 있었다. 공포에 질린 그의 모습이 너무 딱해 보여서 돈 루이스는 자신의 주장을 꺾었다.

「알겠습니다. 정 그러시다면 저와 제 동료가 오늘 밤 선생께서 도움을 요청하시면 곧 달려올 수 있는 곳에서 밤을 지낼 수 있게만 허락해 주십시오」

「마음대로 하세요. 어쩌면 그게 더 나을지도 모르겠군요」

그때 문을 두드리는 소리가 들리더니 하인 중 한 명이 들어와 포빌 부인이 외출 전에 포빌 씨를 보러 왔다는 말을 전했다. 하인의 말이 채 끝나기도 전에 포빌 부인이 들어왔다.

포빌 부인은 페레나와 마즈루가 있는 것을 보고 살짝 고개를 숙이며 우아하게 인사를 했다. 그녀는 삼십대 초반의 젊은 여인으로 푸른 눈동자와 치렁치렁한 머리, 조금 경박해 보이지만 매력적이고 다정해 보이는 얼굴에 화사한 미모를 자랑하는 여자였다. 그녀는 어깨가 드러나는 이브닝드레스를 입고 그 위에 큼직한 비단 망토를 걸치고 있었다.

포빌은 뜻밖이라는 듯이 물었다.

「아니, 당신 오늘 저녁에 외출할 계획이었나?」

「기억 안 나세요? 오베라르 부부가 오페라 극장에 좌석을 마련해 줬잖아요. 그리고 공연이 끝나거든 데르셍제 부인이 여는 연회에 잠시 들렀다 오라고 당신이 그랬잖아요」

「아 참, 그랬지, 깜빡 잊고 있었어. 내가 요즘 그 정도로 바쁘다고」

포빌 부인은 장갑에 단추를 채우고 나서 말을 이었다.

「데르셍제 부인 집으로 데리러 오실 거예요?」

「내가 거길 뭣 하러 가?」

「사람들이 당신을 보면 반가워할 텐데……」

「생각 없어. 게다가 오늘은 몹시 피곤하다고」

「정 그러시면……」

「그래, 당신이 양해를 좀 해 줘」

그녀는 우아하게 망토를 채우고 나서 잠시 뭔가 할 말이 있다는 듯 주저하며 서 있더니 이렇게 물었다.

「에드몽은 어디 갔나요? 당신과 함께 일하고 있는 줄 알았는데요」

「피곤하다며 일찌감치 올라갔어」

「지금 자요?」

「그래」

「잘 자라고 인사도 못했는데……」

「오늘은 됐어. 그러다 애가 깨겠어. 자자, 당신 차가 기다리고 있지 않아? 빨리 나가 봐. 잘 놀다 와」

「잘 놀다 오라고요? 당신도 없이 혼자 가서요?」

부인이 퉁명스럽게 대답했다.

「그래도 방에 혼자 처박혀 있는 것보단 낫지 않겠나?」

분위기가 어색해졌다. 페레나와 마즈루는 건강이 나빠 사교계를 멀리하면서 집 안에 틀어박혀 있는 남편과 항상 기분 전환거리를 찾는 젊은 아내 사이가 원만하지 못하다는 사실을 금세 눈치 챘다.

남편이 더 이상 말이 없자 포빌 부인은 몸을 굽혀 남편의 이마에 살짝 입을 맞추었다.

그러고 나서 두 방문객들에게 다시 한번 인사를 한 다음 밖으로 나갔다.

곧 이어 밖에서 자동차 엔진 소리가 들리더니 그 소리는 순식간에 멀어졌다.

잠시 후 이폴리트 포빌은 자리에서 일어나 호출 벨을 누르고 말했다.

「이 집에서는 아무도 내 목숨이 위험하다는 사실을 몰라요. 아무에게도 말하지 않았거든요. 수십 년 전부터 내 시중을 들고 있는, 정직하기 그지없는 시종 실베스트르조차도 이 사실을 모른답니다」

시종이 들어왔다.

「이제 그만 자야겠네. 침대를 준비해 주게, 실베스트르」

포빌이 말했다.

실베스트르는 방에 있는 큰 안락의자를 잡아끌었다. 그러자 곧 편안한 침대가 마련되었다. 시종은 그 위에 시트와 이불을 깔았다. 그러고 나서 주인의 명령에 따라 물병과 유리잔, 과자가 담긴 접시와 과일을 가져왔다. 포빌은 과자를 먹고 나서 사과를 잘랐다. 설익은 사과였다. 그는 다른 사과 두 개를 집어서 살펴봤으나 역시 설익었다고 생각했는지 도로 내려놓았다. 대신 배를 깎아 먹었다.

「과일 쟁반은 여기 놔두게. 자다가 배고프면 먹어야겠어. 아! 잊어버릴 뻔했군. 이 두 분께서는 여기 계속 계실걸세. 이 얘긴 아무에게도 하지 말게. 그리고 내일 아침 내가 부르기 전에는 여기 오지 말게」

포빌이 시종에게 말했다.

시종은 주인의 명령대로 나가기 전에 과일 쟁반을 탁자 위에 놓았다. 무슨 일이건 무심히 지나치는 일이 없는 페레나는 이날 저녁에 벌어진 일들 중 가장 사소한 부분까지도 기계적으로 머릿속에 입력하고 있었다. 그래서 쟁반 위에 배 세 개와 사과 네 개가 놓여 있다는 사실도 놓치지 않고 눈여겨보았다.

그동안 포빌은 나선형 계단을 올라가 회랑을 지나더니 아들이 자고 있는 방으로 갔다.

그는 뒤따라 올라온 페레나에게 말했다.

「아들은 주먹을 쥐고 잠들었군요」

작은 방이었다. 이폴리트 포빌은 지붕에 뚫려 있던 창문을 나무판자로 완전히 막고 대신 통풍을 위한 특수 시설을 설치해 놓았다.

이폴리트 포빌이 설명했다.

「작년에 제가 마련한 일종의 보안 시설입니다. 이 방을 전자 실험실로 사용했기 때문에 누군가 실험을 엿볼까 봐 무척 걱정스러웠죠. 그래서 지붕에 난 창문마저 없애 버린 겁니다」

그는 나지막한 목소리로 덧붙였다.

「놈들이 나를 노린 지도 꽤 오래됐답니다」

두 사람은 아래층으로 내려갔다.

포빌은 회중시계를 꺼내 보았다.

「10시 15분이군요. 이젠 좀 쉬어야겠어요. 몹시 피곤하군요. 그럼 이만 실례하겠습니다」

페레나와 마즈루는 작업실에서 저택 현관으로 통하는 복도에서 자기로 했다. 하인들이 안락의자 두 개를 갖다 놓았다.

그런데 이 두 사람이 방을 나서려는 순간 그때까지 몹시 흥분하긴 했어도 가까스로 몸과 마음을 지탱하고 있던 이폴리트 포빌이 갑자기 의자에 털썩 주저앉으며 신음을 내뱉었다. 돈 루이스는 뒤를 돌아보았다. 이폴리트는 두려움과 고열로 쉴 새 없이 식은땀을 흘리며 바들바들 떨고 있었다.

「갑자기 어디가 편찮으세요?」

「전…… 두렵습니다. 무섭다고요」

그가 간신히 대답했다.

「왜 쓸데없는 걱정을 하십니까. 저희 두 사람이 바로 방 밖에 있잖아요. 원하신다면 여기 선생 머리맡에서 밤을 지새울 수도 있습니다」

순간 포빌은 난폭하게 페레나의 어깨를 붙들고 일그러진 얼굴로 더듬거리며 말했다.

「당신네들이 열 명 아니 스무 명쯤 내 곁에 있다고 해서 놈들이 눈 하나 깜짝할 것 같아요? 놈들은 뭐든 할 수 있단 말입니다, 알겠어요? 못할 게 없단 말입니다! 벌써 베로 형사를 죽였잖습니까. 곧 나도 죽이고 내 아들까지도……. 아! 죽일 놈들! 아, 하느님 제발 절 불쌍히 여겨 주십시오! 아! 너무나 끔찍해요! 너무 고통스러워요!」

그러더니 갑자기 무릎을 꿇고 가슴을 치며 같은 말을 되풀이했다.

　「하느님, 제발 자비를 베풀어 주십시오. 전 죽고 싶지 않아요. 저와 제 아들을 살려 주세요. 부디 절 불쌍하게 여겨 주십시오. 아 하느님, 제발……」

　　그러다 갑자기 무슨 생각이 났는지 단숨에 자리에서 일어나 페레나를 장식장 앞으로 데리고 가더니 유리문을 옆으로 밀었다. 밑에 구리로 된 바퀴가 달려 있어 유리문은 쉽게 열렸다. 장식장 안에는 자물쇠가 몇 겹씩 채워진 작은 금고가 하나 놓여 있었다.

　「여기 저에 관한 모든 자료가 있습니다. 또 3년 전부터 제가 매일 써 온 일기도 있고요. 혹 제게 무슨 일이 생긴다면 여기 있는 자료들이 놈들을 잡는 데 큰 도움이 될 겁니다」

　　이폴리트는 주머니에서 열쇠를 꺼내 금고 문을 열었다.

　　금고의 4분의 3가량은 비어 있었다. 그리고 한 선반 위에 서류 뭉치가 수북하게 쌓여 있었는데 그 가운데 회색 천으로 된 표지에 붉은 고무줄로 묶여 있는 수첩 한 권이 눈에 띄었다.

　　포빌은 이 수첩을 들고 띄엄띄엄 말을 이었다.

　「자, 이걸 보십시오. 모든 정보가 이 속에 들어 있어요. 이것만 있으면 놈들의 혐의를 입증하는 데…… 도움이 될 겁니다. 처음 부분에는 놈들에 대한 의혹이…… 다음 부분에는 그들이 음모를 꾸미고 있다는 확신이 적혀 있습니다. 그리고 무엇보다도 모든 것이…… 놈들을 옭아 맬 수 있는 정보가…… 파멸시킬 수 있는 모든 정보가 들어 있지요. 수첩을 이 금고 속에 다시 넣어 놓겠습니다」

　　포빌은 말을 마치고 나자 조금 침착함을 되찾는 듯했다. 그는 장식장의 유리문을 닫고 탁자 위에 널려 있는 서류들을 대충 정리한 후에 침대 머리맡에 놓인 작은 전등을 켜고 작업실 천장 중앙에 매달린 샹들리에를 껐다. 그리고 돈 루이스와 마즈루에게 그만 물러가 달라고 부탁했다.

쇠 덧문이 굳게 닫힌 두 창문을 유심히 살펴보며 방 안을 둘러보고 있던 돈 루이스는 정원 쪽에 문이 하나 더 있는 것을 발견하고 포빌에게 그 용도를 물었다.

「단골 고객들을 위해 만들었죠. 그리고 저도 가끔 그쪽으로 나가고요」

「정원으로 통하죠?」

「그렇습니다」

「단단히 잠겨 있습니까?」

「직접 확인해 보세요. 자물쇠에 빗장까지 쳐 있지 않습니까? 그 열쇠는 정원 열쇠와 함께 제 주머니 속에 들어 있지요」

그는 열쇠 꾸러미를 꺼내 지갑과 함께 탁자 위에 놓았다. 또 회중시계도 꺼내 태엽을 감은 후에 곁에 놓았다.

돈 루이스는 거리낌 없이 열쇠 꾸러미를 집어 들어 정원 쪽 문의 빗장과 자물쇠를 열었다. 과연 문 밖은 곧바로 정원으로 통했다. 그는 현관 앞에 있는 계단을 내려가 작은 정원을 둘러보았다. 담쟁이덩굴로 뒤덮인 철책 사이로 경찰관 두 명이 거리에서 서성거리고 있는 모습을 볼 수 있었다. 그는 정원 문이 제대로 잠겨 있는지 확인했다. 단단히 잠겨 있었다.

돈 루이스는 다시 작업실로 들어왔다.

「아무 이상 없습니다. 그러니 걱정 말고 푹 쉬십시오. 안녕히 주무십시오」

「내일 봅시다」

포빌이 복도 쪽 문을 닫으며 대답했다.

포빌의 작업실을 나서서 복도로 가기 전에 있는 작은 공간에는 인조 가죽으로 된 침대요가 깔려 있었다. 그리고 문을 하나 더 나서면 복도와 저택으로 통하는 입구가 있고 그곳에는 묵직한 양탄자가 걸려 있었다.

「졸리면 자. 내가 지키고 있을 테니까」

돈 루이스가 마즈루에게 말했다.

「하지만 두목, 정말로 어떤 위급한 사태가 발생할 거라 생각하시는 건 아니겠죠?」

「그래. 우리가 얼마나 철저히 대비를 했나. 그런데 자네는 베로 형사를 잘 알지? 그가 제멋대로 없는 일을 상상해 낼 수 있는 자라고 생각하나?」

「천만에요, 두목」

「그런 사람이 살인 사건이 벌어진다고 했다면 충분히 그럴 만한 이유가 있었기 때문이네. 그러니 난 깨어 있겠어」

「돌아가면서 지키죠, 두목. 제 차례가 되면 깨워 주십시오」

두 사람은 서로 딱 붙어 앉아 잠시 이런저런 이야기를 주고받았다. 마즈루는 곧 잠들었다. 돈 루이스는 안락의자에 앉아 가만히 귀를 기울였다. 저택 안은 조용했다. 간혹 밖에서 자동차나 역마차가 지나는 소리, 오퇴유 역을 지나는 막차 소리만이 들려올 뿐이었다.

돈 루이스는 몇 번이나 자리에서 일어나 문 쪽으로 다가갔다. 작업실 쪽에서는 아무런 소리도 들리지 않았다. 이폴리트 포빌은 이미 깊이 잠이 든 모양이었다.

「좋아, 거리에는 보초가 서 있으니 이 문만 잘 지키면 되겠군. 그러니 걱정할 필요가 없지」

페레나가 중얼거렸다.

새벽 2시에 자동차 한 대가 저택 앞에 멈춰 섰다. 그러자 부엌 쪽에서 기다리고 있던 하인이 서둘러 정문으로 나갔다. 페레나는 복도 불을 끄고 살며시 저택 현관 쪽에 걸린 양탄자를 젖혔다. 포빌 부인이 실베스트르의 시중을 받으며 저택 안으로 들어오고 있는 모습이 보였다.

그녀는 곧장 자기 방으로 올라갔다. 아래층 현관 불이 다시 꺼졌다. 그리고 약 30분 동안 위층에서 작게 속삭이는 소리와 의자 움직이는 소리 등이 들려 왔다. 곧 저택은 다시 침묵에 잠겼다.

그런데 이 침묵 속에서 페레나는 갑자기 형용할 수 없는 불안감에 사로잡혔다. 왜 그런지 딱 잘라 말할 수는 없었다. 그러나 이 불길한 예감은 너무나 강렬했기 때문에 그는 이렇게 중얼거렸다.

「아직도 포빌이 잘 자고 있는지 보러 가 봐야겠어. 문에 빗장을 걸어 놓지는 않았을 거야」

과연 그는 쉽게 문을 열 수 있었다. 페레나는 손전등을 켜 들고 침대 곁으로 다가갔다.

이폴리트 포빌은 벽 쪽으로 몸을 돌리고 깊이 잠들어 있었다.

페레나는 안도의 숨을 내쉬고는 복도로 돌아와 마즈루를 흔들어 깨웠다.

「네 차례야, 알렉상드르」

「두목, 아무 일도 없었습니까?」

「아무 일도 없었어, 포빌은 지금 자고 있어」

「그걸 어떻게 아세요?」

「보러 갔다 왔거든」

「그래요? 전 아무 소리도 못 들었는데……. 정말 정신없이 잠들었나 봅니다」

그는 페레나를 따라 작업실로 들어갔다. 페레나가 작은 목소리로 말했다.

「여기 앉아 있어, 그리고 포빌이 깨지 않게 조심해. 나는 잠깐 눈 좀 붙여야겠어」

이렇게 두 사람은 밤새도록 번갈아 가며 보초를 섰다. 그러나 페레나는 마즈루와 교대를 하고 잠시 눈을 붙일 때조차 선잠을 자며 주위에서 벌어지는 일들을 감지하고 있었다.

괘종시계가 시간을 알릴 때마다 페레나는 몇 번 울리는지 세어 보았다. 곧 저택 밖에서 우유 배달부 소리, 첫 기차의 기적 소리 등 하루의 시작을 알리는 소리들이 들리기 시작했다.

저택에서도 하인들이 일어나 움직이는 소리가 들렸다.

덧문 틈으로 빛이 조금씩 새어 들어오면서 방 안이 점차 밝아졌다.

「자, 이제 그만 갑시다. 포빌이 우리가 여기 있었다는 걸 알면 언짢아할 겁니다」

마즈루 반장이 말했다.

「조용히해」

돈 루이스는 엄격한 목소리로 명령했다.

「왜요?」

「그러다 깨겠어」

「안 깨고 잘 자고 있잖습니까」

마즈루는 여전히 큰 목소리로 대꾸했다.

「맞아, 그러고 보니……」

돈 루이스는 마즈루가 큰 목소리로 말하는데도 포빌이 꿈쩍도 하지 않는다는 사실에 놀라 이렇게 중얼거렸다.

순간 그는 지난밤 느꼈던 불길한 예감에 다시 휩싸였다.

「갑자기 왜 그러세요, 두목? 어쩔 줄 모르시는 것 같네요. 뭐가 잘못됐습니까?」

「아니야, 아니야. 갑자기 두려워져서……」

마즈루는 소스라치게 놀랐다.

「뭐가 두려우신데요? 그 말씀을 하시는 모습이 꼭 어제 포빌 씨가 그 말을 할 때와 똑같군요」

「그래, 그래. 그자와 같은 이유에서야」

「어째서요?」

「아직도 모르겠나? 아직도 내가 무슨 생각으로 떨고 있는지 이해가 안 가느냔 말야」

「무슨 생각을 하시는데요?」

「그가 죽어 있다는 생각!」

「어디가 어떻게 된 거 아닙니까, 두목? 어떻게 그런 일이……」

「나도 잘 모르겠어. 단지…… 단지…… 이곳에 죽음이 도사리고 있다는 느낌이 들어」

페레나는 손전등을 든 채 잠시 포빌이 누워 있는 침대 옆에 서서 마비라도 된 것처럼 꿈쩍 않고 있었다. 세상에 두려울 게 하나 없는 페레나였지만 지금 그는 감히 이폴리트 포빌의 얼굴을 비춰볼 엄두가 나지 않았다. 숨 막힐 듯한 침묵이 흘렀다.

「두목! 포빌 씨가…… 조금도 움직이지 않아요」

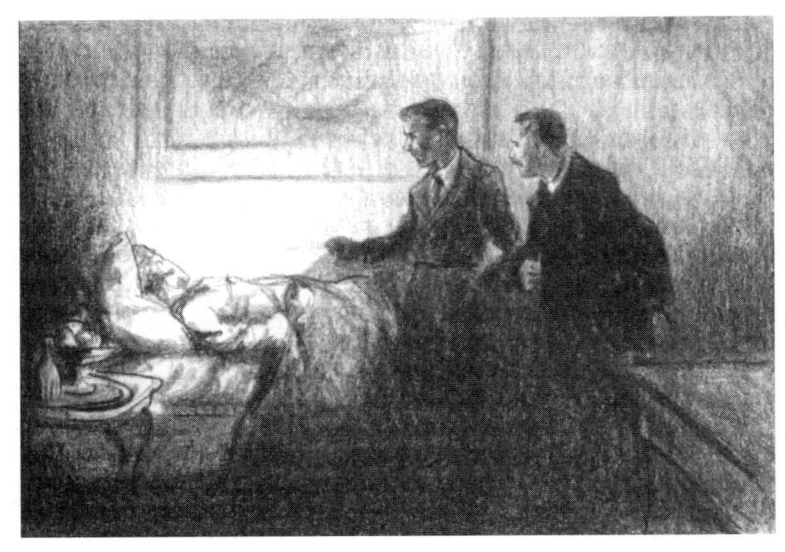

「알아, 알고 있다고. 그리고 지금 이자가 밤새 단 한번도 뒤척이지 않았다는 사실이 생각났네. 그래서 겁이 나는 거야」

페레나는 간신히 침대 곁으로 다가가 바싹 붙어 섰다.

포빌의 숨소리가 들리지 않았다.

페레나는 용기를 내어 포빌의 손을 쥐어 보았다.

그의 손은 얼음장처럼 차갑게 식어 있었다.

순간 페레나는 정신을 차리고 다급하게 외쳤다.

「창문을! 창문을 열어!」

그리고 빛이 방으로 쏟아져 들어오자 그는 포빌의 얼굴에서 군데군데 얼룩진 갈색 반점을 발견할 수 있었다.

「아! 죽었어. 어떻게 이런 일이……! 어떻게 이런 일이……!」

페레나는 낮은 목소리로 말했다.

마즈루 반장은 차마 말을 잇지 못했다.

그들은 눈앞에 펼쳐진 엄청난 사건에 놀라 멍하니 서 있었다. 갑자기 페레나가 무슨 생각이 났는지 소스라치게 놀라며 위층 다락방으로 황급히 뛰어 올라갔다.

에드몽 포빌 역시 침대에 누워 흙빛이 된 얼굴로 뻣뻣하게 굳은 채 죽어 있었다.

「이럴 수가……! 어떻게 이런 황당한 일이……!」

마즈루는 여전히 이 말만 되풀이했다.

지금껏 산전수전 다 겪은 페레나였지만 이렇게 큰 충격을 받기는 처음이었다. 이 엽기적인 사건 앞에서 그는 말 한마디 내뱉거나 손가락 하나 움직일 수 없을 만큼 온몸에 힘이 쭉 빠져 나가는 것을 느꼈다. 아버지와 아들이 동시에 죽다니! 바로 지난밤 살해를 당했다니! 몇 시간 전부터 경찰들이 저택을 감시하고 또 모든 출구가 빈틈없이 꽉 막혀 있었는데 도대체 범인은 어떻게 이곳에 들어올 수 있었단 말인가!

「어떻게 이런 일이! 결국 밤새 두 사람을 지켰던 것도 모두 헛수고로 돌아갔군요. 두 사람의 목숨을 구하기 위해 온갖 노력을 다 했는데도!」

마즈루는 자책하는 듯한 어조로 말했다. 페레나는 그의 생각을 읽고 곧 이렇게 고백했다.

「자네 말이 옳아, 마즈루. 이번 일엔 내가 너무 서툴렀어」

「저도 마찬가지예요, 두목」

「자넨…… 자넨……. 바로 어제저녁에 이 사건을 맡았잖나」

「두목님도 마찬가지잖아요」

「그래, 나도 아네. 겨우 어제저녁에야 범행 계획을 알게 됐으니…… 놈들은 벌써 몇 주 전부터 치밀하게 음모를 꾸미고 있었을 텐데. 하지만 중요한 건 두 부자가 살해당했고 내가 현장에 있었다는 거야! 다른 사람도 아닌 나, 뤼팽이! 내 눈앞에서 버젓이 살인 사건이 일어났는데 난 아무것도 못 봤네. 아무것도 못 봤다고! 어떻게 이런 일이 가능하냔 말이야!」

그는 가엾은 소년의 어깨로 시선을 돌렸다. 그리고 팔 위쪽에 난 주사 자국을 가리키며 말했다.

「같은 자국이야. 이폴리트의 팔에 남은 자국과 똑같은 자국이라고! 이 아이도 제 아버지처럼 고통 없이 숨을 거둔 모양이야. 가엾은 것, 아직 어린 티도 못 벗었는데……. 쯧쯧, 이렇게 잘 생긴 아이가……. 아! 애 엄마가 얼마나 슬퍼할까?」

마즈루 반장은 분노와 슬픔이 복받쳐 눈물을 흘리며 중얼거렸다.

「어떻게 이런 일이……! 세상에 어떻게 이런 일이……!」

「저들의 원수를 꼭 갚아 주자고, 마즈루!」

「두말하면 잔소리죠. 두 번이고 세 번이고 꼭 앙갚음을 해 주고야 말겠습니다」

「한 번이면 족해, 마즈루. 하지만 그 한 번을 아주 제대로 해야 하네」

「아! 맹세코 꼭 놈들을 잡아내겠습니다!」

「자네 말이 옳아. 우리 함께 맹세하자고. 이 두 사람의 원수를 갚겠다고 단단히 다짐하세! 이폴리트 포빌 부자를 살해한 놈들이 자신들의 죄 값을 치를 때까지 단 한 발짝도 물러서지 않겠다고 다짐해야 해!」

「제 영혼의 구원을 걸고 맹세하겠습니다, 두목」

「좋아! 지금부터 시작이네. 지금 당장 경찰청으로 전화를 걸게. 데말리옹 청장은 자네가 빨리 연락할수록 좋아할걸세. 그도 이 사건에 무척 관심이 많으니까 말야」

「그동안 하인들이나 포빌 부인이 오면 뭐라고 하죠?

「우리가 문을 열기 전에는 아무도 안 올 것이네. 그러니 경찰청장이 올 때까지는 문을 열지 마. 청장이 직접 이 소식을 부인에게 전할걸세. 자, 서두르게」

「잠깐만요, 두목, 우리를 도울 수 있는 게 있다는 사실을 잊고 있었어요」

「그게 뭐지?」

「금고 속에 있는 회색 수첩 말입니다. 포빌 씨가 어제 거기에 범인들의 음모에 대한 기록이 있다고 그랬잖아요」

「아! 젠장. 자네 말이 맞아. 마침 열쇠 꾸러미도 탁자 위에 그대로 있으니 당장 열어 봐야겠군」

그들은 급히 아래층으로 내려갔다.

「제가 열겠습니다. 두목님 대신 제가 여는 게 더 나아요」

마즈루는 열쇠 꾸러미를 집어 들고 장식장의 유리문을 연 다음 금고 자물쇠에 열쇠를 꽂았다. 돈 루이스는 마즈루가 무척 격양되어 있다는 느낌을 받았다. 과연 수첩을 통해 이 사건의 진상을 발견할 수 있을 것인가? 고인이 그들에게 살인범들에 대한 비밀을 폭로하는 순간이었다!

「왜 그리 꾸물거리나!」

돈 루이스가 초조한 목소리로 외쳤다.

마즈루는 두 손으로 철제 선반 위에 수북이 쌓여 있는 서류 더미를 뒤졌다.

「자, 이리 줘 보게」

「뭘요?」

「회색 수첩 말일세」

「없어요, 두목」

「뭐?」

「사라졌어요」

돈 루이스는 순간 목구멍으로 치밀어 오른 욕설을 간신히 참았다. 포빌이 두 사람 앞에서 금고 속에 넣었던 바로 그 회색 수첩이 보기 좋게 사라진 것이다!

마즈루는 그만 어안이 벙벙해졌다.

「세상에 어떻게 이런 일이! 놈들이 이 수첩이 있다는 걸 미리 알고 있었던 걸까요?」

「빌어먹을! 물론이지, 뿐만 아니라 다른 것들도! 이놈들을 붙잡으려면 아직 멀었군! 자, 시간이 없네. 당장 경찰청에 전화하게」

마즈루는 시키는 대로 했다. 청장의 비서는 마즈루에게 데말리옹 청장이 직접 포빌 저택으로 전화할 것이라고 했다.

마즈루는 앉아서 청장의 전화를 기다렸다.

잠시 후 방 안을 왔다갔다 하며 이것저것 유심히 살펴보던 페레나가 그의 옆에 와서 앉았다. 페레나는 걱정스러운 표정으로 한참 동안 생각에 잠겼다. 그러다가 페레나의 눈길이 과일 쟁반에 닿았다.

「아니, 사과가 세 개밖에 없군. 네 개가 있어야 하는데…….
포빌이 밤중에 먹은 걸까?」

페레나가 중얼거렸다.

「정말 세 개밖에 없네요. 밤중에 먹었나 보죠, 뭐」

「아냐. 그럴 리 없네. 사과가 설익었다고 했잖아」

그는 또다시 수심에 싸여 탁자에 팔꿈치를 괴고 잠시 말없이 생각에 잠기더니 곧 고개를 들고 이렇게 결론을 내렸다.

「범행은 우리가 이 방에 들어오기 전, 정확히 밤 12시 30분에 벌어졌어」

「그걸 어떻게 아십니까, 두목?」

「포빌의 살인범, 또는 살인범들이 탁자 위에 놓인 물건을 만지다가 포빌 씨가 어제 그 위에 올려놓았던 회중시계를 떨어뜨렸네. 그들은 시계를 급히 제자리에 놓았지. 하지만 떨어지는 바람에 시계가 멎어 버렸던 걸세. 이 시계는 12시 30분을 가리키고 있네」

「그러면 우리가 새벽 2시경 이 방에 들어왔을 때는 우리 옆에 시체가 놓여 있었다는 겁니까? 머리 위에는 또 다른 시체가 있고?」

「그렇네」

「하지만 그 망할 녀석들이 어디로 들어왔단 말입니까?」

「정원 쪽 문과 쉬세가 쪽에 있는 철책 문을 통해서 들어왔겠지」

「그렇다면 놈들이 이미 빗장과 자물쇠 열쇠를 갖고 있었다는 말이로군요?」

「복사한 열쇠를 갖고 있었을걸세」

「하지만 경찰관이 두 명이나 밖에서 저택을 지키고 있었잖습니까?」

「아직도 거기서 지키고 있네. 하지만 자기들이 한눈팔고 있는 사이에 누군가 저택에 들어올 수 있으리라고는 꿈에도 생각하지 못한 게지. 덕분에 놈들이 몰래 저택에 들어왔다 나갈 수 있었던 거야」

범인들의 치밀하고 대담한 수법에 마즈루 반장은 그만 할 말을 잃었다.

「그놈들…… 정말 보통이 아니군요!」

「물론이지, 마즈루. 고수 중에 고수야. 무척 힘든 싸움이 될 것 같네. 빌어먹을! 이렇게 대담하게 공격해 올 줄이야!」

전화 벨이 울렸다. 돈 루이스는 마즈루가 경찰청장과 통화를 하는 동안 수사에 필요한 단서를 발견할 수 있을지도 모른다는 생각에 열쇠를 집어 문을 열고 정원으로 나갔다.

전날 밤처럼 그는 담쟁이덩굴 너머로 한가하게 왔다갔다 하는 두 명의 경찰관을 볼 수 있었다. 그들은 페레나의 존재를 전혀 눈치 채지 못했다. 게다가 저택 안에서 벌어질 위험에는 조금도 관심이 없다는 듯한 태도였다.

「내가 잘못 생각했지. 이렇게 중대한 일은 아무한테나 맡기는 게 아닌데……」

페레나는 혼자서 중얼거렸다.

그는 곧 길 위에 남은 발자국을 발견할 수 있었다. 형체가 불분명해서 어떤 신발 자국인지는 알아볼 수 없었지만 이로써 범인들이 정원을 통해 침입했을 것이라는 페레나의 가정이 입증된 셈이었다.

갑자기 그의 얼굴이 환해졌다. 자갈길 가장자리에 무성하게 우거진 관목들 틈에 빨간색 물체가 떨어져 있었다.

그는 더 자세히 보기 위해 몸을 굽혔다.

그것은 과일 쟁반에서 사라졌던 네 번째 사과였다.

「완벽해, 이폴리트 포빌이 사과를 먹은 게 아니었군. 놈들 중 하나가 갖고 간 거였어. 갑자기 배가 고파졌던 모양이군. 그리고 실수로 이 사과를 떨어뜨리고는 찾을 시간이 없어서 그냥 가 버렸던 게지……」

페레나는 이렇게 중얼거리며 사과를 집어 들고 찬찬히 살펴보았다.

「아니! 이럴 수가!」

그는 소스라치게 놀라며 외쳤다.

페레나는 엄청난 충격 때문에 그 자리에 못 박힌 듯 잠시 가만히 서 있었다. 눈앞에 나타난 이 황당한 사실을 납득하기까지는 꽤 시간이 걸렸다. 누군가 이 사과를 깨물었다가 너무 맛이 없어서 그냥 던져 버린 모양이었다. 사과에는 이빨 자국이 선명히 남아 있었다.

「이럴 수가! 어떻게 이렇게 부주의한 짓을 저지를 수가? 틀림없이 사과가 놈이 모르는 사이에 떨어졌든지…… 아니면 너무 어두워서 찾을 수가 없었던 걸지도 모르지」

그는 여러 가지 추측을 해 보았지만 그 어떤 추측도 만족스럽지 않았다. 하지만 틀림없이 윗니와 아랫니, 두 줄의 이빨이 작고 붉은 사과에 각각 반원을 그리며 과육 속에 가지런히 선명한 자국을 남겨 놓았다. 위에는 여섯 개의 이빨 자국이 남았고 아래에는 아랫니 자국이 하나의 곡선을 이루었다.

페레나는 이빨 자국에서 도저히 눈을 뗄 수가 없었다.

「호랑이 이빨이야! 호랑이 이빨! 베로 형사의 초콜릿 조각에 있던 자국과 비슷한……. 묘한 우연이군! 아니 이게 과연 단순한 우연의 일치일까? 베로 형사가 경찰청에 명백한 증거로 제출한 그 초콜릿 조각과 이 사과에 남겨진 자국이 과연 동일한 이빨 자국일까?」

그는 머뭇거렸다. 혼자 수사를 하고 싶었던 페레나는 이 결정적인 증거물을 과연 사법 당국에 넘겨야 할지 일단 자기 혼자 간직하고 있어야 할지 좀처럼 결정할 수 없었다. 그러나 페레나는 이 물건을 만지는 동안 형용할 수 없는 불쾌한 기분이 온몸으로 퍼지며 구역질이 나는 것을 느꼈다. 그는 사과를 도로 수풀 속에 던져 버렸다.

그러고는 이렇게 중얼거렸다.

「호랑이 이빨이야……! 야수의 이빨이라고!」

그는 곧 작업실로 들어와 문을 닫고 빗장을 건 뒤 열쇠꾸러미를 탁자 위에 놓았다. 그리고 마즈루에게 말했다.

「경찰청장과 통화했나?」

「네」

「지금 오겠다고 하던가?」

「네」

「경찰서에 연락하라는 지시는 없었고?」

「없었습니다」

「자기 눈으로 직접 확인해 보려는 거겠지. 잘됐어! 그런데 치안국이나 검찰청은?」

「청장님께서 연락하셨습니다」

「그런데 알렉상드르, 무슨 일 있어? 왜 그렇게 마지못해 대답한다는 눈치인가? 그리고 나를 노려보는 그 이상한 눈초리는 또

뭐고? 무슨 일이라도 있는 건가?」

「무슨 일이 있긴요……」

「하긴 이 사건 때문에 정신이 좀 멍해졌나 보군. 충분히 그럴 만도 하지. 청장도 굉장히 못마땅해할걸세. 나한테 이 일을 맡긴 게 너무 경솔했다고 생각하고 있을 테지. 게다가 치안국이나 검찰청 사람들이 왜 내가 여기 있는지 물어볼 테니까. 아무리 생각해 봐도 우리가 지난밤에 한 일에 대해서는 자네가 모두 책임지는 편이 훨씬 더 나을 것 같네. 안 그런가? 그게 자네한테도 좋을 거고. 그러니 자네가 책임지고 될 수 있는 한 사람들이 내 존재에 대해 주목하지 않게 좀 해 주게. 그리고 특히, 절대로 자네가 지난밤에 단 한순간이라도 잔 적이 있다는 바보 같은 소리를 해서는 안 되겠군. 그런 세세한 일까지 보고할 필요는 없단 말이지. 잤다고 하면 괜히 질책만 듣게 될 테고 말이야. 그리고…… 그래, 뭐 이 정도면 되겠군. 내 말 잘 알아들었겠지? 자, 그럼 이제 그만 헤어질까. 틀림없이 청장이 나를 찾을 텐데 그러면 팔레부르봉 광장에 있는 내 집으로 전화하라고 하게, 거기 있을 테니까. 자, 그럼 이만 나는 가 봐야겠네. 수사하는 데 내가 있어 봐야 거치적거리기밖에 더하겠나. 나중에 보자고」

페레나는 문 쪽으로 향했다.

「잠시만요」

마즈루가 명령조로 외쳤다.

「왜? 무슨 일인가?」

마즈루 반장은 급히 문 앞으로 뛰어가 통로를 막았다.

「잠시만요…… 제 생각은 두목님과 다릅니다. 청장님께서 오실 때까지 기다리시는 편이 훨씬 더 나을 거예요」

「오호라, 그래? 하지만 난 자네 의견 따위는 신경 쓰지 않는 다네」

「할 수 없지요. 그래도 나가실 수 없습니다」

「뭐가 어쩌고저째? 자네 어디가 어떻게 된 거 아닌가, 알렉상 드르?」

「잘 생각해 보십시오, 두목. 좀 기다린다고 해서 두목님께서 손해 볼 일이 뭐 있겠습니까? 청장님께서 두목님과 이야기하고 싶은 건 너무 당연한 일 아닙니까?」

마즈루는 애원하다시피 말했다.

「아, 그러니까 청장이 나더러 여기 있으라는 명령을 내렸다 이 건가? 청장에게 똑바로 전하게, 나는 그의 부하가 아니라고! 설령 프랑스 대통령이나 나폴레옹 1세라도 내 길을 막는다면…… 제기랄, 알아서 전하게. 이만하면 알아들었겠지? 자, 이제 비 키게」

「절대 못 나가실 겁니다」

마즈루가 단호한 음성으로 말했다.

「말도 안 되는 소리」

「못 나가신다니까요!」

「알렉상드르, 열까지 세게」

「원하신다면 백까지도 셀 수 있어요. 하지만 어쨌든 못 나가십 니다」

「이봐! 헛소리 집어치우고 당장 비키란 말이야!」

페레나는 마즈루의 어깨를 잡고 한바퀴 빙 돌려서 단번에 소파 에 던져 버렸다.

그리고 문을 열었다.

「거기 서! 움직이면 쏜다!」

마즈루가 어느새 일어서서 단호한 얼굴로 권총을 겨누고 있었다.

돈 루이스는 그만 어안이 벙벙해져 그 자리에 멈춰 섰다. 그는 마즈루의 발포 위협이나 자신에게 향해 있는 총구 따위에 눈 하나 까딱할 사람이 아니었지만 자신의 수제자이자 공범이며 가장 충실한 부하였던 마즈루가 감히 지금과 같은 행동을 취할 수 있다는 사실은 큰 충격을 받았다.

그는 침착하게 마즈루에게 다가갔다. 그리고 총을 겨눈 마즈루의 어깨에 살며시 손을 얹으며 물었다.

「자자, 진정하고…… 경찰청장의 명령이지, 그렇지?」

「네……」

반장은 몹시 당황하며 어물어물 대답했다.

「자기가 도착할 때까지 나를 내보내지 말라고 명령했겠지?」

「네」

「혹 내가 나가려고 하거든 막으라고도 했나?」

「네」

「무슨 수를 써서라도?」

「네」

「총을 쏘는 한이 있더라도?」

「네」

페레나는 잠시 생각에 잠기더니 심각한 목소리로 물었다.

「내가 그냥 나갔다면 정말로 내게 총을 쏘려 했나, 마즈루?」

반장은 고개를 떨어뜨리고 작은 목소리로 간신히 대답했다.

「그렇습니다, 두목……」

페레나는 이 말에 화를 내기는커녕 불쌍하다는 듯이 그를 바라보았다. 자신의 옛 부하가 이제는 개과천선하여 경찰로서 의무를 다하고 명령에 순종하는 모습을 보고 있노라니 가슴이 뭉클했다. 자신의 본분을 다하기 위해 두목에게 바쳤던 열렬한 충성심마저도 저버리려는 마즈루에게 페레나는 다정한 목소리로 말했다.

「자자, 조금도 자네를 원망하지 않겠네. 오히려 자네 행동이 옳다고 생각해. 하지만 청장이 그런 명령을 내린 이유라도 말해 줄 수 없겠나?」

반장은 대답하지 않았다. 그러나 그의 고통스러운 눈빛을 보고 돈 루이스는 소스라치게 놀랐다. 순간 돈 루이스는 마즈루의 행동을 이해할 수 있었다.

「설마, 설마……. 그럴 리가 없어. 청장이 어떻게 그런 생각을……? 그래, 마즈루 자네도 내가 범인이라고 믿는 건 아니겠지?」

페레나가 외쳤다.

「아! 두목, 전 두목님을 잘 압니다. 결코 살인을 저지르실 분이 아니라는 걸……. 하지만 그래도 모든 정황을 살펴봤을 때……」

「모든…… 정황을 살펴봤을 때?」

돈 루이스가 느릿느릿하게 대답했다. 그리고 잠시 생각에 잠기더니 나지막한 목소리로 띄엄띄엄 말했다.

「그래, 따지고 보면 자네가 하는 말도 일리가 있어. 암, 모든 정황을 살펴봤을 때……. 내가 왜 그 생각을 못했지? 나와 코스모 모닝턴의 관계, 내가 파리에 도착할 즈음 공개된 유언장……. 여기서 밤을 새겠다고 끝까지 우겼던 내가 모닝턴 부자의 죽음으로 수억 프랑을 차지할 수도 있는 상속자라는 사실……. 그래, 경찰 청장이 의심할 만한 일이 한두 가지가 아니지! 게다가 결국, 결

94

국…… 쫓기는 몸이라 이거지!」

「두목!」

「쫓기는 몸이라고! 내 말 잘 들어. 난 지금 전과자에 탈옥수였던 아르센 뤼팽이라서 쫓기고 있는 게 아니야……. 하지만 정직한 시민이며 법정 상속인으로서의 돈 루이스 페레나로서 경찰의 추적을 받는다면 모두 끝장이야! 아, 이런 기가 막힌 일이! 내가 구속되면 도대체 누가 코스모와 베로 형사, 포빌 부자의 살인범을 찾아낼 수 있겠어?」

「두목, 진정하십시오」

「조용히하게, 밖에서 무슨 소리가 나는군」

자동차 한 대가 저택 앞에 멈춰 섰다. 곧 이어 다른 한 대도 도착했다. 청장과 검찰청의 예심판사들이 분명했다.

돈 루이스는 마즈루의 팔을 잡았다.

「딱 한 가지만 부탁하겠네. 알렉상드르, 자네가 갔다는 말만 하지 말게」

「절대 안 돼요, 두목」

「이런 멍청한 친구를 봤나! 왜 그렇게 말귀를 못 알아듣나! 거짓말은 죽어도 못하겠다는 거야? 그래, 무슨 할 말이라도 있어?」

돈 루이스가 성난 목소리로 외쳤다.

「두목, 꼭 진범을 찾아내세요」

「뭐? 무슨 소리를 하는 건가?」

이번엔 마즈루가 돈 루이스의 팔을 꽉 잡고 울음 섞인 절박한 목소리로 애원했다.

「꼭 진범을 찾아내시라고요, 두목. 안 그랬다간 두목님이 다칩니다, 틀림없어요. 청장님께서 직접 그렇게 말씀하셨습니다. 법정에 세울 범인이 필요하다고요, 그것도 바로 오늘 저녁에…….
그러니 두목님이 그전에 범인을 찾아내셔야 합니다」

「자네 정말 못말리는군, 알렉상드르」

「두목님께는 어려운 일도 아니잖아요. 확고한 의지만 있으시다
면…….」

「단서 하나 없다는 건 알고 하는 소린가, 이 멍청한 친구가!」

「찾아내실 겁니다. 꼭 그렇게 하셔야 해요. 제발 부탁입니다, 누
군가 다른 범인을 넘겨주세요. 만약 두목님이 체포되신다면 전
가슴이 찢어질 겁니다! 그럴 순 없어요, 절대로 그럴 수는…….
오늘 하루 동안 범인을 찾아내세요. 아르센 뤼팽은 그보다 더한
일도 했잖아요」

마즈루는 눈물을 흘리며 고통으로 일그러진 얼굴을 두 손으로
감쌌다. 자기 두목에게 다가오는 위험 앞에 이토록 고뇌하는 그
의 모습은 매우 감동적이었다.

저택 현관에서 데말리옹 청장의 목소리가 들려 왔다. 세 번째
자동차가 저택 앞에 섰다. 곧 이어 네 번째 자동차가 도착했다.
틀림없이 경찰 여럿이 타고 왔을 터였다.

저택 주위를 경찰들이 물샐틈없이 포위하고 있었다.

페레나는 입을 다물었다.

그 옆에는 마즈루가 근심 가득한 얼굴로 서 있었다.

잠시 후 페레나가 단호한 표정으로 입을 열었다.

「아무리 생각해 봐도 자네 말대로 하는 수밖엔 도리가 없겠
군, 알렉상드르. 만약 내가 몇 시간 안에 이폴리트 포빌 부자의
살인범을 넘겨주지 못한다면 오늘 4월 1일 밤, 나, 돈 루이스가
축축한 감방에서 자게 될 테니 말이야」

사라진 터키 석

오전 9시경, 경찰청장이 엽기적인 두 건의 살인 사건이 벌어진 포빌의 작업실로 들어왔다. 그는 들어오면서 돈 루이스에게 인사조차 건네지 않았다. 치안국장이 돈 루이스가 누군지 간략하게 소개하지 않더라면 청장과 함께 들어온 판사들은 그가 마즈루 반장의 부하인 줄 알았을 것이다.

데말리옹 청장은 빠르게 시체 두 구를 살펴보고 마즈루에게 대략적인 설명을 요구했다.

페레나는 잠시 복도에서 기다렸다. 벌써 범행 사실을 알게 된 하인들이 분주하게 저택과 작업실 사이를 오가고 있었다. 잠시 후 페레나가 대문으로 향한 현관 층계를 내려가자 보초를 서던 두 사람이 그의 앞을 가로막았다.

「나가시면 안 됩니다」

「하지만……」

「상부의 지시가 있었습니다」

「상부의 지시라고요? 누가 내린 명령입니까?」

「청장님께서 직접 내리신 명령입니다」

「저런, 그렇다면 할 수 없지만. 이것 봐요, 밤새 가며 보초를 섰더니 배고파 죽을 지경입니다. 뭐 좀 요기할 게 없을까요?」

페레나가 웃으며 말했다.

두 경찰관은 서로 마주보더니 곧 그중 하나가 시종 실베스트르를 불러 뭐라고 말했다. 실베스트르는 서둘러 부엌으로 가더니 크루아상 한 개를 들고 왔다. 돈 루이스는 그들에게 감사의 말을 건네고 다시 안으로 들어가며 중얼거렸다.

「자, 내가 포위당했다는 사실이 입증됐군. 그걸 확인하고 싶었지. 하지만 데말리옹 청장은 생각보다 머리가 좀 안 돌아가는 것 같아. 만약 그가 아르센 뤼팽을 붙잡아 두려 한다면 저기 있는 요원 전부를 동원해도 어림도 없을 텐데 말이야! 반면에 돈 루이스 페레나를 잡아두려 한다면 저 많은 요원들이 하나도 쓸모없지. 돈 루이스 페레나가 코스모의 엄청난 유산을 놔두고 도망갈 리가 없으니까. 그러니 잠자코 앉아 있는 게 상책이겠군」

그는 복도에 자리를 잡고 앉아 수사 진행 과정을 지켜보기로 했다.

마침 작업실 쪽 문이 열려 있어 그는 수사 중인 예심판사들의 모습을 볼 수 있었다. 검시관이 시체 두 구를 살펴본 결과 전날 베로 형사의 시체에서 페레나가 직접 확인했던 것과 동일한 중독 징후를 발견했다. 곧 요원들이 부자가 예전에 사용하던 저택 2층에 있는 작은 침실로 시체를 옮겼다.

경찰청장의 목소리가 들렸다.

「부인이 정말 안됐어! 처음엔 도무지 믿지 않으려고 하더군. 그리고 마침내 무슨 일인지 이해를 하자마자 그 자리에서 기절해 버렸어. 생각해 보게나, 아들과 남편이 동시에 변을 당하다니. 가엾게도……」

이 순간부터 페레나는 아무것도 볼 수 없었고 그 어떤 소리도 들을 수 없었다. 작업실 문이 굳게 닫혔다. 청장이 정원 쪽 문을 통해 밖에 있는 요원들에게 무슨 명령을 했는지 곧 경찰관 둘이 저택으로 들어와 복도와 현관 사이에 깔린 양탄자 양쪽에 섰다.

「내 혐의가 점점 짙어지는 모양이군. 불쌍한 알렉상드르가 얼마나 걱정하고 있을까?」

페레나는 중얼거렸다.

정오에 실베스트르가 쟁반에 요깃거리를 들고 왔다.

그리고 또다시 페레나에게는 밑도 끝도 없는 고통스런 기다림이 계속되었다.

점심 식사로 잠시 중단되었던 수사가 재개되었다. 페레나는 양쪽에서 사람들이 분주하게 왔다갔다 하며 떠들어 대는 소리를 들을 수 있었다. 결국 피로에 지친 그는 안락의자에 앉은 채로 잠이 들었다.

마즈루 반장이 페레나를 깨웠을 때는 이미 오후 4시였다. 마즈루는 그를 작업실로 인도하면서 작은 목소리로 물었다.

「찾아냈나요?」

「누굴?」

「범인 말입니다」

「제기랄! 범인 하나 찾아내는 것쯤이야 식은 죽 먹기지」

페레나가 말했다.

「과연!」

마즈루는 페레나가 농담하고 있는 줄도 모르고 만족스러운 표정으로 대답했다.

「천만다행이네요. 못 찾았으면 아까 두목님이 하셨던 말씀처럼 감방에 갇히실 뻔했어요」

돈 루이스는 작업실로 들어갔다. 안에는 검사, 예심판사, 치안국장, 경찰서장, 형사 두 명과 제복 차림의 경찰관 세 명이 모여 있었다.

쉬셰가 쪽이 왁자지껄했다. 경찰청장의 명령으로 경찰서장과 경찰관 세 명이 문 앞에 모여 있던 군중들을 해산시키기 위해 밖으로 나갔다. 신문팔이 소년 하나가 쉰 목소리로 외치는 소리가 들려왔다.

「쉬셰가의 살인 사건! 베로 형사의 죽음에 얽힌 미스터리! 혼란에 빠진 경찰!」

곧 문이 닫히고 한동안 침묵이 감돌았다.

〈마즈루 말이 옳아. 다른 누군가를 반드시 찾아내야 해. 만약 내가 심문이 끝날 때까지 베일에 싸여 있는 범인을 지목하지 못한다면 이자들은 오늘 저녁에 나를 제물 삼아 법정에 세우겠지……. 조심해, 뤼팽!〉

페레나는 대전투를 앞두고 늘 경험하는 기쁨의 전율을 느꼈다. 실제로 이 사건은 페레나가 아직까지도 생생히 기억하고 있는 가장 맹렬했던 전투 중 하나이다. 페레나는 데말리옹 청장의 노련한 수사 능력과 치안국장의 예리한 관찰력, 예심판사의 빈틈없는 논리적 판단 능력 등 상대의 강점과 약점을 경험으로 익히 알고

100

있었다.

그날 오후에는 경찰청장이 공격을 진두지휘했다. 데말리옹 청장은 사무적인 태도로 말을 꺼냈다. 전날 페레나에게 깊은 인상을 남겼던 사람 좋은 모습과는 전혀 딴판이었다.

「선생, 여러 가지 정황으로 인해 당신은 코스모 모닝턴의 상속자이며 대리인 자격으로 이곳에서 지난밤을 보내셨지요. 공교롭게도 그동안 두 건의 살인 사건이 발생했으니 어제 이곳에서 있었던 모든 크고 작은 사건에 대한 당신의 증언을 듣고 싶습니다」

「다시 말해, 청장님」

페레나는 즉시 역습을 취했다.

「여러 가지 정황으로 인해 청장님께서 직접 제가 이곳에서 밤을 지낼 수 있도록 허락해 주셨으니 제 증언이 마즈루 반장의 증언과 정확히 일치하는지 알고 싶으시다 이 말씀이죠?」

「그렇습니다」

「결국 제게 혐의를 두고 계시다는 것 아닙니까?」

데말리옹 청장은 잠시 대답을 피했다. 그의 눈이 돈 루이스의 눈과 정면으로 부딪쳤다. 청장은 확실히 그의 정직한 시선에 깊은 인상을 받은 듯했다. 그러나 청장은 곧 딱 잘라 말했다.

「당신은 제게 질문할 권리가 없습니다」

돈 루이스는 한 걸음 물러섰다.

「알겠습니다. 청장님」

「당신이 이 사건에 대해 아는 대로 말씀해 보십시오」

돈 루이스는 어제 있었던 일들을 하나도 빼놓지 않고 자세히 진술했다. 데말리옹은 그의 진술이 끝나자 잠시 생각에 잠기더니 이렇게 말했다.

「몇 가지 묻겠습니다. 오늘 새벽 2시 30분에 이 방으로 들어와 포빌 씨 곁에 섰을 때, 그가 죽었다는 어떤 징후도 눈치 채지 못했습니까?」

「그렇습니다, 청장님. 만약 그랬다면 마즈루 반장과 제가 곧 비상 연락을 드렸을 겁니다」

「정원 쪽 문은 잠겨 있었습니까?」

「예, 단단히 잠겨 있었습니다. 아시다시피 오늘 아침 7시에 다시 열었지요」

「어떻게 열었죠?」

「열쇠 꾸러미가 방에 있었습니다」

「그렇다면 어떻게 밖에서 침입한 범인들이 이 문을 열 수 있었다고 생각하십니까?」

「복사한 열쇠로 열었던 거죠」

「복사한 열쇠로 저 문을 열었다는 가설을 입증할 만한 증거가 있습니까?」

「없습니다, 청장님」

「그렇다면 그 증거를 찾기 전에는, 아무도 이 문을 밖에서 연적이 없으며 따라서 범인은 이 저택 안에 있었다고 추측할 수밖에 없겠군요」

「하지만 청장님, 이 안에는 저와 마즈루 반장밖에 없었습니다!」

청장은 대답하지 않았다. 이 의미가 무엇인지는 쉽게 짐작할 수 있었다. 곧 이어 데말리옹 청장이 던진 질문은 그 의미를 더욱 뚜렷이 드러냈다.

「밤새 한숨도 자지 않았습니까?」

「아니오, 새벽에 좀 잤습니다」

「그전에 복도에 있을 때는 조금도 눈을 붙이지 않았고요?」

「그렇습니다」

「마즈루 반장은?」

돈 루이스는 잠시 머뭇거렸다. 정직한 마즈루는 자기 양심에 위배되는 대답은 하지 못했을 것 같았다.

그래서 결국 이렇게 대답했다.

「마즈루 반장은 새벽 2시 포빌 부인이 돌아올 때까지 두 시간 동안 안락의자에서 잤습니다」

또다시 침묵이 흘렀다. 그러나 페레나는 청장의 생각을 훤히 읽을 수 있었다.

「그렇다면 마즈루 반장이 자고 있던 그 두 시간 동안 당신이 작업실로 들어가 포빌 부자를 해치웠을 가능성도 있군요?」

심문은 페레나가 예상했던 방향으로 흘러갔다. 페레나는 포위망이 점점 좁혀 들어오는 느낌을 받았다. 상대는 경탄할 만한 논리와 힘으로 페레나를 압박했다.

〈젠장, 무죄인데도 그 사실을 변호한다는 게 이렇게 힘들 줄이야! 사면초가 신세로군. 과연 끝까지 버텨 낼 수 있을까?〉

데말리옹은 잠시 예심판사와 무엇인가 의논한 다음 다시 말을 이었다.

「어제 포빌 씨가 당신과 마즈루 반장 앞에서 금고를 열었을 때 금고 안에 뭐가 있었습니까?」

「선반 하나에 수북이 쌓인 서류 더미 속에 회색 수첩이 한 권 있었습니다. 그런데 밤새 사라졌습니다」

「이 서류 더미에 손댄 적은 없나요?」

「금고도 못 만져 봤습니다. 청장님, 마즈루 반장이 이미 말씀 드렸을 텐데요? 마즈루 반장이 저를 근처에도 오지 못하게 했다 고요」

「그렇다면 한 번도 이 금고를 만지지 않았다는 거지요?」

「그렇습니다」

데말리옹 청장은 고개를 끄덕거리며 예심판사를 바라보았다. 페레나는 마즈루 반장을 한번 흘끗 바라보았다. 새파랗게 질려 있는 반장의 얼굴을 보고 그는 곧 이 질문에 어떤 함정이 들어 있 다는 사실을 깨달았다.

청장은 계속해서 말했다.

「당신은 어제 탁월한 추리력을 보여 주셨습니다. 그러니 지금 제가 하는 질문은 어떤 의미에서는 경찰이 사립 탐정에게 하는 질문이라 할 수도 있지요」

「최선을 다해 답하겠습니다, 청장님」

「알겠습니다. 만약 이 금고 안에 어떤 물건이 들어 있다면, 어 떤 보석이…… 이를테면 넥타이핀에서 떨어진 보석 같은 것이 떨 어져 있다면 말입니다. 뿐만 아니라 그것이 이곳에서 하룻밤을 보낸 사람의 것이라면, 당신은 이 우연으로부터 어떤 결론을 내 리시겠습니까?」

〈꼼짝없이 걸려들었군. 이게 바로 함정이야. 틀림없이 누군가 이 금고 안에서 어떤 물건을 찾아내서 그게 내 것이라고 우기는 것일 테지. 좋아. 하지만 나는 어제 금고를 만진 적이 없으니 까…… 누군가 나를 모함하려고 내 물건을 훔쳐서 이 속에 넣었 다는 말인데…… 불가능한 일이야. 나는 어제저녁에야 겨우 이 일에 뛰어든 데다 어젯밤에는 아무도 못 봤으니까 놈들이 이런

음모를 꾸밀 만한 시간적 여유가 없었다고. 그러니……〉

경찰청장이 재촉하듯이 또다시 질문을 던졌다.

「당신 의견은 어떻습니까?」

「이 저택 안에 있었던 누군가의 존재와 지난밤 살인 사건 사이에는 필연적인 관계가 있다고 생각합니다」

「그렇다면 결국 우리에겐 이 누군가를 의심할 만한 권리가 있다는 거군요?」

「그렇습니다」

「정말 그렇게 생각하죠?」

「그렇습니다」

데말리옹은 주머니에서 비단 주머니를 꺼냈다. 그리고 그 속에서 작고 파란 보석을 꺼내 페레나의 눈앞에 들이밀었다.

「자, 이게 우리가 금고 속에서 찾아낸 터키 석입니다. 당신 집게손가락에 끼고 있는 반지에서 떨어져 나온 보석이 틀림없지 않나요?」

돈 루이스는 순간 치밀어 오르는 분노를 참지 못하고 이를 바득바득 갈며 이렇게 외쳤다.

「아! 나쁜 놈들! 정말로 보통이 아니군! 하지만 어떻게 이런 일이!」

그는 급히 자기 반지를 들여다보았다. 반지 중앙에는 흐릿하고 생기없는 커다란 터키 석이 박혀 있고 그 둘레에 이와 동일한 명도의 불규칙한 작은 터키 석들이 박혀 있었다. 그런데 그중 한 자리가 비어 있었다. 데말리옹 청장은 들고 있던 보석을 여기에 맞춰 보았다. 한 치의 오차도 없이 딱 맞았다.

「자, 어떻게 생각하십니까?」

청장이 의기양양하게 물었다.

「이 터키 석이 제 반지에 박혀 있었던 것이고 이 반지는 제가 코스모 모닝턴의 목숨을 처음 구해 주었을 때 그 보답으로 받은 것이라고밖에는 드릴 말씀이 없군요」

「그렇다면 이 보석이 당신 것이라고 인정하신단 말씀입니까?」

「인정합니다, 청장님」

돈 루이스는 생각에 잠긴 채 서성거리기 시작했다. 치안국 요원들이 급히 문 쪽으로 향했을 때 그는 자신의 체포가 이미 예정된 사실이었다는 걸 깨달았다. 데말리옹 청장의 명령이 떨어지면 마즈루 반장은 영락없이 자기 두목의 멱살을 잡아야 할 판이었다.

그는 다시 한번 옛 부하에게 눈길을 던졌다. 괴로운 기색이 역력한 마즈루의 눈이 이렇게 말하고 있는 듯했다.

〈아니, 왜 빨리 진짜 범인을 밝히지 않으십니까? 시간이 없어요!〉

돈 루이스는 미소를 지었다.

「왜 그러십니까?」

경찰청장은 예심이 진행되는 동안 페레나에 대해 표면적으로나마 유지하고 있던 정중함마저 버리고 딱딱한 말투로 물었다.

페레나는 곁에 있던 의자 등받이를 잡고 한 바퀴 뺑 돌린 후에 그 자리에 앉아 짧게 말했다.

「이야기 좀 하겠습니다」

페레나의 위엄 있는 말 한마디에 데말리옹은 움찔하며 중얼거렸다.

「그럴 필요가……」

「듣고 나면 이해가 가실 겁니다, 청장님」

페레나가 쏘아붙였다.

그리고 천천히 한 음절 한 음절 힘주어 가며 페레나는 이렇게 서두를 열었다.

「청장님, 지금 상황은 지극히 명료합니다. 어제저녁 제게 이 사건을 위임하셨으니 이 모든 일에 대한 책임도 청장님께서 져야 하는 입장이시지요. 그러니 무슨 일이 있어도 즉시 내세울 만한 범인을 잡아내셔야 한다는 것은 알겠습니다. 그 범인으로 저를 지목하려 하신다는 것도요. 그 가설을 입증할 증거로는 제가 이 자리에 있었다는 사실과 이 문이 안에서 잠겨 있었다는 사실, 마즈루 반장이 범행이 일어난 시각에 잠들어 있었다는 사실, 그리고 금고 안에서 발견된 터키 석 등이 있지요. 이 모든 증거들이 그럴듯해 보이기는 합니다. 게다가 포빌 부자만 사라질 경우 제가 코스모 모닝턴의 유산을 물려받게 된다는 사실 때문에 제가 더욱 더 의심받을 수밖에 없다는 사실을 잘 알고 있어요. 결국 오늘 저녁 교도소로 가거나 아니면……」

「아니면?」

「청장님 손에 범인을 넘겨드리는 수밖에 없군요. 진짜 범인 말입니다」

경찰청장은 빈정거리듯 웃었다. 그리고 회중시계를 꺼내 들며 말했다.

「시간이 별로 없습니다」

「오래 걸릴 일은 아닙니다. 청장님께서 협조만 해 주신다면……. 그리고 진실을 찾아내려면 어느 정도 인내심도 필요한 것 아니겠습니까?」

「시간이 별로 없다고 했습니다」

데말리옹 청장이 되풀이해서 말했다.

「마즈루 반장, 시종 실베스트르 씨에게 가서 청장님께서 보자고 하신다고 전해 주세요」

데말리옹의 신호에 마즈루는 즉시 방을 나섰다.

돈 루이스가 시종을 부른 이유를 설명했다.

「청장님, 청장님께서는 이 터키 석이 제 혐의를 입증하는 결정적인 증거라고 생각하고 계시지만 저는 이 보석의 발견이 사건에 새로운 실마리를 던지고 있다고 생각합니다. 그 이유를 설명해 드리지요. 이 터키 석은 틀림없이 어제저녁에 제 반지에서 양탄자 위로 굴러 떨어졌을 겁니다. 그런데 당시 이 방 안에 있던 사람은 단 네 사람밖에는 없었습니다. 그러니 틀림없이 그중 한 명이 이 반지를 집어서 금고 속에 넣었을 겁니다. 그 네 사람 중 하나는 경찰청 직원인 마즈루 반장입니다……. 넘어갑시다. 두 번째 사람은 죽었습니다. 포빌 씨죠. 넘어갑시다. 세 번째는 하인 실베스트르 씨입니다. 그에게 몇 가지 질문을 하고 싶습니다. 금방 끝날 겁니다」

실베스트르의 심문은 실제로 금방 끝났다. 그에게는 포빌 부인이 도착할 때까지 부엌에서 가정부와 다른 하인, 이렇게 두 사람과 카드 놀이를 하면서 자리를 뜬 적이 없다는 알리바이가 있었다.

「알겠습니다. 한 가지 질문만 더 드리도록 하겠습니다. 오늘 아침에 신문에서 베로 형사의 사망 소식과 함께 실린 그의 사진을 보셨겠죠?」

페레나가 말했다.

「네」

「베로 형사를 아십니까?」

「아니요」

「하지만 이 집에 꽤 자주 들락거렸을 텐데요?」

「그랬을지도 모르죠. 정원 쪽 문을 통해서 포빌 씨를 방문하시는 분이 많았거든요. 그러면 포빌 씨가 직접 문을 여시곤 했지요」

「더 이상 증언할 건 없으십니까?」

「없습니다」

「그럼 지금 포빌 부인께 가셔서 경찰청장님께서 하실 말씀이 있다고 전해 주십시오」

실베스트르는 자리에서 물러났다.

예심판사와 검사는 이 말에 깜짝 놀라 해명을 요구하듯 페레나에게 다가왔다.

경찰청장도 외쳤다.

「뭐라고요? 설마 포빌 부인이 이 사건과 관련이 있다고 생각하는 건……」

「청장님, 포빌 부인은 제 터키 석이 떨어지는 모습을 목격한 네 번째 사람입니다」

「그래서 뭐가 어쨌다는 겁니까? 명백한 증거도 없으면서 어떻게 감히 한 부인이 자기 남편을 죽이고 아들을 독살했다고 주장한단 말입니까?」

「청장님, 전 그런 말은 하지 않았습니다」

「그렇다면 왜 부인을……?」

돈 루이스는 침묵을 지켰다. 데말리옹은 몹시 불쾌해 보였다. 그러나 결국 이렇게 말했다.

「알겠습니다. 하지만 당신은 부인에게 한마디도 해서는 안 됩니다. 그래, 제가 대신 어떤 질문을 해야 합니까?」

「이것만 물어보십시오, 청장님. 포빌 부인이 자기 남편 이외에 루셀 자매들의 후손을 알고 있는지 말입니다」

「왜 그런 질문을?」

「왜냐하면 만약 후손이 존재한다면 포빌 부자가 사망할 경우 수억 프랑의 유산을 물려받는 사람은 제가 아니고 그자가 될 테니까요」

「하긴…… 일리가 있는 말입니다. 하지만 여전히 이 새로운 가설을 증명할……」

데말리옹이 말을 마치기도 전에 포빌 부인이 방으로 들어왔다. 눈꺼풀은 울어서 빨개지고 두 볼은 눈물로 얼룩졌는데도 그녀의 얼굴은 여전히 우아하고 매력적이었다. 그러나 공포에 질린 눈동자와 살인 사건으로 인한 충격에서 벗어나지 못한 듯 겨우 몸을 가누는 모습이 보는 사람으로 하여금 동정심을 자아냈다.

청장이 극도로 정중한 태도로 그녀에게 말했다.

「먼저 자리에 좀 앉으시지요, 부인. 경황이 없으실 텐데 이렇게 불러내서 죄송합니다. 하지만 시간은 없고 부인께 그토록 소중했던 두 분의 원수를 한시바삐 갚아야 하기 때문에……」

또다시 부인의 아름다운 두 눈에서 눈물이 주르륵 흘러내렸다. 그녀는 흐느껴 울며 간신히 대답했다.

「제가 수사에 도움이 될 수만 있다면……」

「물론입니다. 여쭤 볼 것이 한 가지 있을 뿐입니다. 부군의 어머니께서는 이미 돌아가셨지요?」

「네, 그렇습니다」

「생테티엔 출신이고 처녀 때 이름이 루셀 맞습니까?」

「네」

「엘리자베트 루셀?」

「그렇습니다」

「부군께는 다른 형제가 있었나요?」

「아니요」

「그렇다면 엘리자베트 루셀의 후손은 이제 한 명도 남아 있지 않은 거군요」

「그렇습니다」

「좋습니다. 그런데 엘리자베트 루셀에게는 자매가 둘 있었지요?」

「네」

「장녀 에르멜린 루셀은 프랑스를 떠났고 아무도 그녀에 대한 소식을 못 들었지요. 그리고 막내인 나머지 한 분은……」

「아르망드 루셀, 제 어머니십니다. 지금은 돌아가셨고요」

「아니, 뭐라고요?」

「저희 어머니 처녀 때 이름이 아르망드 루셀이었다고요. 그리고 전 제 사촌과 결혼했지요」

연극에서나 있을 법한 극적인 반전이었다.

둘째 엘리자베트의 직계 후손인 포빌 부자의 사망으로 코스모 모닝턴의 유산은 셋째인 아르망드 루셀 집안으로 넘어가게 됐는데 알고 보니 포빌 부인이야말로 그 다음 순서의 상속권자였다!

경찰청장은 예심판사와 의미심장한 눈짓을 교환한 다음 페레나를 쳐다보았다. 페레나는 미동도 하지 않았다.

청장이 물었다.

「형제나 자매가 있으십니까, 부인?」

「아뇨, 청장님. 전 외동딸입니다」

외동딸! 결국 포빌 부자가 모두 사망한 지금 코스모 모닝턴의 막대한 유산은 모두 포빌 부인 앞으로 돌아온 것이다.

너무나 끔찍해서 감히 입 밖에도 낼 수 없는 생각이 예심판사와 검사의 뇌리에서 떠나지 않았다. 어떻게 친어머니가 자기 자식을 죽일 수 있단 말인가? 데말리옹은 돈 루이스 페레나를 쳐다보았다. 페레나는 종이 위에 몇 마디 말을 적어 데말리옹에게 내밀었다.

전날 페레나에게 보였던 정중함을 조금씩 되찾아 가던 청장은 급히 페레나가 쓴 글을 읽고 잠시 생각에 잠겼다.

「에드몽은 몇 살이었죠?」

데말리옹 청장이 포빌 부인에게 물었다.

「열일곱 살이었습니다」

「부인께선 아직 젊어 보이시는데……」

「에드몽은 제 친자식이 아닙니다. 의붓자식이었죠. 제 남편과 죽은 전 부인 사이에서 난 아들입니다」

「아…… 그렇습니까! 에드몽 포빌이……」

청장은 차마 말을 잇지 못했다.

2분 만에 상황은 완전히 역전되었다. 판사들의 눈에 포빌 부인은 더 이상 공격할 수 없는 가련한 과부도, 아들을 잃은 불쌍한 어머니도 아니었다. 그녀는 갑자기 유력한 용의자로 탈바꿈했다. 아무리 아름답고 매력적인 여성이라 할지라도 혼자서 엄청난 재산을 차지하기 위해 남편과 의붓자식을 살해하지 못할 이유가 어디 있겠는가?

청장은 질문을 계속했다.

「이 터키 석을 알아보시겠습니까?」

그녀는 청장이 내민 터키 석을 집어 들고 조금도 당황하는 기색이 없이 찬찬히 살펴보았다.

「아뇨. 제게 터키 석 목걸이가 하나 있기는 하지만 보석알도 훨씬 크고 모양도 달라요. 게다가 좀처럼 거는 일도 없죠」

「저희는 이것을 이 금고 안에서 주웠습니다. 이 보석은 저희가 알고 있는 어떤 사람의 반지에서 떨어진 것 같습니다」

데말리옹이 말했다.

「그렇다면 그 사람을 찾아내야죠」

그녀가 큰 소리로 외쳤다.

「여기 있습니다」

청장은 돈 루이스를 가리켰다. 페레나는 두 사람에게서 좀 떨어진 곳에 서 있었기 때문에 포빌 부인은 그때까지 그의 존재를 눈치 채지 못했다.

그녀는 페레나를 보더니 부들부들 떨며 몹시 흥분한 목소리로 외쳤다.

「바로 이 사람이 어제저녁에 여기 있었어요! 남편과 대화를 나누고 있었다고요. 맞아요, 여기 있는 이 사람도」

부인은 마즈루 반장을 가리키며 말했다.

「이 사람들을 먼저 심문해야 해요. 무슨 이유로 어제저녁 이곳에 왔는지 말이에요. 문제의 터키 석이 이 두 사람 중 한 명의 것이라면 더더구나……」

부인이 페레나에게 혐의를 떠넘기려 하고 있다는 사실은 너무나도 명백했다. 그러나 그 방법은 파렴치한 범인치고는 너무나 서툴렀다. 자기도 모르는 사이에 페레나의 주장을 뒷받침하고 있었던 것이다.

〈이 터키 석은 어제저녁에 저를 보고 곤경에 처하게 하려는 누군가가 주운 것이 틀림없습니다. 포빌 씨와 반장 외에 저를 본 사람은 시종 실베스트르와 포빌 부인밖에 없지요. 그런데 실베스트르는 혐의를 벗었으니 포빌 부인이 제 터키 석을 이 금고 속에 넣은 게 틀림없습니다.〉

데말리옹은 말을 이었다.

「그 터키 석 목걸이 좀 보여 주실 수 있겠습니까, 부인?」

「물론이죠. 제 방 장식장 속에 다른 보석들과 함께 넣어 두었어요. 가서 찾아올게요」

「그러실 필요 없습니다, 부인. 부인의 하녀는 그 보석들이 어디 있는지 잘 알고 있겠죠?」

「물론이죠」

「그렇다면 마즈루 반장이 하녀와 함께 갔다 올 겁니다」

마즈루가 방을 비운 몇 분 동안 아무도 말이 없었다. 포빌 부인은 큰 고통을 겪고 있는 듯했다. 데말리옹은 그녀에게서 눈을 떼지 않았다.

반장은 곧 보석이 가득 든 상자를 갖고 돌아왔다.

데말리옹은 터키 석 목걸이를 집어 자세히 살펴보았다. 과연 목걸이는 문제의 터키 석과는 다른 종류의 보석이었고 알들은 모두 제자리에 박혀 있었다.

그러나 파란색 보석이 박힌 왕관 하나를 끄집어내려고 상자 속을 뒤적이던 데말리옹 청장이 갑자기 멈칫했다.

「여기 있는 열쇠 두 개는 뭡니까?」

청장은 포빌의 작업실에서 정원 쪽으로 통하는 문의 열쇠와 비슷한 모양의 열쇠 두 개를 부인에게 내밀며 물었다.

포빌 부인은 그런 열쇠 따위는 안중에도 없다는 듯 눈 하나 깜짝 않고 태연하게 대답했다.

「잘 모르겠어요……. 오래전부터 상자 속에 있었던 거예요」

데말리옹 청장이 명령을 내렸다.

「마즈루, 이 열쇠로 저 문을 열어 보게」

마즈루는 시키는 대로 했다. 문이 열렸다.

「아, 맞아요. 이제야 생각이 나는군요. 남편이 제게 이 열쇠를 맡겨 뒀지요. 보조 열쇠로 갖고 있었던 거예요」

부인은 지극히 자연스러운 어조로 대답했다. 이 대답이 그녀에게 얼마나 끔찍한 혐의를 씌울 수 있는지는 꿈에도 생각하지 못하는 듯했다.

　포빌 부인의 태연자약한 태도에 모두들 초조해졌다. 포빌 부인은 정말 결백한 걸까? 아니면 결코 자신의 감정을 드러내지 않는 노련한 살인범일까? 정말 자신이 이 사건에서 혐의를 받고 있다는 사실을 눈치 채지 못한 것일까? 아니면 서서히 자신을 압박하는 위험을 이미 감지해서 능수능란하게 대처하고 있는 걸까? 만약 그렇다면 그녀는 왜 이 열쇠를 상자 속에 그대로 두는 어처구니없는 실수를 저질렀단 말인가?

　이러한 질문들이 방 안에 있는 모든 이들의 머릿속에 스쳐 지나갔다. 청장은 또다시 심문을 시작했다.

「범행이 자행되는 동안 부인께서는 집에 안 계셨지요?」

「네」

「오페라 극장에 가 계셨나요?」

「네, 후에 제 친구인 데르셍제 부인이 주최하는 연회에 참석했어요」

「부인의 운전사가 동행했나요?」

「네, 오페라 극장까지는요. 하지만 곧 집으로 돌려보냈어요. 그리고 데르셍제 부인의 파티가 끝났을 때 저를 데리러 오라 했지요」

「그래요? 그렇다면 오페라 극장에서 데르셍제 부인 댁까지는 어떻게 가셨습니까?」

데말리옹 청장이 물었다.

그제야 포빌 부인은 자신이 혐의를 받고 있다는 사실을 깨달았다. 부인의 눈빛과 행동에서 그녀가 이 질문에 무척 당황하고 있음을 금세 눈치 챌 수 있었다. 부인은 조금 망설이다가 이렇게 대답했다.

「택시를 탔어요」

「길거리에서요?」

「오페라 광장에서요」

「그렇다면 자정에 타셨군요?」

「아뇨. 11시 30분이었어요. 공연이 끝나기 전에 나왔거든요」

「한시바삐 데르셍제 부인 댁에 가고 싶으셨나 보죠?」

「아뇨, 뭐, 꼭 그렇다기보다……」

그녀는 갑자기 말을 멈췄다. 그녀의 양 볼이 새빨갛게 물들어 있었고 입술과 턱이 파들파들 떨렸다. 부인이 물었다.

「왜 이런 질문을 하시는 거죠?」

「수사에 꼭 필요하기 때문입니다, 부인. 그러니 정확히 대답해 주십시오. 몇 시에 데르셍제 부인 댁에 도착하셨습니까?」

「글쎄요, 잘 기억이 안 나요. 시간엔 별로 신경을 안 써서……」

「오페라 극장에서 나와 곧장 가셨습니까?」

「그런 셈이죠」

「그런 셈이라뇨?」

「실은, 머리가 좀 아파서 택시 기사한테 샹젤리제를 지나서 부아가 쪽으로 좀 가 달라고 했거든요…… 아주 천천히요. 그리고 다시 샹젤리제 쪽으로 내려 왔어요」

부인은 점점 더 당황하고 있었다. 발음이 불분명해지더니 그녀는 마침내 고개를 숙이고 입을 다물었다.

부인은 이 침묵을 통해 범행 사실을 자인하는 것 같지는 않았다. 그러나 확실히 더 이상 입 밖에 낼 수 없는 어떤 자책감에 시달리고 있는 듯했다. 어떻게 보면 너무나 기진맥진해 더 이상 범행 사실을 감출 수 없다고 생각하고 체념해 버린 것 같기도 했다. 수사가 점점 더 자신에게 불리하게 돌아가고 있는데도 그토록 서투르게 자신을 방어하고 있는 부인의 모습이 너무나 딱해 보여서 청장은 심문을 계속 진행시키지 못하고 잠시 머뭇거렸다.

확실히 데말리옹 청장의 얼굴에서는 주저하는 빛이 역력했다. 상대방이 예기치 않게 너무 쉽게 함락되자 심문을 계속하는 것이 어쩐지 마음에 걸리는 모양이었다.

그는 자기도 모르게 페레나를 쳐다보았다.

페레나는 이렇게 씌인 종이 조각을 내밀었다.

〈데르셍제 부인의 전화번호입니다.〉

데말리옹은 고개를 끄덕이며 중얼거렸다.

「맞아, 직접 확인해 보면 되겠군」

그는 곧 수화기를 들고 통화를 부탁했다.

「여보세요, 루브르 25-40번으로 연결해 주십시오」

곧 전화가 연결됐다.

「전화받는 분이 누구십니까, 집사라고요? 그렇다면 데르셍제 부인이 지금 집에 계신가요……, 안 계시다고요……, 데르셍제 씨는? 역시 안 계시고요……? 어쩌면 당신이 제 질문에 대답할 수 있을지도 모르겠군요. 저는 경찰청장 데말리옹입니다. 한 가지 물어볼 것이 있어요. 어젯밤에 포빌 부인이 댁에 몇 시쯤 도착했 습니까? 뭐라고요……? 확실합니까? 새벽 2시요? 그전에 도착한 게 아니라요? 그리고 몇 시에 다시 출발했습니까? 10분 후에 출발 했다고요? 네, 알겠습니다……. 도착 시간이 새벽 2시가 틀림없 겠죠? 몹시 중요한 문제입니다. 틀림없이 새벽 2시라고요. 새벽 2 시…… 좋습니다. 협조해 주셔서 감사합니다」

포빌 부인은 새파랗게 질린 얼굴로 데말리옹 청장 옆에 서 있 었다. 방 안에 모든 이들은 도무지 그녀의 마음을 종잡을 수가 없 었다. 눈앞에 있는 이 여자는 무죄이거나 자신의 감정을 완벽히 통제할 수 있는 노련한 살인범이 확실했다.

「도대체…… 뭘 원하시는 거예요? 도대체 뭘 원하시는 거냐고 요? 제발 설명 좀 해 주세요!」

부인은 더듬거리며 말했다.

그러나 데말리옹 청장은 대답 대신 이렇게 물었다.

「지난밤 11시 30분부터 오늘 새벽 2시까지 어디서 무엇을 하셨 습니까?」

오후 내내 심문을 진행했던 청장은 마침내 포빌 부인에게 이 결정적인 질문을 던졌다. 이 치명적인 질문은 이런 의미를 담고 있었다.

〈만약 당신이 살인 사건이 벌어진 시간 동안 무엇을 했는지 정 확히 대답하지 못한다면 당신 남편과 의붓아들의 살인에 관련이

있다고 결론지을 수밖에 없습니다!〉

청장의 생각을 읽은 포빌 부인은 비틀거리며 신음소리를 냈다.

「이런 끔찍한 일이…… 이런 끔찍한……」

청장은 또다시 물었다.

「어디서 무엇을 했냐고 물었습니다. 그렇게 대답하기 어려운 질문은 아닐 텐데요」

그녀는 비탄에 잠긴 목소리로 외쳤다.

「아! 아…… 어떻게 그런 생각을, 그런 끔찍한 생각을 할 수 있으세요? 아…… 이럴 수가! 어떻게 꿈에라도 그런 생각을……」

「전 아직 아무 말도 안 했습니다, 부인. 한마디만 하시면 진실을 밝힐 수 있습니다!」

순간 그녀는 결심했다는 듯이 이 운명적인 질문에 답하려는 듯했다. 그러나 갑자기 몹시 격양된 모습으로 몇 마디 알아들을 수 없는 말을 중얼거리더니 소파에 쓰러지듯 주저앉아 소리를 지르며 미친 듯이 흐느껴 울었다.

이것이야말로 포빌 부인의 자백이었다. 적어도 청장의 질문에 납득이 갈 만한 설명을 할 수 없다는 고백이었다.

청장은 예심판사와 검사에게 다가가 낮은 목소리로 무엇인가 의논하기 시작했다.

페레나와 마즈루 반장은 여전히 그 자리에 나란히 서 있었다.

마즈루가 중얼거렸다.

「제가 뭐라고 그랬습니까? 두목님이 해내실 줄 알았다니까요! 과연 대단한 솜씨입니다!」

마즈루는 두목이 혐의를 벗어 이제 두목만큼 존경하는 자기 상관들과 더 이상 다툴 필요가 없다는 생각에 얼굴이 환해졌다. 이

제 두목은 싸울 필요가 없어진 것이다. 마즈루는 기뻐서 어쩔 줄 몰랐다.

「자, 이제 저 여자를 교도소에 처넣겠죠?」

「아니야. 아직 부인에 대한 영장을 발급할 만한 증거가 부족해」 페레나가 대답했다.

「뭐라고요? 증거가 부족하다고요? 어쨌든 저 여자를 끝까지 물고 늘어져야 해요. 아까 못 보셨어요? 두목님께 혐의를 뒤집어씌우려고 덤비는 거요! 저런 여자는 교도소에 처넣어야 한다니까요! 두목, 저런 요망한 여자는……」

마즈루가 버럭 화를 냈다.

돈 루이스는 여전히 생각에 잠겨 있었다. 그는 포빌 부인을 궁지로 몰아넣고 있는 이 모든 정황에 대해 다시 한번 곰곰이 생각해 보았다. 그런데 이 모든 정황들을 연결하여 그녀를 살인 혐의로 고발할 수 있는 결정적인 증거가 하나 있었다. 바로 페레나가 아까 정원에서 발견했던 선명한 이빨 자국이 난 사과였다. 법정에서 이 증거는 지문만큼이나 강력한 효력을 발휘할 것이다. 베로 형사가 남긴 초콜릿 조각 속에 찍혀 있는 이빨 자국과 일치할 경우 이 사과는 더욱 더 결정적인 증거가 될 판이었다.

그러나 페레나는 망설이며 연민과 혐오가 뒤섞인 감정으로 자기 남편과 남편의 아들을 죽였을지도 모르는 이 여자를 유심히 살펴보았다. 지금 그녀에게 결정적인 타격을 가해야 할 것인가? 페레나에게 직접 법을 집행할 권리가 있는 것일까? 만약 그가 지금 범인을 완전히 잘못 짚고 있는 것이라면?

데말리옹 청장이 그에게로 다가와 마즈루에게 말을 거는 척하면서 페레나에게 물었다.

「어떻게 생각하십니까?」

마즈루는 고개를 저었다.

페레나가 대답했다.

「포빌 부인이 범인이라면 이상하리만치 너무 서투르게 경찰에 대응하고 있다고 생각하는 중이었습니다」

「그렇다면?」

「어쩌면 그녀가 진짜 살인범의 공범으로서 꼭두각시 노릇을 한 것에 지나지 않을지도 모릅니다」

「진범이라?」

「생각 안 나십니까, 청장님? 어제 포빌 씨가 경찰청에서 이렇게 외쳤지 않습니까? 〈아! 나쁜 놈들……!〉 그러니 범인은 적어도 둘 이상입니다. 그리고 그자는 틀림없이 어제 아침 퐁네프 카페에서 베로 형사의 편지를 바꿔치기한 그 남자일 겁니다. 마즈루 반장이 말씀드렸겠죠? 갈색 턱수염을 기르고 은 손잡이가 달린 흑단 지팡이를 들고 있었다는 그 남자 말입니다. 따라서……」

데말리옹 청장이 페레나의 말을 가로챘다.

「따라서 지금 즉시 포빌 부인을 체포함으로써 공범을 잡아낼 수 있을지도 모른다는 말씀입니까?」

페레나는 대답하지 않았다. 청장은 깊이 생각에 잠긴 목소리로 중얼거렸다.

「체포라…… 부인을 체포한다……. 하지만 그러려면 구체적인 증거가 있어야 합니다. 단서는 하나도 못 찾았습니까?」

「그렇습니다, 청장님. 저는 사건 현장을 대충 조사했을 뿐이거든요」

「하지만 우리 쪽에서는 빈틈없는 수사를 벌였습니다. 이 방을 샅샅이 뒤져 보았단 말입니다」

「정원도요?」

「그렇죠」

「방만큼 세밀하게 살펴봤습니까?」

「아마 그만큼 자세히 뒤지지는 않았을 겁니다. 하지만 제 생각엔……」

「범인들은 틀림없이 정원 쪽 문으로 들어왔다 나갔을 겁니다. 그러니 제 생각엔 정원을 잘 뒤져 보면 뭔가……」

「마즈루 반장! 다시 한번 정원을 샅샅이 살펴보게」

데말리옹은 페레나의 말이 채 끝나기도 전에 반장을 불렀다.

반장은 즉시 밖으로 나갔다. 방에 남아 있던 페레나는 청장이 예심판사에게 말하는 소리를 들었다.

「아, 증거가 하나만 있어도 저 여자는 틀림없이 유죄인데! 모든 정황으로 미루어 볼 때 분명 그녀는 이 사건에 연루되어 있어요! 게다가 코스모 모닝턴이 남긴 수억 프랑을 생각하면……. 하지만 저 여자를 좀 보십시오, 남편과 의붓자식의 죽음을 진심으로 슬퍼하고 있다는 게 저 아름다운 얼굴에 씌어 있지 않습니까?」

그녀는 여전히 간헐적으로 흐느끼고 있었다. 그러다 갑자기 눈물이 흠뻑 젖은 손수건을 물어뜯더니 연극에서 배우들이 하는 것처럼 갈기갈기 찢었다. 페레나는 삼베 천을 물어뜯고 있는 그녀의 치아에서 눈을 뗄 수가 없었다. 좀 크긴 하지만 눈부시게 빛나는 하얗고 아름다운 치아였다. 그리고 곧 사과에 찍혀 있는 이빨 자국에 대해 생각했다. 그러자 한시바삐 저 아름다운 치아와 과육 속에 남은 자국이 동일한 것인지 알고 싶다는 충동에 사로잡혔다.

마즈루 반장이 방으로 들어오더니 데말리옹 반장에게 수풀 속에서 주운 사과를 내밀었다. 곧 페레나는 주의 깊게 마즈루의 설명을 듣고 있는 청장의 모습에서 그가 이 발견을 얼마나 중대하게 생각하는지 알 수 있었다.

청장과 판사들은 꽤 오랫동안 의논하더니 결국 페레나가 예상했던 대로 결론을 내렸다.

데말리옹 청장이 여전히 흐느끼고 있는 포빌 부인에게 다가갔다.

이 불가사의한 사건이 절정에 다다른 순간이었다.

청장은 부인에게 말을 걸기 전에 어떤 태도를 취해야 할지 잠시 고민하더니 마침내 이렇게 물었다.

「아직도 지난밤에 무얼 하셨는지 설명할 수 없으십니까, 부인?」

그녀는 있는 힘을 다해 더듬거리며 대답했다.

「말씀드렸잖아요…… 택시에 타고 있었다고……. 잠시 드라이브를 했다고요. 그리고 내려서 좀 걷기도 했고……」

「문제의 택시 기사를 찾으면 부인 말씀이 사실인지 아닌지 쉽게 확인할 수 있다는 점을 명심하십시오. 그런데 마침 지금 부인의 침묵 때문에 저희가 부인께 품게 된…… 의심을 풀 만한 기회가 생겼습니다」

「말씀하세요」

청장은 부인에게 사과를 내밀며 계속해서 말했다.

「바로 이겁니다. 범인은 범행 후 사과를 한 번 베어 물고 그대로 정원에 던졌습니다. 그걸 방금 찾아냈지요. 한시바삐 부인의 혐의에 대한 진의를 가려내기 위해 사과에 이 자국과 똑같은 자국을 남겨 주십시오……」

「아! 물론이죠! 그 정도로 혐의를 벗을 수만 있다면……」

그녀는 갑자기 기운을 되찾은 듯 큰 소리로 외쳤다.

데말리옹 청장은 과일 쟁반에서 사과를 한 개 집어 부인에게 내밀었다. 그녀는 사과를 받아들고 지체 없이 입으로 가져갔다.

그런데 사과를 막 베어 물려는 순간 그녀는 멈칫했다. 갑자기 두려워진 것일까? 그렇다면 무엇이 두렵다는 것일까? 함정이라도 있을까 봐? 혹 끔찍한 우연의 일치로 문제의 사과와 같은 이빨 자국을 남기게 될까 봐? 아니면 자신에게 불리한 결정적인 증거를 만들까 봐 두려웠던 것일까? 어찌되었건 그녀가 무죄라면 주저할 이유가 어디 있겠는가?

「왜 그러십니까, 부인?」

데말리옹이 물었다.

「그게, 실은…… 저도 잘 모르겠어요, 혼란스럽다고요. 이 모든 일이 너무나 끔찍해요」

그녀는 온몸을 부들부들 떨며 대답했다.

「하지만 부인, 저희가 부인께 요구하고 있는 건 부인께 오히려 도움이 될 텐데요, 그렇지 않습니까? 그런데 왜……」

그녀는 아주 천천히 사과를 입으로 가져갔다. 이 과정은 너무나 비극적이고도 장엄하게 진행되어 보는 이들의 가슴을 아프게 했다.

「만약 제가 거절한다면……?」

갑자기 그녀가 물었다.

「그건 전적으로 부인의 자유입니다. 하지만 과연 그러실 필요가 있을까요? 부인의 변호사도 틀림없이 저와 같은 충고를 드렸을 겁니다」

청장이 대답했다.

「제 변호사라고요……」

그녀는 청장의 이 말 속에 담긴 끔찍한 암시를 깨닫고 힘없이 중얼거렸다.

그러더니 단호히 결심한 듯 사과를 입에 댔다. 크게 벌린 입 안으로 하얗고 가지런한 치아가 반짝거렸다. 그녀는 단숨에 사과를 베어 물었다.

「자, 됐습니다, 청장님」

그녀가 말했다.

데말리옹 청장은 예심판사 쪽으로 몸을 돌리며 물었다.

「정원에서 발견된 사과를 갖고 계십니까?」

「여기 있습니다, 청장님」

데말리옹은 두 개의 사과를 가까이 가져갔다.

초조한 눈초리로 청장의 곁에 모여든 사람들은 모두 〈앗!〉 하고 소리를 질렀다.

두 개의 자국이 너무나 똑같았다!

너무나 똑같았다! 물론 이빨 자국 주인의 신원을 정확히 밝혀 내기 위해서는 각각의 자국을 보다 세밀하게 비교 분석해야 했다. 그러나 이미 한 가지 틀림없는 사실이 있었다. 사과 위에 반원을 그리고 있는 두 곡선은 육안으로 보기에도 완벽히 일치했다. 사과 두 개 위에 찍힌 두 곡선은 정확히 동일한 굴곡을 그리고 있었다. 수평으로 약간 퍼진 타원형을 그리는 반원 두 개를 함께 두고 보니 육안으로는 도저히 그 차이점을 구분해 낼 수가 없었다. 이제 더 이상 의심할 여지가 없었다. 이 두 사과를 깨문 이는 한 사람의 것이었다!

한동안 무거운 침묵이 이어졌다. 데말리옹 청장은 고개를 들어 포빌 부인을 바라보았다. 그녀는 공포에 사로잡혀 당장에라도 기절할 듯 창백한 얼굴로 가만히 서 있었다. 그러나 그녀가 순진한 척 연기를 해 봐야 이처럼 명백한 증거 앞에서는 이제 어쩔 도리가 없었다.

「부인……」

경찰청장이 무겁게 입을 열었다.

「안 돼요. 그럴 순 없어요!」

포빌 부인은 걷잡을 수 없는 격정에 사로잡혀 큰 소리로 외쳤다.

「안 돼요. 그건 사실이 아니에요……. 아, 악몽을 꾸고 있는 게 틀림없어……. 설마 저를 체포하지는 않겠죠? 내가 교도소에 갇히다니! 이런 끔찍한 일이……! 도대체 제가 무슨 짓을 저질렀다는 건가요? 아! 뭔가 크게 착각하고 계신 거예요. 틀림없이 뭔가 잘못된 거라고요!」

그녀는 두 손으로 머리를 감싸 쥐었다.

「아, 머리가 깨질 것 같아……, 도대체 뭐가 어떻게 된 거지? 전 아무도 안 죽였어요. 아무것도 몰랐어요. 오늘 아침 청장님께 듣고 겨우 알았단 말이에요. 이런 일이 벌어질 수 있다고는 꿈에도 생각해 본 적이 없다고요. 아, 가엾은 남편, 가엾은 에드몽, 나를 그렇게도 따랐는데……. 저도 그 애를 무척 사랑했어요……. 그런데 도대체 제가 왜 그들을 죽였겠어요? 무슨 이유로! 말씀해 보세요, 말씀해 보시라고요! 이유도 없이 살인하는 사람이 도대체 어디 있어요. 말씀해 보세요, 말씀해 보시라니까요!」

그러더니 또다시 분노에 사로잡혀 공격적인 태도로 청장과 판사들을 향해 삿대질을 하며 고래고래 소리를 질러 댔다.

「망나니들 같으니라고! 무슨 권리로 한 여인을 이렇게까지 괴롭히는 건가요? 아! 이런 끔찍한 일이 또 있을까? 아무 이유도 없이 나를 고발하고…… 나를 체포하다니! 이럴 순 없어요! 당신네들은 모두 망나니예요!」

그녀는 페레나를 가리키며 말했다.

「특히 당신, 그래요, 바로 당신……. 바로 당신이 진짜 범인이라고! 아! 내가 모를 줄 알아! 당신이 음흉한 계획을 품고 있었던 거야. 그래서 이곳에서 지난밤을 보낸 거라고! 그런데 왜 아무도 당신을 체포하지 않는 거지? 당신이 바로 그 자리에 있었고 나는 다른 곳에 있었는데 왜 무고한 나를 잡아 가냔 말이야! 무슨 일이 벌어졌는지도 모르는 나를 왜 체포하냔 말이야! 왜 저 사람은 그냥 놔두고……」

포빌 부인의 발음은 점점 더 불분명해졌다. 부인은 그만 그자리에 털썩 주저앉아 무릎까지 머리를 푹 수그리고 또다시 흐느껴 울기 시작했다.

페레나는 부인에게로 다가가 눈물로 얼룩진 그녀의 얼굴을 바라보며 말했다.

「두 사과에 찍힌 이빨 자국은 정확히 일치합니다. 그러니 정원에서 발견된 사과에 남은 자국의 주인이 부인이라는 사실은 의심할 여지가 없단 말입니다」

「그렇지 않아요」

그녀가 대답했다.

「아니, 그렇습니다. 이 사실을 부정한다는 것은 불가능해요. 사실을 부정할 순 없습니다. 하지만 부인이 이 첫 번째 사과를 지난밤이 되기 전에 버렸을 가능성은 있겠죠. 이를테면 이 사과를 어제 오후나……」

부인은 더듬거리며 간신히 중얼거렸다.

「맞아요…… 실은 아마도……. 지금 생각났는데 어제 아침에……」

그러나 경찰청장이 그녀의 말을 가로막았다.

「그런 소리 해 봤자 소용없습니다, 부인. 방금 시종 실베스트르에게 제가 직접 물어봤습니다. 하인 실베스트르가 어제저녁 8시에 그 사과를 직접 샀다고 했어요. 그리고 포빌 씨가 잠자리에 들었을 때 사과 네 개가 과일 쟁반 위에 놓여 있었지요. 그런데 오늘 아침에는 세 개밖에 없었단 말입니다. 그러니 정원에서 발견된 사과는 의심할 여지없이 네 번째 사과이고 또 이 사과에 자국이 찍힌 건 지난밤인 것이지요. 이 자국을 남긴 사람은 다름 아닌 부인이고요」

포빌 부인은 이 말만 되풀이했다.

「제가 한 짓이 아니에요……, 저는 아니라고요. 이 이빨 자국은 제 것이 아니에요」

「하지만……」

「제 이빨 자국이 아니라니까요. 제 영혼의 구원을 걸고라도 맹세할 수 있어요. 그리고 전 죽어 버릴 거예요. 물론이죠…… 죽어 버릴 거예요. 교도소에 가느니 죽는 게 나아요. 자살해 버릴 거라고요! 자살하고 말 거예요!」

포빌 부인의 눈동자는 점점 빛을 잃어 갔다. 그녀는 안간힘을 써서 일어났으나 곧 정신을 잃고 다시 그 자리에 쓰러졌다.

사람들이 몰려들어 그녀를 깨우느라 정신없을 때 마즈루가 돈 루이스에게 다가가 나지막히 말했다.

「당장 이 자리를 떠나세요, 두목」

「아! 이제 감금 명령이 풀린 모양이군. 나가도 되나?」

「두목, 10분 전에 도착해서 지금 청장님과 대화를 나누고 있는 저기 저 남자 좀 보세요. 누군지 알아보시겠습니까?」

「이런 제기랄!」

페레나는 자신에게서 눈을 떼지 않고 있는 붉은 얼굴의 뚱뚱한 사내를 쳐다보며 말했다.

「망할! 베베르 부국장이로군」

「게다가 저자도 두목님을 알아봤습니다! 첫눈에 뤼팽인 줄 알아봤단 말입니다. 베베르 부국장한테 속임수는 안 통합니다. 금세 속셈을 꿰뚫어 보니까요. 그런데 두목, 두목님이 저자한테 어떤 일을 했는지 잊지 않으셨겠죠? 그러니 무슨 수를 써서라도 두목님께 복수하려고 할 것 아니겠어요?」

「청장에게 내 정체를 알렸을까?」

「두말하면 잔소리죠. 그래서 청장이 경찰관들에게 두목님을 미행하라는 명령을 내렸습니다. 만약 두목이 그자들을 따돌리려는 눈치라도 보이면 곧바로 두목을 연행해 갈걸요」

「그렇다면 할 수 없지」

「뭐라고요? 할 수 없다니요? 어떻게든 정직하게 저들의 감시에서 벗어날 궁리를 하셔야죠」

「그래 봤자 무슨 소용이 있겠나! 우리 집 주소는 이미 알려져 있고 또 난 지금 집으로 갈 건데……」

「뭐라고요? 이런 일이 생겼는데도 집으로 돌아가고 싶으십니까?」

「안 그러면 어디서 자란 말인가? 다리 밑에서라도 잘까?」

「이런 빌어먹을! 두목님께선 이 사건이 끝날 때쯤 한바탕 소동이 벌어질 것이고 사법 당국의 표적은 결국 두목님이 될 것이라는 사실을 아직도 모르시겠어요?」

「그래서 어쩌라고?」

「그러니 이 사건에서 손을 떼세요」

「그럼 코스모 모닝턴과 포빌의 살인범들은 어떻게 하고?」

「경찰에서 알아서 할 겁니다」

「알렉상드르, 자넨 정말 어리석어!」

「아니면 차라리 다시 뤼팽이 되시든가요. 천하무적의 뤼팽 말입니다. 그리고 예전처럼 혼자서 그놈들과 싸우시는 겁니다. 하지만 하느님 맙소사! 페레나로 남아 있지는 마세요! 너무 위험합니다! 그리고 이제 두목님과 상관없는 일에서는 공식적으로 손을 떼세요!」

「알렉상드르, 자네는 어쩜 그렇게도 머리가 안 돌아가니? 이 일에는 2억 프랑의 유산이 걸려 있네. 만약 페레나가 자기 자리에 굳건히 머물러 있지 않으면 2억 프랑을 눈앞에서 놓쳐 버릴 텐데! 게다가 이번이야말로 정직하게 돈을 벌 수 있는 절호의 기회인데 그걸 그렇게 쉽게 놓쳐 버릴 순 없는 노릇이지!」

「체포되면 어쩌시려고요?」

「그럴 리가 없다고 하지 않았나. 난 죽었단 말이야」

「뤼팽은 죽었죠. 하지만 페레나는 살아 있습니다」

「적어도 오늘은 나를 체포하지 않을 테니까 일단은 괜찮네」

「하지만 지금부터 두목 저택을 포위하고 밤낮으로 감시하라는 명령이 떨어질 거란 말입니다」

「잘됐군, 난 밤에 혼자 있으면 무서운데」

「정말이지…… 도대체 두목님이 바라는 게 뭡니까?」

「바라는 건 없네, 알렉상드르. 단지 지금은 경찰청에서 감히 나를 체포하지 못할 거란 걸 확신할 뿐이지」

「베베르가 가만 안 있을걸요!」

「베베르 따위는 상관 안 해. 명령 없이는 제아무리 베베르라 해도 아무것도 할 수 없으니까」

「하지만 언젠가 명령이 떨어질 거라고요!」

「날 미행하라는 명령은 내릴지도 모르지. 하지만 날 체포하라는 명령은 아닐 거네. 이번 수사에서 내가 차지하는 비중이 워낙 커서 경찰청장도 당분간은 어쩔 수 없이 나를 가만 놔둬야 할 테니까. 게다가 또 이런 이유도 있네. 이 사건은 너무 복잡하게 얽히고설켜서 경찰에서 자기들끼리는 도저히 처리할 수가 없다는 거지. 그러니 반드시 내 도움이 필요할 거고 말일세! 나 말고 다른 사람은 자네나 베베르, 그리고 다른 어떤 치안국 직원이 나서더라도 이런 고수들을 상대하기엔 역부족이기 때문이지. 그러니 자네가 상부의 지시를 받고 날 찾으러 오기만을 기다리고 있겠네, 알렉상드르」

다음날 검시관은 사과 두 개에 찍힌 이빨 자국과 초콜릿 조각에 찍힌 자국까지 합해서 세 개의 자국이 모두 동일하다는 사실을 밝혀 냈다.

게다가 한 택시 기사가 경찰청에 와서 어떤 부인이 범행이 벌어진 바로 그날 밤 오페라 극장 입구에서 택시를 타고 앙리마르탱가가 끝나는 지점에서 내렸다고 증언했다.

그런데 앙리마르탱가가 끝나는 지점은 포빌 저택에서 5분 거리에 있었다.

그 택시 기사를 포빌 부인과 대면시키자 그는 곧바로 그녀를 알아봤다.

그렇다면 부인은 도대체 한 시간 동안 거리에서 무엇을 하고 있었단 말인가?

마리안 포빌은 즉시 수감되었다.

그날 저녁 그녀는 생라자르 교도소에서 잤다.

언론에서는 그날 저녁부터 이 사건의 세부 사항을 공개하기 시작했다. 사과에 남아 있는 이빨 자국이란 것은 그야말로 대중들의 관심을 끌기에 더할 나위 없는 재료였다. 그러나 아직은 이 이빨 자국이 누구의 것이라고 단언할 수 없기 때문에 주요 일간지들은 일제히 표제 기사에서 그 이빨 자국을 가리키며 돈 루이스 페레나가 썼던 표현을 썼다. 이 표현은 이 사건의 야만적이고 동물적인 성격을 잘 나타내고 있었다. 호랑이 이빨……

철문

아르센 뤼팽의 인생을 소설로 쓴다는 것은 무척 곤란한 일이
다. 왜냐하면 뤼팽의 모험은 모두 부분적으로나마 일반에 공개됐
을 뿐 아니라 가장 대중적인 관심을 불러일으켰던 사건들이기 때
문이다. 그럼에도 이야기를 제대로 풀어 가기 위해서는 처음으로
돌아가 이미 공개된 사실들과 당시 암흑에 가려졌던 부분까지 낱
낱이 밝힌 후 적절히 뒤섞어 이야기를 엮어야 한다.

그러므로 여기서도 잠시 이야기를 멈추고 당시 이 끔찍한 연쇄
살인 사건이 프랑스와 유럽, 나아가 전 세계에 불러일으킨 엄청
난 충격에 대해 되짚어 봐야 할 것 같다. 이틀 후에 코스모 모닝
턴의 유언장이 공개되면서 동시에 그와 관련된 네 건의 범죄가
알려졌기 때문이다. 사람들은 모두 코스모 모닝턴과 베로 형사, 포
빌 부자의 살인이 동일인의 소행이라고 믿었다. 그런데 이 무슨
운명의 장난이란 말인가? 범인은 어이없는 실수로 사과에 이빨

자국을 내면서 가장 인상적이면서도 결정적인 증거를 남겼다. 그리고 이 증거는 〈호랑이 이빨〉이라고 불리며 모든 사람의 등골을 서늘하게 만들었다.

더구나 이 끔찍한 살인 사건 한가운데 가장 비극적인 이 순간에 어둠 속에서 가장 불가사의한 인물이 갑자기 나타났다! 놀라운 명민함과 추리력을 갖춘 이 영웅적인 모험가에게 모두의 시선이 쏠렸다. 바로 이자가 복잡하게 엉킨 실타래를 단 몇 시간 만에 풀어내고 코스모 모닝턴과 베로 형사가 살해당한 것이라는 사실을 밝혀 낸 사람이었다. 뿐만 아니라 쉬셰가에서 뛰어난 추리력을 발휘해 현장에서 용의자를 검거해 수사 당국에 넘긴 사람 역시 그였다. 게다가 그는 이미 100만 프랑이라는 거액을 상속받았으며 결과적으로 모닝턴의 엄청난 재산을 물려받을 행운의 주인공이기도 했다.

아르센 뤼팽이 부활했다는 소문이 돌기 시작했다!

사람들은 뚜렷한 증거도 없이 본능적으로 〈돈 루이스 페레나는 다름 아닌 아르센 뤼팽이다〉라고 주장하기 시작했다.

「하지만 그자는 이미 죽었습니다!」

이 사실을 믿지 않는 사람들이 이렇게 이의를 제기했다.

그러면 곧 이런 대답을 들을 수 있었다.

「글쎄요. 경찰이 룩셈부르크 국경 부근에서 이미 화재로 폐허가 된 별장에 있던 돌로레스 케셀바흐의 시체와 함께 한 남자의 시체를 찾아낸 것은 사실입니다. 그리고 이 남자가 아르센 뤼팽이라고 공포했지요. 하지만 이 사건은 어떤 비밀스러운 이유 때문에 자신의 죽음을 믿게 하려고 아르센 뤼팽이 꾸민 연극일 뿐이었습니다. 이 사실을 뒷받침해 줄 만한 증거는 얼마든지 있습니다. 게다가 경찰은 자신들의 지긋지긋한 숙적에게서 하루빨리 벗어나고 싶다는 단 한 가지 이유만으로 자세한 조사도 하지 않고 곧 그의 죽음을 받아들여 공포한 것이란 말입니다. 당시에 내무부 장관 맡고 있던 발랑그래 씨의 이야기만 봐도 알 수 있는 일이죠. 게다가 카프리에서 일어난 그 신비로운 사건을 벌써 잊었습니까? 독일 황제가 바위에 깔리기 직전 갑자기 나타난 어떤 은자가 그를 구출했는데 이 독일인의 증언에 따르면 이 은자야말로 아르센 뤼팽이 분명하단 말입니다」

그러면 이 점에 대해서 또다시 새로운 이의가 제기되었다.

「당신들 말이 옳다고 칩시다. 하지만 당시 신문을 다시 한번 잘 읽어 보세요. 독일 황제를 구출해 내고 10분 후에 이 은자는 티베르 절벽에서 바다로 뛰어내렸다고 하지 않아요?」

그러면 뤼팽의 부활을 믿는 이들은 지지 않고 맞받았다.

「그래요. 하지만 시체는 발견되지 않았습니다. 게다가 당시에 알제리로 향하던 배 한 척이 카프리 섬 부근 해역에서 구조 신호를 보내던 한 남자를 건져 냈다는 사실을 벌써 잊지는 않으셨겠지요? 이 두 사건의 날짜와 당시의 정황을 잘 비교해 보세요. 문제의 배가 시디벨라베에 입항한 후 며칠 안 되서 지금 화제가 되고 있는 돈 루이스 페레나라는 사람이 외인부대에 입대했단 말입니다」

물론 신문사들은 뤼팽의 부활이라는 문제에 대해 극도로 조심스러운 입장을 취했다. 기자들은 뤼팽을 두려워했다. 그래서 뤼팽이 페레나라는 가상의 인물 행세를 하고 있다고 함부로 떠들어 댈 수 없었다. 그러나 페레나가 모로코에서 외인부대 병사로서 활약한 이야기에 대해서만큼은 기자들도 즐거운 마음으로 마음껏 기사를 써 댔다.

다스트리냐크 소령을 비롯해 페레나와 함께 근무했던 다른 장교들과 동료들 또한 인터뷰를 통해 그들이 목격한 페레나의 영웅담을 들려 주었다. 외인부대 보고서에서 페레나와 관련된 부분이 출판되기도 했다. 〈영웅의 서사시〉라고도 불렸던 이 책에는 각 장마다 가장 희한하고 무모한 무용담이 가득 담겨 있었다.

3월 24일, 메디우나에서 폴렉스 중사는 페레나 상병을 나흘 동안 영창에 가뒀다. 〈상부의 명령을 불복하여 점호 후에 보초병 둘을 따돌리고 부대 밖으로 나갔다〉라는 이유였다. 그리고 〈그는 다음날 정오에, 매복 중 전사했던 병장의 시체를 찾아 들고 돌아왔다〉고 했다.

그리고 여백에는 연대장의 메모가 있었다.

연대장은 페레나 상병의 징계를 두 배로 늘렸으나 그에게 칭찬과 감사의 말을 전하는 것을 잊지 않았다.

베레시드 전투 후, 파르데 분대는 약 400여 명의 원주민으로 구성된 한 알제리의 부대에 맞서 후방을 지켜야 했다. 그런데 페레나 상병이 분대장에게 혼자서 어느 알제리 성채에 매복해 후방을 맡게 해 달라고 청했다.
「몇 명이나 필요한가, 페레나?」
「한 명도 필요 없습니다, 중위님」
「뭐라고! 설마 혼자서 후방을 맡겠다는 건 아니겠지?」

「중위님, 다른 이들이 저와 함께 죽는다면 조국을 위해 전사한다는 기쁨을 어찌 맛볼 수 있겠습니까?」

결국 중위는 페레나의 청을 받아들여 총 열 자루와 남은 탄약을 나누어 주었다. 그렇게 해서 페레나는 탄약 일흔다섯 발을 갖게 됐다.

분대는 더 이상 후방에 신경 쓰지 않고 계속 전진했다. 다음날 지원군과 함께 페레나 상병이 매복해 있던 곳으로 돌아온 파르데 분대는 성채 주위에 몰려 있던 모로코 인들을 습격했다. 원주민들은 감히 성채 안으로 들어가지 못하고 있었다.

원주민 일흔다섯 명의 시체가 땅에 널려 있었다.

분대는 결국 적군을 몰아내는 데 성공했다.

급히 성채로 들어온 대원들은 곧 땅바닥에 뒹굴고 있는 페레나를 발견했다.

모두 그가 죽었다고 생각했다. 그런데…… 그는 자고 있었다!

그에게는 탄알이 한 개도 남아 있지 않았다. 75발 모두가 명중했던 것이다.

그러나 사람들의 상상력을 가장 자극한 일화는 다르드비바르 전투와 관련된 다스트리냐크 소령의 이야기였다. 소령은 모든 이들이 처음엔 패배했다고 믿었고 또 프랑스에서 그토록 인구에 회자됐던 이 전투에서 승리할 수 있었던 것은 오로지 페레나 단 한 사람의 용맹한 행동 때문이었다고 말했다!

이른 새벽, 모로코의 부족들이 공격을 준비하고 있었다. 그동안 페레나 상병은 밧줄로 올가미를 만들어 들판에서 마음껏 달리고 있던 아랍 말에 던져 그 위에 올라탔다. 그런데 이 말에는 마구라고는 안장도 고삐도 아무것도 없었다. 겉옷도 모자도 무기도 없이 하늘거리는 하얀 셔츠 차림에 입에는 담배를 물고 양손은 주머니 속에 넣은 그는 적군을 향해 돌격했다!

그는 똑바로 적군을 향해 돌격해 적의 진영을 파고 들어가 빠른 속도로 부족들의 텐트를 한 바퀴 돈 후 진영을 빠져나왔다.

페레나의 이 대담무쌍한 질주에 모로코 인들은 그만 넋을 잃고 말았다. 프랑스 군은 그 틈을 타 쉽게 적군을 진압했다.

그 외에도 페레나의 용감무쌍한 행적에 대해 수많은 이야기들이 전해졌다. 이렇게 페레나의 영웅적인 전설은 끝없이 탄생했다. 이 전설은 페레나의 초인적인 힘과 용맹함, 무모할 정도의 호쾌함과 모험 정신, 민첩함, 그리고 신비롭기까지 한 페레나의 침착성을 부각시켰고 이 모든 성격들로 미루어 볼 때 아르센 뤼팽과 페레나를 구분하는 일은 사실상 불가능했다. 페레나는 보다 성숙해지고 수많은 공훈들을 통해 보다 고귀해진, 거듭난 아르센 뤼팽이었다.

쉬셰가의 살인 사건이 발생한 지 보름이 지난 어느 날 아침, 그토록 다른 사람들의 호기심을 자극하고 거의 초인적인 존재로 일컬어지는 비범한 사내 돈 루이스 페레나는 자리에서 일어나 아침 식사를 하고 자신의 저택을 한 바퀴 둘러보았다.

이 저택은 18세기에 지어진 넓고 쾌적한 건물로 포부르 생제르맹의 입구와 팔레부르봉 광장이 만나는 곳에 위치했다. 페레나는 헝가리의 갑부 말로네스코 백작에게서 이 저택을 가구와 말, 자동차, 마차, 하인 여덟 명 그리고 르바쇠르라는 여비서까지 포함하여 한꺼번에 양도받았다. 르바쇠르는 저택의 하인들을 관리하고 이 저택의 화려함과 새 주인의 명성에 이끌려 이곳을 방문하는 방문객들과 신문 기자들, 그리고 잡상인들을 대신 처리했다.

페레나는 우선 마구간과 차고를 살펴본 후 마당을 가로질러 본채로 들어갔다. 그는 자신의 서재로 올라가 창문을 열고 고개를 젖혔다. 창문 위에는 거울 한 개가 비스듬히 걸려 있었는데, 이 거울을 통해 저택 담장 너머에 있는 팔레부르봉 광장을 구석구석 살펴볼 수 있었다.

「젠장! 아직도 저 지긋지긋한 경찰관 녀석들이 저기 있군. 벌써 2주도 넘게 저러고 서 있으니! 이제 저런 감시에 진절머리가 나기 시작하는걸」

페레나는 언짢은 기분으로 우편물을 살피며 사적인 편지들은 읽은 후에 찢어 버렸고 도움이나 만남을 요청하는 편지들은 따로 잘 분류해 놓았다.

우편물 정리가 끝나자 그는 호출 벨을 울렸다.

「르바쇠르 양에게 신문 좀 갖고 와 달라고 해 주게」

르바쇠르는 예전에 루마니아 인 백작의 비서로 있을 때 백작에게 책을 읽어 주는 일을 담당했다. 그래서 페레나도 그녀에게 매일 아침 자신과 관련된 모든 기사를 읽게 하고 포빌 부인의 예심이 어떻게 진행되고 있는지 보고하도록 했다.

항상 검은 드레스를 입는, 늘씬하고 우아한 몸매를 지닌 르바쇠르 양은 페레나의 마음에 꼭 들었다. 그녀는 기품이 넘치는 외모에 늘 깊은 생각에 잠긴 듯 심각한 표정을 짓고 있어 그녀가 마음 깊숙이 간직한 영혼의 비밀까지 꿰뚫어 본다는 것은 불가능했

다. 이마에 살짝 드리운 밝은 금빛 고수머리만 아니었다면 그녀
는 꽤 엄격한 인상을 풍겼을 것이다. 또한 페레나는 그녀의 감미
롭고도 음악적인 목소리를 좋아했다. 그래서 그는 자신의 신비로
운 과거 이야기가 씌여 있는 신문 기사를 읽어 주는 르바쇠르 양
이 속으로는 자신을 어떻게 생각하고 있을까 혼자 상상해 보기도
했다.

「뭐 새로운 소식 좀 없어요?」

페레나는 신문 기사 제목들을 쭉 훑어보며 물었다.

〈헝가리의 볼셰비즘. 독일의 속셈……〉

그녀는 포빌 부인과 관련된 기사를 읽었다. 돈 루이스는 예심
에 별 진전이 없다는 사실을 알 수 있었다. 마리안 포빌의 태도에
도 변화가 없었다. 마리안 포빌은 버럭 화를 내는가 하면 하루 종

일 울면서 예심판사의 질문에 대해서는 여전히 아무것도 못 알아 듣는 척하고 있는 것 같다고 했다.

「이상한 일이야. 포빌 부인처럼 서투르게 자신을 변호하는 사람은 한번도 본 적이 없어」

페레나는 자기도 모르게 소리 내어 중얼거렸다.

「하지만 그녀가 정말로 무죄라면요?」

르바쇠르 양이 이 사건에 관해 자기 의견을 표명한 일은 처음이었다. 돈 루이스는 깜짝 놀라 그녀를 바라보았다.

「르바쇠르 양, 포빌 부인이 무죄라고 생각하십니까?」

그녀는 당장 자신의 갑작스러운 발언에 대해 기꺼이 설명하며 페레나의 질문에 답할 듯한 표정을 지었다. 바야흐로 그녀가 무표정한 가면을 벗고 감정을 드러내며 보다 생기 있는 표정을 지으려는 시점이었다. 그러나 그녀는 다시 있는 힘을 다해 감정을 가라앉히며 이렇게 중얼거렸다.

「전 잘 모르겠어요…… 전 이 사건에 대해서 아무 의견도 없습니다」

「그럴지도 모르지요」

페레나는 호기심 어린 시선으로 그녀의 얼굴을 자세히 살펴보았다.

「하지만 당신은 포빌 부인이 결백하다고 생각하고 있는 것 같군요. 만약 포빌 부인이 이빨 자국을 남기지 않았다면 당신 생각이 옳을 수도 있겠죠. 하지만 그 이빨 자국은 범행 자백보다도 서명보다도 더 명백한 증거란 말입니다. 그러니 만약 그 점에 대해 납득할 만한 설명을 끝내 할 수 없다면……」

그러나 이빨 자국뿐만 아니라 자신이 저지른 다른 미심쩍은 행동에 대해서도 마리안 포빌은 그 어떤 설명도 하지 않고 버텼다.

한편 경찰은 그녀의 공범들을 찾아내는 데 무척 애를 먹고 있었다. 퐁네프 카페에서 종업원이 목격했다는 흑단 지팡이에 코안경을 쓴 신사도 마찬가지였다. 그가 이 사건에 깊이 연루되어 있다는 건 확실했지만 도무지 그 남자의 행방을 알 수가 없었다. 간단히 말해 경찰은 좀처럼 갈피를 못 잡고 어둠 속에서 헤매고 있었다. 또한 코스모 모닝턴의 직계 상속인이 모두 사라졌기 때문에 그의 유산을 독차지하게 된 루셀 자매들의 사촌 빅토르도 좀처럼 나타나지 않았다.

「그게 답니까?」

「아뇨. 《에코 드 프랑스》지에 기사가 하나 더 있어요……」

「나와 관련된 기사인가요?」

「그런 것 같아요. 이런 제목의 기사예요. 〈왜 그를 체포하지 않는 것인가?〉」

「틀림없이 나와 관련된 기사일 겁니다」

그가 웃으며 대답했다.

그리고 신문을 집어 들고 기사를 읽기 시작했다.

「〈왜 그를 체포하지 않는 것인가? 논리적으로 따져 봤을 때 그에게 혐의가 있음이 명백한데 왜 그를 가만히 두는지 사람들은 모두 의아하게 생각한다. 우리는 지금까지 자체적으로 벌인 조사를 통해 이 문제에 대해 정확한 답을 제시할 수 있게 되었다.

아르센 뤼팽의 위장 죽음이 있은 지 1년 후, 사법 당국은 아르센 뤼팽이 블루아에서 출생해 실종되었던 플로리아니와 동일 인물이라고 믿고 플로리아니의 호적 등본에 〈사망〉이라 기입한 후 다음과 같이 덧붙였다. 〈아르센 뤼팽이라 불렀음.〉

따라서 아르센 뤼팽이 부활했다는 사실을 인정하려면 단순히 그가 생존해 있다는 명백한 증거를 대는 것만으로는 부족하다. 복잡하기 그지없는 낡아 빠진 행정 절차를 거쳐 참사원(프랑스의 최고 행정 법원 —— 옮긴이)의 호적 수정 허가를 받아야 한다.

그런데 발랑그래 국무총리는 경찰청장과 협의하여 민심을 동요할 수 있는 이 엄청난 소동을 일으키지 않으려고 일부러 모든 수사를 회피하고 있는 듯하다. 아르센 뤼팽을 부활시킨다? 그 지긋지긋한 작자와 또다시 싸움을 시작한다? 또다시 패배를 거듭하며 우스꽝스러운 꼴이 되어야 한다? 사법 당국은 무슨 일이 있어도 이런 악몽을 되풀이하고 싶지 않은 것이다.

결국 경찰의 미온적인 대처가 전대미문의 추악한 결과를 초래했다. 수없이 많은 범죄를 저지른 도둑 중의 도둑, 사기의 황제인 아르센 뤼팽은 이제 뻔뻔스럽게도 자신이 지금까지 저질렀던 범죄 중에서 가장 추악한 범죄를 공공연히 저지르고 있다. 허위로 조작한 서류를 동원하여 획득한 신분으로 정직한 시민 행세를 하면서 어떤 제재도 받지 않고 유산을 가로채기 위해 네 사람을 살해했을 뿐 아니라, 온갖 거짓 증거들을 조작해 결백한 한 여인을 교도소에 처넣었다. 그 결과 모닝턴의 2억 프랑은 아르센 뤼팽이 독차지하게 되었다.

이것이야말로 이번 사건의 추잡한 진상이다! 누군가 용기를 내어 사건의 진실을 밝혀야 했다. 이제 폭로된 이 진실이 앞으로의 수사에 영향을 미치기를 바란다.〉」

돈 루이스가 빈정거렸다.

「적어도 이 기사를 쓴 바보 같은 놈의 태도에는 영향을 줄 수 있겠지」

그는 곧 르바쇠르 양을 내보내고 다스트리냐크 소령에게 전화를 걸었다.

「소령님이시죠?《에코 드 프랑스》지에 실린 기사 보셨습니까?」

「보았네」

「이 글을 쓴 신사 분께 결투를 신청해 명예를 회복하고자 하는데 어떻게 생각하십니까?」

「아니, 결투라니?」

「반드시 해야겠습니다, 소령님. 이런 식으로 기자들이 제멋대로 쓴 저에 대한 기사를 읽는 데도 이젠 지쳤어요. 그 수다스런 입들을 좀 틀어막아야겠어요. 이번 일이 좋은 본보기가 될 수 있을 겁니다」

「자네가 그토록 바란다면야…… 내 자네를 막을 수야 없지」

「고맙습니다」

곧 결투 일정이 잡혔다.

《에코 드 프랑스》지의 편집장은 이 기사가 누군가가 무기명으로 투고한 것이며 자기도 모르는 사이에 신문에 실렸지만 편집장으로서 이 일에 책임을 지고 결투에 임하겠다고 밝혔다.

그날 오후 3시, 돈 루이스 페레나는 소령과 다른 장교 한 명, 의사와 함께 넷이서 차를 타고 집을 나섰다. 페레나를 감시하기 위해 치안국 요원들이 택시를 타고 바짝 뒤를 쫓았다. 마침내 그들은 모두 프랑스 공원에 도착했다.

상대를 기다리는 동안 다스트리냐크 백작은 돈 루이스를 잠시 옆으로 데리고 가 이렇게 말했다.

「이것 보게, 페레나. 내 자네에게 아무것도 물어보지 않겠네. 자네에 대한 기사들이 모두 사실인지, 자네의 진짜 이름이 무엇인지는 내게 조금도 중요하지 않으니까. 내게 자네는 외인부대의 페레나 상병일 뿐이야. 자네의 과거는 모로코에서 시작하는 거고 말일세. 또 지금 자네가 어떤 유혹에도 굴하지 않고 코스모 모닝턴의 원수를 갚고 그의 상속자들을 보호하려 한다는 사실도 잘 알고 있어. 그러나…… 단지 한 가지 몹시 걱정되는 일이 있네」

「무슨 일입니까, 소령님?」

「상대를 죽이지 않겠다고 약속해 주게」

「두 달간 병상에서 보내게 해 주겠습니다. 그 정도면 되겠습니까, 소령님?」

「그것도 너무 많네. 보름 정도로 해 두게」

「알겠습니다」

마침내 편집장이 도착했다. 두 결투자는 각각 제자리에 섰다. 총성이 두 번째 울렸을 때《에코 드 프랑스》지의 편집장은 가슴에 총알을 맞고 그 자리에 쓰러졌다.

「앗! 자네 어떻게 그런 짓을, 페레나, 분명 나한테는 죽이지 않겠다고 약속하지 않았나」

다스트리냐크 백작이 다급하게 외쳤다.

「소령님, 전 물론 그렇게 약속했고 또 그 약속을 지켰습니다」

그동안 의사들이 부상자를 진단했다.

잠시 후 그들 중 한 명이 고개를 들고 이렇게 말했다.

「별것 아닙니다, 한 3주 푹 쉬고 나면 곧 회복될 겁니다. 1센티미터만 빗나갔어도 큰일 날 뻔했어요」

「물론이죠, 하지만 그 1센티미터가 빗나가지 않았다는 게 중요한 거지……」

페레나는 혼자서 중얼거렸다.

올 때와 똑같이 경찰차를 뒤에 달고 돈 루이스는 생제르맹가로 돌아왔다. 바로 그때 뤼팽의 호기심을 자극하며 《에코 드 프랑스》지에 실렸던 문제의 기사에 대해 그야말로 야릇한 실마리를 제공한 사건이 벌어졌다.

페레나는 저택 안마당으로 들어오자마자 마부가 키우는 강아지 두 마리를 발견했다. 보통 때는 마구간에 머물러 있는 이 강아지들이 그날 따라 마당에서 실 뭉치를 갖고 놀고 있었다. 강아지들이 작은 실 뭉치를 현관 계단이며 주위에 놓여 있는 화분 등 여기저기에 부딪히며 놀아서 빨간 실이 다 풀어지고 말았다. 그 바람에 실을 감고 있던 실톳이 드러났다. 바로 이때 마침 돈 루이스가 그 옆을 지나고 있었다. 돈 루이스는 무심코 그 모습을 바라보다가 실톳으로 쓰인 종이에 시선이 닿자 별 생각 없이 집어 들었다.

종이를 펴서 그 안에 씌어져 있던 글을 읽던 그는 곧 온몸을 부르르 떨었다. 《에코 드 프랑스》지에 실렸던 기사의 첫 번째 줄이었다. 신문에 실렸던 것과 같은 내용이 모눈종이에 펜으로 씌어져 있었다. 군데군데 고치고 덧붙인 부분도 보였다.

그는 즉시 마부를 불러 물었다.

「도대체 이 실 뭉치는 어디서 났나?」

「이 실 뭉치요……? 마구 창고에서 갖고 왔을 겁니다. 아마 그 주책없는 미르자가 그걸……」

「그럼 이 종이 뭉치 위에 실을 감은 건 언제지?」

「어제저녁이요」

「아! 어제저녁……. 그럼 이 종이는 어디서 난 거고?」

「글쎄요, 저도 잘 몰라요. 마땅히 실을 감을 만한 게 없어서 찾아보다가…… 저녁에 폐지를 수거할 때까지 넣어 두는 창고에 있던 걸 하나 주워 온 것뿐입니다」

돈 루이스는 하인들을 상대로 종이의 출처에 대한 조사를 계속했다. 그는 하인들을 직접 심문하거나 르바쇠르 양을 시켜 하인들을 심문하게 했다. 그러나 아무것도 알아내지 못했다. 단지 한 가지 사실만은 확실했다. 《에코 드 프랑스》지의 기사는 그의 집에 거주하고 있는 사람이나 그들의 측근이 썼다는 사실이었다. 돈 루이스가 주운 기사의 초고가 그 증거였다.

적은 가까운 곳에 있다!

그러나 그 미지의 인물이 왜 돈 루이스에게 적대심을 품고 있단 말인가? 그가 원하는 게 도대체 무엇이기에? 그저 페레나가 체포되는 것뿐일까?

페레나는 근심에 휩싸인 채 남은 오후 시간을 보냈다. 자신을 둘러싼 불가사의한 일들과 경찰 요원들의 감시, 언제 떨어질지 모르는 체포 명령 때문에 그때까지 참아 왔던 분노가 폭발했다. 체포 위협 따위가 두려운 것은 아니었지만 밤낮 계속되는 감시 때문에 보다 적극적인 행동에 나설 수 없는 자신의 처지가 한심스러울 따름이었다.

마침 그날 밤 10시쯤, 마즈루 반장이 알렉상드르라는 이름으로 페레나의 저택을 찾았다. 낡아 빠진 코트로 변장한 마즈루 반장이 방으로 들어왔을 때 페레나는 그에게 그때까지 쌓여 있던 화풀이를 실컷 해 댔다.

「아하, 결국 자네가 오고야 말았군! 안 그런가? 내가 그랬지, 이 사건은 경찰청 능력으로는 역부족이라고 말이야! 나한테 도움을 요청하러 온 거지? 그렇지……? 자네나 잘난 경찰청 상관들이나 다 웃기는 위인들이야, 젠장! 내가 뭐랬나, 감히 날 체포하지는 못할 거라고 하지 않았나! 경찰청장이 그 망할 베베르를 좀 진정시켜야 한다고! 꼭 필요한 사람을 체포할 리가 있어? 자, 어디 말좀 해 보게. 왜 그렇게 어리벙벙한 표정을 짓고 있는 건가! 경찰수사는 어디까지 진행됐지? 빨리 대답해 보게! 내가 단 5초 만에속 시원히 해결해 줄 테니까! 단 스무 자로 요약해서 설명만 해보라니까! 자, 여기 회중시계 보이지? 2분 안에 끝내!」

「두, 두목……」

마즈루는 페레나의 기세에 놀라 이렇게 중얼거릴 따름이었다.

「아니, 왜 꿀 먹은 벙어리 모양으로 그러고 있나? 내가 일일이질문을 해야겠나? 좋아, 잘 듣게. 베로 형사가 살해된 날 퐁네프카페에 있었다는 그 흑단 지팡이를 든 남자에 관한 일이지?」

「네…… 맞습니다」

「경찰에서 그자에 대해 뭔가 알아낸 건가?」

「네」

「그럼 당장 그 얘길 해 보게!」

「알겠습니다, 두목. 카페 종업원만 그자를 기억하고 있는 게아니었어요. 그때 그 자리에 있던 손님 하나가 그자와 동시에 카페에서 나와서 그자가 지나가던 사람한테 〈뇌이이로 가려는데 여기서 제일 가까운 지하철역이 어딥니까?〉라고 묻는 소리를 들었답니다」

「훌륭하군! 그리고 뇌이이에서는 여기저기 들쑤시며 수사를 벌인 끝에 그자를 찾아냈겠지?」

「이름까지 밝혀 냈지요, 두목. 〈위베르 로티에〉라는 이름으로룰가에 사는데 여섯 달 전에 갑자기 집과 가구를 그대로 남겨 둔채 트렁크 두 개만 들고 어디론가 떠났다고 합니다」

「우체국에는 가 봤나?」

「물론이죠. 우체국 직원 중 한 명이 그자의 인상착의를 듣더니 금방 누군지 알겠다고 하더군요. 그자는 우편물을 찾으러 일주일이나 열흘에 한 번씩 우체국을 찾는답니다. 보통 한 장에서 두 장 정도 되는 편지를 찾아가는데 굉장히 중요하게 여기는 것 같다고 했습니다. 그런데 근래에는 통 보이지 않더랍니다」

「그런데 그 우편물은 그자의 이름으로 온다던가?」

「아뇨, 머리글자가 씌어져 있었대요」

「어떤 건지는 기억하나?」

「예, 〈B.R.W. 8〉이라고 했습니다」

「그게 다야?」

「제가 알아본 건요. 하지만 제 동료 중 한 사람이 살인 사건이 있었던 날 밤, 흑단 지팡이를 들고 코안경을 쓴 한 남자가 11시 45분경 오퇴유 역에서 나와 라넬라그 쪽으로 갔다는 사실을 밝혀냈습니다. 같은 시간에 포빌 부인이 바로 그 거리에 있었다는 사실과 범행이 자정보다 조금 전에 발생했다는 사실, 기억 나시죠? 그래서 저는 이렇게 결론을……」

「됐어. 이제 그만 가 보게」

「가 보라고요?」

「빨리 가게」

「그럼 두목님은 또 언제 만나죠?」

「그자의 집 앞에서 30분 후에」

「그자라뇨?」

「마리안 포빌의 공범 말이네」

「하지만 그자가 지금 어디 사는지 모르시잖습니까」

「그자의 현 주소? 자네가 방금 자네 입으로 알려 줬잖아? 리샤르발라스가 8번지. 자, 더 이상 그런 멍청한 얼굴 하지 말고 어서 가 버리게!」

페레나는 완전히 얼이 빠져 버린 마즈루의 어깨를 잡고 빙그르르 돌려서 문 밖으로 밀어냈다.

페레나도 몇 분 후에 저택을 나섰다. 그는 자신을 미행하는 경찰관들을 줄줄 달고 출구가 두 개인 어떤 건물로 들어갔다가 경찰들은 그 앞에 세워 둔 채 혼자 빠져나와 택시를 타고 뇌이이로 갔다.

택시에서 내린 그는 걸어서 마드리드가를 지나 불로뉴 숲이 보이는 리샤르발라스가에 도착했다.

높은 담장에 둘러싸인 마당 안쪽에 4층짜리 작은 건물이 서 있었다. 마즈루는 이미 도착해 그 앞에서 페레나를 기다리고 있었다.

「여기가 틀림없이 8번지지?」

「예, 두목, 그런데 어떻게 주소를 알게 되셨는지 설명 좀 해 주십시오」

「잠깐만 기다리게, 이 친구야. 숨 좀 돌리고」

페레나는 숨을 크게 들이쉬었다.

「아! 확실히 움직이니 좋긴 좋군! 그동안 몸이 참 많이 근질근질했는데 드디어 이 악당 놈들을 추격할 수 있게 돼 정말 기뻐! 그래, 어떻게 이 주소를 알게 됐느냐고 물었지?」

페레나는 반장의 어깨에 손을 얹고 이렇게 말했다.

「알렉상드르, 잘 들어, 그리고 명심해 둬. 누구든 우체국 사서함 주소로 쓸 머리글자를 고를 때에는 아무렇게나 고르는 게 아니네. 편지를 보내는 상대방이 그 주소를 쉽게 기억할 수 있도록 고심해서 만들어 낸단 말이지」

「그게 이번 일과 무슨 상관이 있는 겁니까?」

「나같이 뇌이이와 불로뉴 숲 주변을 잘 알고 있는 사람이라면 누구나 〈B.R.W〉라는 세 글자, 특히 영어에서 자주 쓰이는 W라는 글자에 주목하게 될 거네. 그 결과 머릿속과 눈앞에 자동적으로, 이 세 머리글자가 각각 의미하는 단어와 이 글자들을 논리적인 배열에 비추어 재구성한 화면이 떠오르는 거지. 그렇게 해서 B가 거리(Boulevard)를, R은 리샤르(Richard)를 그리고 W는 발라스(Wallace)를 의미한다는 것을 금방 알아차릴 수 있는 거라네. 이제 좀 이해가 가나, 마즈루?」

그러나 마즈루는 조금 미심쩍어하는 듯했다.

「그런데 두목은 틀림없이 그자가 여기 산다고 확신하세요?」

「확신하는 건 아무것도 없네, 그저 추측할 뿐이지. 처음 입수한 정보들을 토대로 우선 그럴 법한 가설부터 세워 보는 거야. 그런데, 그런데 마즈루, 아까부터 자꾸 이 작은 골목엔 뭔가 비밀이 숨겨져 있을 것 같다는 생각이 들어. 그리고 이 집에도. 쉿, 잘 들어 보게」

그는 마즈루를 어두운 구석으로 밀어 넣었다. 마당 안쪽에서 문이 닫히는 소리가 정적을 깼다. 곧 누군가가 마당을 가로질러 대문 쪽으로 걸어오는 소리가 들렸다. 철책 대문의 자물쇠가 철컥거렸다. 곧 어떤 사내가 거리에 나타났다. 가로등이 그의 얼굴을 훤히 비추었다.

마즈루가 나지막하게 외쳤다.

「하느님 맙소사! 저자예요」

「그런 것 같기는 한데……」

「저자가 틀림없다니까요, 두목! 저 검은 지팡이와 빛나는 손잡이를 보세요. 그리고 저 코안경이며 턱수염이며……. 그래도 모르시겠습니까, 두목?」

「자자, 진정하고 저자를 따라가 보세」

검은 지팡이를 든 사내는 리샤르발라스가를 지나 마이요가로 접어들었다. 머리를 꼿꼿이 세우고 가볍게 자기 지팡이를 돌리며 가다가 잠시 멈추더니 담배에 불을 붙였다.

마이요가가 끝나는 지점에서 그는 파리 시로 들어갔다. 생튀르역에서 멀지 않은 곳이었다. 여전히 미행당하고 있던 그는 역 쪽으로 가더니 오퇴유 행 기차를 탔다.

마즈루가 말했다.

「이상합니다. 보름 전에 했던 것과 똑같은 행동을 하고 있는데. 여기서 증인들이 저 남자를 목격했거든요」

사내는 오퇴유 역에서 내려 성벽을 따라 걸었다. 15분쯤 후에 이들은 쉐셰가에 도착했다. 곧 포빌과 그의 아들이 살해됐던 저택이 나타났다.

지팡이를 든 사내는 저택 맞은편에 있는 성벽으로 올라가더니 거기서 몇 분 간 저택을 바라보며 움직이지 않고 서 있었다. 그러고는 곧 다시 내려와 뮤에트가 쪽으로 가더니 거기서 불로뉴 숲의 어둠 속으로 사라졌다.

「자, 빨리 해치우세」

돈 루이스가 급히 걸음을 옮기며 말했다.

마즈루가 그를 붙잡았다.

「그게 무슨 소리입니까, 두목?」

「당장 저자를 체포하잔 말이네. 우리 쪽은 두 사람이니 지금이

절호의 기회야」

「뭐라고요? 안 됩니다!」

「안 된다고? 저 사내가 겁나나? 좋아. 그럼 나 혼자 하게 놔두기라도 하게」

「두목, 그 생각은 못하십니까?」

「무슨 생각?」

「정당한 근거없이 한 시민을 체포할 수는 없다는 거요」

「뭐? 근거가 없어? 저런 악당 녀석이? 살인을 저지른 자가? 도대체 어떤 근거가 더 필요하다는 건가?」

「현행범이 아닌 이상 누군가를 체포하려면 먼저 필요한 게 있단 말입니다」

「그게 뭔가?」

「영장이요. 지금 제게는 영장이 없다고요」

마즈루의 목소리는 너무나 확신에 차 있었다. 그의 대답이 너무나도 우스꽝스러워 보였기 때문에 돈 루이스는 웃음을 터뜨렸다.

「영장이 없다고? 거참 안됐군! 하지만 내게 영장 따위는 아무 상관없네!」

마즈루가 페레나의 팔을 붙들며 지지 않고 외쳤다.

「그렇게는 못합니다! 저 사람한테 손 하나 까딱하기만 해 보십시오!」

「저자가 자네 엄마라도 되나?」

「두목, 제 말 좀 들어 보세요」

「이것 봐, 선량한 시민 나리. 지금 이 기회를 놓치면 이런 기회가 다시 올 것 같나?」

돈 루이스가 짜증 섞인 목소리로 이렇게 물었다.

「물론이죠. 저자는 자기 집으로 돌아갈 겁니다. 저는 지금 당장 경찰서에 연락을 할 거고요. 그러면 거기서 경찰청으로 연락을 할 거고 내일 아침이면……」

「그동안 저자가 도망치면?」

「어쨌든 지금은 영장이 없어서 체포할 수 없습니다」

「지금 내가 하나 써 주랴? 이 갑갑한 친구야!」

돈 루이스는 곧 화를 가라앉혔다. 그는 마즈루의 고집을 꺾기에 역부족이라는 사실을 깨달았다. 이 고지식한 반장은 무슨 수를 써서라도 페레나가 상대를 체포하지 못하도록 막을 터였다. 페레나는 심각한 목소리로 이렇게 말했다.

「세상에 이런 바보가 다 있나. 이 멍청이! 서류에 서명에 영장 같은 별의별 쓸데없는 것으로 경찰 기능을 마비시키는 놈들도 똑같이 바보지. 잘 들어 두게, 경찰에게 제일 중요한 것은 주먹일세. 일단 범인이 눈앞에 나타나면 한방 먹여야지, 안 그랬다간 헛손질이나 하게 된단 말이네. 오늘은 할 수 없지. 이만 헤어지세. 나도 이젠 자러 가야겠어. 모든 절차가 끝나거든 전화하게」

페레나는 사법 당국의 미온적인 태도에 화가 머리끝까지 치밀었다. 결국 돈 루이스는 제대로 수사를 벌이지도 못하고 몸과 마음만 지칠 대로 지쳐서 자택으로 돌아왔다.

다음날 아침, 잠에서 깬 페레나는 경찰이 과연 흑단 지팡이의 용의자를 체포했는지 한시바삐 알고 싶은 마음과 이 과정에서 자신의 협조가 반드시 필요할 것이라는 생각에 재빨리 침대에서 일어나 옷을 갈아입었다.

「만약 내가 지금 도와주러 가지 않는다면 틀림없이 그자에게 당하고 말 거야. 그 사람들에겐 이런 전투를 이끌 만한 능력이 없어」

그는 혼자 중얼거렸다.

바로 그 순간 마즈루에게서 전화가 왔다. 그는 부리나케 전화실로 쓰는 작고 어두운 골방으로 뛰어 들어갔다. 그곳은 저택의 전 주인이 2층 서재 한구석에 만든 공간인데, 벽 한쪽을 오목하게 파고 만들어 놓은 작은 방이었다. 페레나는 전등을 켜고 전화를 받았다.

「알렉상드르?」

「예, 두목. 저는 지금 리샤르발라스가에서 가까운 주점에 와 있습니다」

「그리고 그자는?」

「자기 집에 있습니다. 하지만 하마터면 놓칠 뻔했지요」

「그래?」

「예, 어제 짐을 쌌대요. 오늘 아침 여행을 떠날 예정이라고 하더군요」

「그건 어떻게 알아냈나?」

「가정부가 그러더군요. 방금 그 집으로 들어갔습니다. 가정부가 우리한테 문을 열어 줄 겁니다」

「그자는 혼자 사나?」

「예, 가정부가 식사를 준비해 주고 저녁에는 퇴근한다더군요. 방문객도 하나 없는데, 아, 아주 가끔 한 여자가 찾아왔답니다. 하지만 베일로 얼굴을 가려서 누군지 알아볼 수 없었다고 했습니다. 그자는 하루 종일 책을 읽고 연구를 하는 학자라고 하고요」

「이번엔 영장을 받았겠지?」

「예, 곧 체포할 겁니다」

「좋아. 지금 당장 거기로 가겠네」

「절대로 안 됩니다! 총 지휘를 맡은 사람이 베베르 부국장이란 말입니다. 아! 그런데 포빌 부인 소식 아직 모르시죠?」

「포빌 부인의 소식?」

「예, 어제저녁에 자살하려고 했답니다」

「뭐? 포빌 부인이 자살하려고 했다고?」

페레나는 뜻밖의 소식에 자기도 모르게 큰 소리로 말했다. 그런데 그때 바로 옆에서 날카로운 비명소리가 거의 동시에 들려오는 것이 아닌가!

페레나는 소스라치게 놀라 수화기를 든 채 급히 몸을 돌렸다. 르바쇠르가 새파랗게 질린 얼굴로 그에게서 몇 발짝 떨어진 곳에 서 있었다.

두 사람의 시선이 마주쳤다. 페레나가 르바쇠르에게 질문을 던지려는 순간 그녀는 재빨리 서재에서 나가 버렸다.

〈도대체 저 여자가 왜 내 말을 엿듣고 있었지? 그리고 왜 저렇게 공포에 질린 걸까?〉

그동안 마즈루는 계속해서 말하고 있었다.

「왜, 그때 그랬잖습니까. 죽어 버리겠다고. 그 여자, 보통 독한 게 아니에요」

페레나가 물었다.

「어떻게 자살하려고 한 건가?」

「나중에 말씀드리겠습니다. 상관이 불러서요. 하지만 절대로 여기 오시면 안 됩니다, 두목」

「아니, 지금 가겠네. 그자의 거처를 알아낸 사람이 그자가 검거되는 장면도 목격하지 못 한다는 게 말이 되나? 걱정 말게. 내가 있다는 걸 아무도 눈치 채지 못하게 숨어 있을 테니까」

「정 그러시다면 서두르십시오, 두목. 지금 기습할 테니까요」

「가지」

페레나는 재빨리 수화기를 내려놓고 전화실에서 나가려고 몸을 돌렸다.

그러나 순간 페레나는 깜짝 놀라 뒷걸음쳤다.

막 전화실에서 나서려는 순간 무언가 그의 머리 위에서 작동되는 소리가 들렸기 때문이다. 곧 천정에서 굉음을 내며 철문이 떨어져 내려 전화실의 입구를 막아 버렸다.

1초만 빨리 나갔어도 페레나는 철문에 깔려 버렸을지도 모른다. 그의 손이 이 거대한 쇠뭉치에 닿을락말락한 상황이었다. 아마 페레나의 평생에 이토록 생명의 위협을 느꼈던 때도 없을 것이다.

간신히 놀란 가슴을 가라앉히고 정신을 수습하자, 페레나는 곧 침착함을 되찾고 천장에서 떨어진 장애물에 다가갔다.

그러나 이 철문은 웬만한 힘으로는 꿈쩍도 할 것 같지 않았다. 그것은 오랜 세월이 지나면서 군데군데 녹이 슨, 견고하고 육중한 쇳덩이였다. 철문은 입구에 딱 들어맞도록 정교하게 설계되어 있어 입구는 상하 좌우 가장자리 모두 물샐틈없이 꽉 막혀 버렸다.

페레나는 영락없이 전화실에 갇힌 꼴이 되었다. 그는 서재에 르바쇠르 양이 있었다는 사실을 기억해 내고 주먹으로 미친 듯이 철문을 쳐 댔다. 철문이 떨어졌을 때 그녀는 서재에 있었을 테니, 아직도 서재에 있다면 이 소리를 듣고 곧 전화실 쪽으로 다가와 페레나를 구출해 줄 것이다.

그는 귀를 기울였다. 밖에서는 아무 소리도 들리지 않았다. 그는 르바쇠르 양을 큰 소리로 불렀다. 하지만 아무 대답도 없었다.

그의 목소리는 헛되이 전화실 천정과 벽에 부딪혔고 페레나는 이 모든 저택이 자신의 구호 요청에 일부러 귀를 틀어막고 있다는 생각마저 들었다.

하지만…… 하지만 르바쇠르 양은?

「이게 도대체 어찌 된 셈일까? 도대체 왜 그녀는……?」

그는 잠시 가만히 서서 이 젊은 처녀의 이상한 행동에 대해, 방금 전 그녀의 화들짝 놀란 표정과 공포에 질린 시선에 대해 다시 한번 곰곰이 생각했다. 그리고 도대체 왜 갑자기 이 무시무시한 철문이 자신의 머리 위로 떨어진 건지 자문해 보았다.

흑단 지팡이를 든 남자

리샤르발라스가 8번지에는 베베르 부국장과 앙세니 수석 형사, 마즈루 반장, 형사 세 명과 뇌이이 경찰서장이 모여 있었다.

마즈루는 돈 루이스를 기다리며 초조하게 마드리드가를 살폈다. 이상하게도 전화를 끊은 지 30분이나 지났는데 돈 루이스는 좀처럼 나타나지 않았다. 마즈루는 더 이상 공격을 늦출 핑계를 찾을 수 없었다.

베베르 부국장이 말했다.

「자, 지금이다. 가정부가 창문 밖으로 신호를 보냈어. 그자가 나갈 채비를 하고 있는 모양이야」

「그자가 나올 때 문에서 덮치는 게 낫지 않을까요? 순식간에 체포할 수 있을 텐데요」

마즈루가 이의를 제기했다.

「우리가 모르는 비밀 출구로 빠져나갈 수도 있지. 저런 놈들은 언제 어떻게 나올지 모른단 말이야. 집에 있을 때 덮치는 게 나아. 그게 더 확실하지」

「하지만……」

「도대체 왜 그러나, 마즈루? 요원들이 긴장하고 있는 게 안 보이나? 모두 저자를 두려워하고 있어. 야수를 잡듯이 모두 함께 달려들어 덮치는 수밖엔 없단 말이야. 그리고 경찰청장이 오기 전에 이 작업을 끝내야 해」

「청장님께서 오시나요?」

「그래. 직접 눈으로 확인하고 싶으신 거지. 청장님께서는 이일에 무척 큰 관심을 갖고 계시네. 자, 돌격! 모두 준비됐나? 내가 초인종을 누르겠다」

초인종이 울려 퍼지자 곧 가정부가 급히 달려 나와 살며시 문을 열었다.

상대방을 흥분시키지 않기 위해 침착한 태도를 유지하라는 지시를 받았으면서도 요원들은 너무 긴장한 나머지 한꺼번에 마당으로 우르르 몰려들어 공격 자세를 취했다. 그런데 그때 3층 창문이 열리더니 누군가 소리쳤다.

「도대체 무슨 일입니까?」

베베르 부국장은 대답하지 않았다. 경찰관 두 명과 수석 형사, 경찰서장과 부국장은 집으로 쳐들어갔고 나머지 두 명은 마당에 남아서 출구를 지켰다.

그들은 2층에서 흑단 지팡이를 든 사내를 만났다. 그는 외출복차림으로 모자를 쓰고 3층에서 내려오고 있었다. 베베르 부국장이 그에게 외쳤다.

「꼼짝 마라! 움직이면 쏜다. 자네가 〈위베르 로티에〉가 틀림없나?」

집 주인은 어리둥절한 표정을 지었다. 총구 다섯 개가 자신을 겨누고 있었다. 그런데 그는 조금도 침착함을 잃지 않고 따지듯이 물었다.

「도대체 무슨 일입니까? 여기서 뭘 하고 있는 겁니까!」

「우리는 법의 이름으로 왔다. 여기 구속 영장이 있다」

「구속 영장이라고요?」

「리샤르발라스가 8번지에 거주하는 위베르 로티에 대한 구속 영장이다」

「이런 어처구니없는 일이! 내가 꿈이라도 꾸고 있는 건가……? 도대체 그게 무슨 소립니까? 무슨 이유로 날 체포한다는 겁니까?」

그는 기가 막히다는 표정으로 대답했다.

경찰 두 명이 양쪽에서 그의 팔을 잡고 거실로 끌고 갔다. 거실은 짚을 넣은 의자 세 개와 안락의자 하나, 두꺼운 책들이 널려 있는 탁자가 하나 있는 꽤 널찍한 공간이었다. 위베르 로티에는 조금도 저항하지 않고 경찰들이 하는 대로 순순히 따랐다.

「여기, 꼼짝 말고 있어. 손가락 하나 까딱했다간 재미없을 줄 알아」

사내는 여전히 저항하지 않았다. 경찰 두 명에게 멱살이 잡힌 채로 그는 도대체 왜 자신에 대한 체포 영장이 발부됐는지를 곰곰이 생각하고 있는 듯했다. 그는 약간 붉은 빛이 도는 밤색 수염을 기른 영리해 보이는 남자였다. 코안경 너머로 회색빛이 도는 푸른 눈은 엄격한 인상을 풍겼다. 떡 벌어진 어깨나 튼튼해 보이는 목으로 보아 이 남자는 범상치 않은 힘의 소유자인 듯했다.

「지금 차로 끌고 갈까요?」

마즈루가 부국장에게 물었다.

「좀 있다가. 청장님이 도착하시면 직접 지시를 내리실 거네. 주머니를 뒤져 봤나? 무기는 없었어?」

「없었습니다」

「캡슐이나 작은 물병 같은 것도? 의심스러운 물건도 없었나?」

「없었습니다」

데말리옹 청장은 현장에 도착하자마자 용의자의 얼굴을 유심히 살피며 부국장의 보고를 들었다.

청장이 말했다.

「아주 잘했어. 용의자 두 명을 붙잡았으니 이제 그들이 범죄 사실을 불기만 하면 되네. 사건 경위가 명백히 밝혀질 거야. 그런데 체포 과정에서 저항은 없었나?」

「조금도 없었습니다. 청장님」

「그래도 계속 조심스럽게 감시해야 하네」

용의자는 단 한마디도 하지 않고 여전히 지금 벌어지고 있는 사태에 대해 조금도 이해할 수 없다는 듯한 표정을 짓고 있었다. 그는 방금 도착한 사람이 경찰청장이라는 사실을 눈치 채고 설명을 요구하는 듯 청장을 쳐다보았다.

청장이 말했다.

「당신을 체포한 이유를 군이 설명할 필요는 없겠지요?」

그러자 사내는 정중한 목소리로 대답했다.

「죄송합니다만, 청장님! 제발 설명 좀 해 주십시오. 어떻게 이런 일이 벌어졌는지 도무지 이해할 수가 없습니다. 청장님 요원들이 뭔가 크게 착각한 게 틀림없어요. 청장님 말씀 한마디면 곧 오해가 풀릴지도 모릅니다. 그러니 제발 어찌 된 일인지 설명 좀 해 주십시오」

청장은 어깨를 으쓱해 보이고는 대답했다.

「당신은 포빌 부자의 살해에 가담했다는 혐의를 받고 있습니다」

「이폴리트가 죽었다고요?」

그는 온몸을 신경질적으로 부들부들 떨며 낮은 목소리로 되풀이해서 말했다.

「이폴리트가 죽었다고요? 지금 무슨 말씀을 하고 계신 겁니까? 그럴 리가요? 어떻게 죽었습니까? 살해당했나요? 에드몽도 함께 죽었습니까?」

청장은 또다시 어깨를 으쓱했다.

「포빌 씨를 이름으로 부르는 것을 보니 그와 꽤 절친한 사이였던 모양이군요? 헌데 당신이 이번 살인 사건에 아무런 관련이 없다 해도 보름 전부터 신문에 떠들썩하게 실린 이 소식을 못 들었다는 게 말이 됩니까?」

「전 신문은 절대 읽지 않습니다, 청장님」

「뭐라고요? 그런 말도 안 되는 소리로……」

「잘 이해가 안 가시겠지만 정말입니다. 저는 오로지 일만 합니다. 일상생활에 유용한 작품을 만들기 위해 하루 종일 연구에만 몰두한단 말입니다. 저는 바깥소식에는 조금도 관심이 없습니다. 그래서 벌써 몇 년 전부터 신문 한 장 읽은 적 없다고 자신 있게 말할 수 있습니다. 그러니 이폴리트 포빌이 살해당했다는 이야기도 알 도리가 없었죠. 말씀대로 예전에 저희 두 사람은 꽤 가까운 사이였습니다만……, 사이가 틀어진 후로는 서로 연락하지 않았습니다」

「무슨 이유로 사이가 틀어졌죠?」

「가족 간의 문제입니다」

「가족 간이라니? 그렇다면 당신이 포빌 씨의 친척이었단 말입니까?」

「예, 이폴리트는 제 사촌입니다」

「당신 사촌이었다고요? 포빌 씨가? 그렇다면 혹시……. 자, 좀 더 정확히 말해 주세요. 포빌 씨와 그의 아내는 각각 엘리자베트 루셀과 그 여동생 아르망드 루셀의 자식이었습니다. 그런데 이 두 자매는 빅토르라는 이름의 사촌과 함께 자랐죠」

「맞습니다. 빅토르 소브랑. 루셀 할아버지의 외손자죠. 빅토르 소브랑은 외국에서 결혼해 두 아들을 두었습니다. 그런데 그중 한 명은 15년 전에 사망했죠. 나머지 한 명이 바로 접니다」

데말리옹 청장은 놀라움과 충격에 온몸을 떨었다. 만약 이 남자가 하는 말이 사실이라면, 경찰들이 지금까지 아무리 해도 그 행적을 찾을 수 없던 빅토르의 아들이 틀림없다면 그들은 바로 그 자리에서 코스모 모닝턴의 최종 상속자를 체포한 것이다. 포빌 부자는 죽었고 또 다른 상속자인 포빌 부인은 살인 혐의로 체포되어 모든 권리를 박탈당했기 때문이다.

그러나 어째서 그는 자기에게 그토록 불리한 증언을 눈 하나 깜짝 않고 털어놓을 수 있는 것일까?

그는 또다시 말을 이었다.

「청장님, 제 말에 몹시 놀라신 것 같군요. 그렇다면 이제 저를 체포하는 일이 뭔가 착오라는 사실을 인정하십니까?」

그는 침착하게 극도로 정중한 태도로 또박또박 말했다. 그리고 그는 자신의 말이 그의 혐의를 오히려 더 가중시킨다는 생각은 꿈에도 하지 못했다. 오히려 이 말로 인해 모든 오해를 풀 수 있을 거라 굳게 믿고 있었다.

청장은 그의 질문에 대답하는 대신 이렇게 물었다.

「그렇다면 당신의 본명은 뭡니까?」

「가스통 소브랑입니다」

「그렇다면 왜 〈위베르 로티에〉라는 가명을 쓰고 있죠?」

청장의 질문은 사내를 순간 당혹케 했다. 데말리옹 청장은 이때 그의 태도를 빼놓지 않고 관찰했다. 그는 잠시 고개를 떨어뜨리고 생각에 잠기더니 곧 눈꺼풀을 파르르 떨면서 대답했다.

「그건 경찰과는 상관없는 문젭니다. 제 개인적인 사정 때문에 그렇게 한 겁니다」

데말리옹 청장은 빈정거리며 말했다.

「그 정도로는 설명이 안 됩니다. 당신이 왜 숨어 살고 있으며 왜 다음 주소도 남기지 않고 룰가의 거처를 떠났는지, 또 우체국에서는 왜 이름 대신 머리글자로 우편물을 수신하는지 물어본다고 해도 같은 대답을 하시겠습니까?」

「그렇습니다, 청장님. 그것은 모두 제 사생활에 관련된 문제입니다. 그러니 그 점에 대해 저를 심문하셔도 대답해 드릴 수 없습니다」

「당신 공범도 매번 당신과 똑같은 대답을 하고 있습니다」

「제 공범이라뇨?」

「그렇습니다, 포빌 부인 말입니다」

「포빌 부인이라고요?」

가스통 소브랑은 포빌의 사망 소식을 들었을 때와 똑같은 비명을 내질렀다. 이 소식은 그에게 한층 더 큰 충격을 안겨 준 듯했다. 그의 얼굴이 고통으로 일그러졌다.

「뭐라고요? 뭐라고요? 지금 무슨 말씀을 하고 계신 겁니까? 마리안이 그럴 리가 없습니다! 사실이 아니겠죠? 그럴 리가……!」

쉬셰가를 온통 뒤집어 놓은 이 대사건을 까맣게 모르는 척하는 그의 태도가 너무나 유치하고 앞뒤가 맞지 않았기 때문에 데말리옹 청장은 그의 질문에 대답하지 않았다.

가스통 소브랑은 완전히 제정신을 잃고 중얼거렸다.

「그렇다면 그녀도 또한 나처럼 이 끔찍한 오해의 제물이 되었단 말인가? 벌써 체포됐을지도 모르겠군. 그녀가! 그녀가! 마리안이 교도소에 가다니……!」

자신을 위협하고 이폴리트 포빌을 살해했으며 마리안을 교도소에 쳐넣은 미지의 적들을 위협하기라도 하듯 가스통 소브랑은 주먹을 꽉 쥐고 부들부들 떨었다.

마즈루와 앙세니 형사는 양쪽에서 그를 꽉 붙들었다. 소브랑은 순간 이 두 사람을 밀어젖히려는 듯한 자세를 취했으나 갑자기 힘이 쭉 빠졌는지 무너지듯 의자에 주저앉아 두 손으로 얼굴을 가린 채 더듬거리며 말했다.

「이런 기가 막힌 일이……! 뭐가 뭔지 하나도 모르겠군. 하나도 모르겠다고……」

소브랑은 곧 입을 다물었다.

경찰청장이 마즈루에게 말했다.

「포빌 부인하고 똑같은 연기를 하고 있네. 둘 다 타고난 배우야. 누가 친척 사이가 아니랄까 봐……」

「조심하셔야 합니다, 청장님. 지금은 체포 사실에 절망해서 저러고 있지만 언제 난동을 부릴지 모릅니다!」

잠시 밖에 나가 있던 베베르 부국장이 방으로 들어왔다. 데말

166

리옹 청장이 그에게 물었다.

「준비는 끝났나?」

「예, 청장님. 대문 바로 앞, 청장님 차 바로 옆에 택시를 대기시켜 놓았습니다」

「우리가 모두 몇 명이지?」

「여덟 명입니다. 경찰 두 명이 방금 경찰서에서 도착했습니다」

「이 집은 샅샅이 뒤져 보았나?」

「예, 이 집은 거의 비어 있었습니다. 꼭 필요한 가구 몇 점밖에는 없었습니다. 그리고 방에는 종이 뭉치만 여기저기 쌓여 있었고요」

「좋아. 저자를 차에 태우게. 감시를 강화하고!」

가스통 소브랑은 경찰의 지시에 따라 순순히 부국장과 마즈루를 따라 나갔다.

방문을 나서기 직전 소브랑이 갑자기 몸을 틀었다.

「청장님, 지금 가택 수색을 하고 있어서 드리는 말씀인데, 제 방 탁자 위에 쌓여 있는 종이들은 좀 조심해서 다뤄 주십시오. 몇 날밤을 꼬박 새서 연구한 것들입니다. 그리고……」

그는 몹시 당혹스러워하며 좀처럼 말을 잇지 못했다.

「그리고?」

「사실은…… 청장님, 특별히 말씀드릴 게 좀 있습니다」

그는 자기가 할 말이 불러올 결과를 걱정하는 듯 잠시 뜸을 들이며 적당한 말을 찾더니, 마침내 결심한 듯 입을 열었다.

「청장님, 실은 여기……. 이곳에 제 목숨보다 소중한 편지 꾸러미가 있습니다. 만약 이 편지들을 잘못 해석한다면 저에게 몹시 불리하게 작용할 수도 있을 겁니다. 하지만 상관없습니다. 이 편지들을 안전한 곳에 놓는 게 급선무입니다. 청장님, 그 꾸러미 속에는 굉장히 중요한 서류도 들어 있습니다. 그걸 청장님께 맡기겠습니다. 청장님께서 잘 관리해 주십시오」

「그 편지들은 어디에 있습니까?」

「작은 상자 속에 들어 있습니다. 쉽게 찾을 수 있어요. 제 방 바로 위에 있는 다락으로 올라가 창문 오른쪽에 불쑥 튀어나온 못을 잡아당기면 됩니다. 겉보기에는 아무짝에도 쓸모없는 못 같지만 슬레이트 지붕 밑, 낙수 홈통에 숨겨진 이 상자를 나오게 하는 장치랍니다」

그는 말을 마치고 두 경관에게 붙들린 채 다시 걷기 시작했다. 청장이 그들을 멈춰 세웠다.

「잠깐만……. 마즈루, 다락으로 올라가 그 편지들을 갖고 오게」

마즈루는 몇 분 후에 돌아와 비밀 장치를 작동시킬 수 없었다고 말했다.

청장은 이번에는 앙세니 수석 형사를 불러 마즈루와 함께 용의자를 데리고 올라가 본인이 직접 이 장치를 작동시키라고 명령했다.

청장은 베베르 부국장과 아래층에 머물러 수색 결과를 기다리면서 탁자 위에 수북이 쌓여 있는 책들을 하나하나 훑어보았다.

탁자 위에 있는 책들은 모두 과학에 관련된 책뿐이었는데 이런 제목들이 특히 청장의 눈길을 끌었다. 『조직 화학』, 『전기와 화학의 관계』……. 모든 책들의 여백에는 손으로 쓴 관련 메모가 빽빽이 들어차 있었다. 청장이 그중 한 권을 집어 책장을 넘기려는 순간 위층에서 떠들썩하게 외치는 소리가 들려왔다. 청장은 재빨리 문 쪽으로 뛰어갔다. 그러나 그가 문 밖으로 나서기도 전에 계단

위쪽에서 총소리가 울리고 곧 누군가 고통스럽게 울부짖는 소리가 들렸다.

곧 두 발의 총성이 잇달아 울려 퍼졌다. 비명과 함께 격투를 벌이는 소리가 들리더니 또다시 총성이 울렸다……

청장은 퉁퉁한 체격에 걸맞지 않게 민첩한 동작으로 베베르 부국장과 함께 단숨에 계단을 뛰어 올라갔다. 그들은 3층을 지나 보다 좁고 가파른 계단을 통해 4층에 도착했다.

청장이 4층에 도달한 순간 누군가 비틀거리더니 그의 팔에 안기며 쓰러졌다. 부상을 입은 마즈루 반장이었다.

계단 위에는 움직이지 않는 몸뚱이가 널부러져 있었다. 앙세니 수석 형사였다.

다락방 문 앞에는 가스통 소브랑이 잔혹한 표정으로 총을 겨누고 있었다. 그는 아무 데나 겨냥하고 다섯 번째 방아쇠를 당겼다. 그리고 청장을 발견하더니 유유히 그를 겨냥했다.

청장은 자신의 얼굴을 정면으로 향하고 있는 총구를 보고는 이젠 꼼짝없이 죽은 목숨이라고 생각했다. 그러나 바로 그 순간 청장의 뒤에서 누군가 방아쇠를 당기는 소리가 들렸다. 동시에 소브랑의 손에 들려 있던 권총이 바닥으로 떨어졌다. 청장은 곧 자신의 목숨을 구한 사람이 누군지 돌아보았다. 그 사내는 쓰러진 수석 형사의 몸을 뛰어넘어 마즈루를 벽으로 밀어붙이고 경찰들과 함께 앞으로 뛰쳐나갔다.

그 사내는 다름 아닌 돈 루이스 페레나였다.

돈 루이스는 소브랑이 뒷걸음질쳤던 다락방으로 허겁지겁 뛰어 올라갔다. 그러나 돈 루이스가 창가에 서 있던 소브랑의 모습을 발견한 순간, 소브랑은 4층에서 뛰어내렸다.

청장이 뛰어 들어오며 소리쳤다.

「그놈이 저 창문으로 뛰어내렸습니까? 생포하긴 글렀군!」

「생포는커녕 시체도 못 건질 겁니다. 청장님, 저기 보세요. 벌써 일어서고 있잖아요. 저런 놈들에게는 항상 기적이 따라 다니죠. 아니, 대문 쪽으로 가는데요……, 조금 다리를 절 뿐이군요」

「하지만 제 부하들은?」

「그 친구들이요? 총소리에 놀라 모두 집 안으로 들어와 부상자들을 치료하고 있죠」

「아! 천하의 악당 같으니라고! 우리 모두 보기 좋게 속아 넘어갔군!」

청장은 이를 바득바득 갈았다.

가스통 소브랑은 페레나의 말대로 포위망이 뚫린 틈을 타 유유히 달아나고 있었다.

「저자를 잡아라! 저자를 잡아!」

데말리옹 청장은 정신없이 소리를 고래고래 질렀다.

길가에는 경찰청장의 자동차와 용의자를 호송하기 위해 베베르 부국장이 대기시켜 놓은 택시, 이렇게 자동차 두 대가 서 있었다. 운전석에 앉아 있던 기사들은 저택 안에서 격투가 벌어지고 있는 줄은 까맣게 몰랐지만, 둘 다 가스통 소브랑이 창 밖으로 뛰어내리는 장면은 목격했다. 청장 차에는 소브랑의 집에서 입수한 증거품이 여러 가지 있었는데 청장의 운전사는 그중 유일하게 무기로 쓸 수 있는 흑단 지팡이를 집어 들고 용감하게도 대문 앞에 가서 그를 막아섰다.

「저자를 잡아라! 저자를 잡으라고!」

데말리옹 청장은 또다시 큰 소리로 외쳤다.

운전사와 소브랑은 대문 앞에서 마주쳤다. 그러나 소브랑은 순식간에 상대방을 때려눕히고 지팡이를 빼앗아 상대의 얼굴을 후려쳤다. 그러고는 지팡이를 손에 꼭 쥔 채 거리 쪽으로 달아났다. 마침내 건물 밖으로 빠져 나온 경찰관 세 명과 택시 운전사가 그의 뒤를 쫓았다.

그는 경찰관들보다 30보쯤 앞서 있었다. 경찰관 중 한 명이 그에게 총을 쏘았으나 빗나갔다.

데말리옹과 베베르 부국장이 아래층으로 내려와 3층에 도착했을 때 그들은 새파랗게 질린 얼굴로 가스통 소브랑의 침대에 누워 있는 앙세니 수석 형사를 발견했다.

머리에 총을 맞은 그는 죽어 가고 있었다.

청장과 부국장이 도착하자마자 앙세니 수석 형사는 숨을 거뒀다.

다행히 부상이 경미했던 마즈루 반장은 치료를 받는 도중에 자초지종을 설명했다. 소브랑은 마즈루 반장과 앙세니 수석 형사를 다락방까지 안내한 후 문 앞에서 벽에 걸려 있던 낡은 연장주머니에 재빨리 손을 넣었다고 했다. 소브랑은 거기서 총을 꺼내 바로 옆에 있던 수석 형사를 쐈다. 마즈루가 소브랑을 붙들자마자 그는 잽싸게 빠져 나와 마즈루에게 총 세 발을 쏘았는데 그중 한 발이 자신의 어깨에 명중했다는 얘기였다.

그렇게 해서 소브랑은 전혀 탈출의 희망이 없어 보이는 상황에서 대담한 전략으로 자신을 붙들고 있던 경관 두 명을 쓰러뜨리고 출구를 지키고 있던 경관들을 모두 집 안으로 끌어들여 포위망이 뚫린 틈을 타 달아나 버렸다.

데말리옹 청장은 분노와 절망으로 얼굴이 새파랗게 질린 채 외쳤다.

「아, 그 녀석이 우릴 멋지게 속아 넘겼어! 편지들이며 비밀함이며 움직이는 못 따위의 허무맹랑한 이야기로…… 아! 나쁜 놈! 천하의 악당 같으니라고!」

청장은 1층으로 내려가 마당을 지났다. 거리로 나섰을 때 그는 소브랑을 끝까지 쫓아갔던 경찰관들 중 한 명을 만났다. 그는 아직도 숨이 찬지 헉헉거리고 있었다.

「어떻게 됐나?」

청장이 걱정스러운 듯이 물었다.

「청장님, 그가 옆 골목으로 빠졌을 때……, 거기에 웬 차 한 대가 그를 기다리고 있었습니다. 시동이 이미 걸려 있었던 게 분명해요. 그자가 차에 올라타자마자 곧바로 멀리 사라져 버렸으니까요」

「하지만 그동안 내 차는 뭘 하고 있었나?」

「시동을 거는 데 시간이 꽤 걸리잖습니까, 청장님……」

「그를 태우고 달아난 차는 택시였나?」

「예, 택시였어요……」

「그럼 그 차를 다시 찾을 수 있을 거야. 그 기사가 신문을 본 후 제 발로 경찰청으로 찾아 올 거라고」

그러나 베베르는 의심스럽다는 듯 고개를 저었다.

「운전사가 공범이 아니라면 찾아올 수도 있겠지요. 하지만 문제의 차 주인을 찾아낸다고 하더라도 가스통 소브랑같이 노련한 자가 흔적을 남겨 뒀을 리가 있습니까? 힘들 겁니다, 청장님. 보통 상대가 아니라고요」

그때까지 말 한마디 없이 수색을 참관하던 돈 루이스가 마즈루와 함께 멀찌감치 떨어져 서서 중얼거렸다.

　「암, 그렇고말고. 힘들 거야. 더구나 오늘처럼 다 잡은 상대를 도망치도록 내버려 두는 일이 계속해서 생긴다면……. 그러게 내가 어제 뭐라 그랬나, 마즈루. 경찰 힘으로는 역부족이라고 했지? 어쨌든 대단한 녀석이야! 그리고 그 녀석은 혼자가 아니네, 알렉상드르, 공범들이 있다네, 그것도 우리 집 근처에……. 내 말 알아듣겠나? 바로 우리 집에 그자의 공범이 있다고!」

　마즈루에게 소브랑의 태도와 체포할 때 발생했던 사건에 대해 몇 가지 질문을 던진 뒤 돈 루이스는 자기 집으로 돌아왔다. 돈 루이스는 이제 자신의 집에서 오전 중에 발생했던 사건에 대해 조사를 벌여야 했다. 그 사건 또한 리샤르발라스가에서 발생했던 사건만큼이나 불가사의했다. 그는 지금 가스통 소브랑이 코스모 모닝턴의 유산을 차지하기 위해 벌이는 활극에만 정신을 집중해야 할 때지만 르바쇠르 양의 기이한 행동에 대한 생각도 좀처럼 떨쳐 버릴 수가 없었다.

　페레나는 마즈루와 전화 통화를 하던 도중에 그녀가 내질렀던 날카로운 비명이며 공포에 질린 얼굴을 아무래도 잊을 수가 없었다. 틀림없이 그녀는 페레나가 마즈루에게 했던 〈뭐? 포빌 부인이 자살하려고 했다고?〉라는 말을 듣고 깜짝 놀라 비명을 질렀을 것이다. 그렇다면 그녀가 포빌 부인의 자살을 두려워해야 할 이유는 과연 어디 있다는 말인가?

　그는 곧바로 서재로 들어가 전화실 쪽 입구를 자세히 살펴보았다. 이 입구는 아치형으로 설계되었고 약 2미터 정도 너비에 천장은 매우 낮았다. 이 움푹 들어간 공간에는 따로 문은 없고 휘장을 하나 걸어 놓는데, 평상시에는 휘장을 늘 걷어 놓아 입구는 항상 열려 있었다. 바로 이 휘장 아래에서 돈 루이스는 스위치를 찾아냈다. 이 스위치를 아래로 내리자 아까 자신을 전화실에 가둬 버렸던 철문이 떨어져 내렸다.

서너 번 더 실험을 반복한 결과, 페레나는 이 장치에 전혀 이상이 없으며 외부에서 누가 일부러 스위치를 누르지 않고는 작동할 리 없다는 사실을 확인했다. 그렇다면 여기서 르바쇠르가 페레나를 죽이려 했다는 결론을 내려야 하는 걸까? 그렇다면 도대체 무슨 이유로?

돈 루이스는 당장 르바쇠르를 불러 해명을 요구할 생각으로 호출 벨에 손을 가져갔다. 하지만 창 밖으로 천천히 마당을 가로지르는 르바쇠르의 모습을 발견하자 페레나는 넋이 나간 듯한 눈으로 벨에서 손을 뗐다. 그리고 완벽한 조화를 이루며 움직이는 그녀의 균형 잡힌 몸매와 햇빛에 눈부시게 반짝거리는 그녀의 금발을 멍하니 바라보고 있었다.

페레나는 남은 오전 시간을 모두 소파에 앉아 줄담배를 피우며 보냈다. 몹시 심기가 불편했다. 마치 점점 더 어두운 미궁 속으로 빠져들고 있는 듯한 느낌이었다. 지금껏 그토록 행동에 나서고 싶었건만 막상 행동을 취하자마자 새로운 장애물이 나타나 그의 의지를 마비시켰다. 더구나 아무리 이 장애물들을 면밀히 검토해 봐도 적에 대한 특성을 조금도 파악할 수 없어 더 더욱 답답했다. 그런데 정오에 페레나가 막 점심 준비를 시켰을 때, 집사가 한 손에 쟁반을 들고 그의 서재로 들어왔다. 몹시 상기된 집사의 표정으로 미루어 하인들도 돈 루이스가 지금 처해 있는 이 애매한 상황에 대해 어느 정도 눈치를 채고 있는 듯했다.

「경찰청장님께서 오셨습니다」

「뭐라고? 지금 어디 계신가?」

「아래층에 계십니다. 처음엔 어떻게 해야 할지 몰라서 르바쇠르 양에게 먼저 물어 보려고 했지만……」

「청장님이 확실한가?」

「여기 그분 명함을 받아 왔습니다」

과연 명함엔 이렇게 씌여 있었다.

귀스타브 데말리옹

그는 곧 창 쪽으로 다가가 창문을 열고 머리 위에 달린 거울을 통해 팔레부르봉 광장을 살펴보았다. 여섯 명가량 되는 사람들이 왔다갔다 하고 있었다. 그는 그들이 누군지 곧 알아보았다. 그들은 자신이 어제저녁에 〈따돌렸던〉 경찰청 요원들이었다. 아침이 되자 평소처럼 임무를 수행하러 온 것이다.

〈더는 없단 말이지? 그럼 걱정할 것 없어. 그리고 경찰청장이 나한테 악감정을 품을 이유가 없지 않은가. 뭐, 미리 예견했던 일이야. 자신의 목숨을 구해 주었으니 나에 대한 생각이 좀 바뀌었겠지…….〉

데말리옹 청장은 한마디 말도 없이 방으로 들어와 페레나에게 가벼운 목례로 인사를 대신했다. 그와 함께 들어온 베베르 부국장은 페레나에 대한 분노와 멸시를 애써 감추려 하지도 않았다.

페레나는 그러한 베베르의 태도에 개의치 않고 청장에게만 안락의자를 권했다. 그러나 청장은 뒷짐을 지고 방 안을 서성거렸다. 말을 꺼내기 전에 생각을 미리 정리하고자 하는 듯했다.

침묵은 계속됐다. 돈 루이스는 태연하게 청장이 말을 시작할 때까지 기다렸다. 갑자기 청장이 발걸음을 멈추고 말했다.

「페레나 씨, 리샤르발라스가에서 곧장 이곳으로 오셨습니까?」

「예, 청장님」

「바로 이 서재로 왔습니까?」

「그렇습니다」

데말리옹은 잠시 말을 끊었다가 다시 이었다.

「전 당신이 출발한 지 삼사십 분 후에 그 자리를 떠나서 곧장 경찰청으로 갔지요. 그런데 거기서 이런 속달우편을 받았습니다. 한번 읽어 보십시오. 이 속달우편이 오전 9시 30분, 증권 거래소에서 도착했다는 사실을 확인할 수 있을 겁니다」

돈 루이스는 속달우편을 받아 들고 모두 대문자로 적혀 있는 속달우편을 읽어 내려갔다.

가스통 소브랑이 자택에서 도망친 후 공범 페레나의 집으로 갔다는 사실을 알려드립니다. 페레나의 본명은 아시다시피 아르센 뤼팽이죠. 아르센 뤼팽은 코스모 모닝턴의 유산을 독차지하기 위해 가스통 소브랑을 배신하고 경찰에 그의 주소를 밀고한 겁니다. 오늘 아침 두 사람은 화해했고 아르센 뤼팽은 소브랑에게 확실한 은신처를 알려 주었습니다. 그들이 만났고 공모했다는 증거는 쉽게 찾으실 수 있습니다. 소브랑은 신중을 기하기 위해 무심코 들고 갔던 흑단 지팡이 몸통 부분을 뤼팽에게 맡겨 두었습니다. 페레나의 서재에 있는 소파 방석 밑에 지팡이 몸통 부분이 있습니다. 쉽게 찾으실 수 있을 겁니다.

돈 루이스는 어깨를 으쓱했다. 거기에 쓰인 내용은 있을 수 없는 일이었다. 그는 오전 중에 서재 밖으로 나간 적이 한번도 없었기 때문이다. 그는 아무 말 없이 침착하게 전보를 접어 청장에게 돌려줬다. 그리고 데말리옹 청장의 이야기를 더 들어 봐야겠다고 생각했다.

데말리옹은 곧바로 물었다.

「이 익명의 고발에 대해 어떻게 생각하십니까?」

「대답할 가치도 없습니다, 청장님」

「하지만 이 편지 내용은 매우 명확합니다. 확인하는 일도 쉽지요」

「물론이죠, 청장님. 자, 편지에서 말하는 소파가 바로 저기 있습니다」

데말리옹 청장은 잠시 멈칫했으나 곧 소파로 다가가 방석을 들어냈다.

그중 방석 하나 아래 문제의 지팡이가 놓여 있었다.

돈 루이스는 순간 놀라움과 분노를 감출 수 없었다. 단 한순간도 이런 어처구니없는 기적이 일어나서 자신을 궁지에 몰아넣을 거라고 생각해 본 적이 없었다. 그러나 페레나는 간신히 안정을 되찾았다.

「하지만 이것이 가스통 소브랑의 지팡이라는 증거는 없지 않습니까?」

페레나가 이의를 제기했다.

「제가 나머지 반쪽을 갖고 있습니다. 베베르 부국장이 직접 리샤르발라스가에서 이 지팡이 반쪽을 집어왔죠. 자, 바로 이겁니다」

청장은 안주머니에서 나머지 반쪽을 꺼내 동강 난 두 지팡이 도막을 서로 맞춰 보았다.

두 막대기의 잘린 부분은 서로 정확하게 일치했다.

또다시 침묵이 흘렀다. 페레나는 그만 어안이 벙벙해지고 말았다. 어찌 된 일인지 도저히 이해할 수가 없었다. 도대체 어떤 마술을 써서 가스통 소브랑은 20분 남짓한 짧은 시간에 이 저택, 이 서재 안에 들어올 수 있었을까? 저택 안에 공범이 있다는 가설이 그나마 설득력 있었다.

〈내 계산이 보기 좋게 빗나가고 말았군. 어떻게 해서든 이 상황을 수습해야 해. 지난번엔 간신히 포빌 부인의 고발과 터키 석속임수에서 벗어날 수 있었는데……. 청장은 이번에도 놈이 유사한 시도를 하고 있다는 사실을 눈치 채지 못한 걸까? 가스통 소브랑도 마리안 포빌이 했던 것처럼 나를 모함해서 혐의를 벗으려는 거야!〉

청장이 초조한 목소리로 외쳤다.

「무슨 말이라도 좀 해 보십시오! 빨리 당신 자신을 변호해 보란 말입니다」

「아닙니다, 청장님. 그럴 필요가 없습니다」

데말리옹 청장은 발을 동동 구르며 안타까운 듯한 목소리로 말했다.

「그렇다면, 그렇다면……. 당신은 자백을 하고 있는 겁니다. 그러니……」

청장은 당장 창문을 열려는 듯 창문 손잡이를 움켜쥐었다. 그가 호루라기를 한 번만 불면 저택으로 요원들이 들이닥쳐 페레나를 체포할 상황이었다.

「결국 저를 체포하시려는 겁니까, 청장님?」

데말리옹 청장은 대답하지 않았다. 그는 창문에서 손을 떼고 또다시 방 안을 서성거리기 시작했다. 페레나가 청장이 그토록 주저하는 까닭이 무엇인지 생각하고 있을 때 청장은 갑자기 그의 앞에 우뚝 서서 말문을 열었다.

「제가 만약 이 일이 당신과는 전혀 상관없는 일이며 이 지팡이는 단지 당신 하인의 음모로 여기서 발견된 거라고 간주한다면……? 당신이 지금까지 수사에 기여한 공만 생각한다면……? 간단히 말해 지금부터 당신을 자유롭게 풀어 준다면……」

페레나는 미소를 짓지 않을 수 없었다. 지팡이 사건을 포함해 모든 정황이 페레나에게 불리하게 돌아가던 이 순간 갑자기 상황이 역전되었다. 페레나가 처음부터 바랐던 대로, 쉬셰가에서 마즈루에게 말했던 대로 경찰의 방침이 바뀌었다.

경찰에선 페레나의 도움이 절실했다.

「자유라고요? 그렇다면 더 이상 감시하지 않는 겁니까? 미행하는 사람도 없애 주시고요?」

페레나가 말했다.

「그렇습니다」

「제 이름이 계속해서 언론에 오르내린다 해도 말입니까? 그리고 언론사에서 근거 없는 중상모략으로 제 평판을 떨어뜨린다고 해도요? 만약 즉각 저를 체포하라는 요구가 나온다면 어떻게 하시겠습니까?」

「상관하지 않겠습니다」

「그렇다면 조금도 걱정할 필요가 없는 겁니까?」

「그렇습니다」

「베베르 부국장도 제게 품고 있는 적대감과 편견을 버릴까요?」

「적어도 겉으로는 그렇게 행동해야 할 겁니다. 안 그런가, 베베르 부국장?」

베베르 부국장이 마지못해 청장의 말에 동의하자 돈 루이스는 이렇게 외쳤다.

「아, 청장님, 사법 당국의 기대에 어긋나지 않게 꼭 승리를 안겨 드리겠습니다」

마침내 경찰 당국은 앞서 벌어진 일련의 기이한 사건들 속에서 비범한 재능으로 결정적인 역할을 수행한 페레나의 공을 인정해, 그때까지의 태도를 180도 바꾸어 페레나를 지지하고 그의 도움을 요청하며 수사의 지휘권을 넘겨주었다.

페레나는 이러한 경찰의 예우에 무척 기분이 좋아졌다. 그러나 과연 경찰에서는 돈 루이스 페레나 위에 짙게 깔려 있는 아르센 뤼팽의 그림자에 대해서는 어떻게 생각하고 있는 걸까? 데말리옹 청장도 속으로는 두 사람이 동일인이라는 사실을 인정하고 있을까?

페레나는 청장의 태도에서 그의 속내를 알아챌 수 없었다. 청장은 돈 루이스 페레나에게 사법 당국에서 종종 목표를 달성하기 위해 체결하는 밀약을 제의하고 있을 뿐이었다. 일단 둘 사이에 계약이 맺어진 이상 청장은 여기에 대해 더 할 말이 없다는 태도였다.

「수사하는 데 필요한 정보가 있으면 말씀해 주십시오」

청장이 페레나에게 말했다.

「예, 청장님. 실은 신문에서 베로 형사의 주머니 속에서 수첩 한 권이 나왔다는 기사를 읽은 적이 있습니다. 이 수첩에 무슨 중요한 단서라도 담겨 있었습니까?」

「없었습니다. 개인적인 메모하고 지출 명세서 몇 장이 다였죠. 아! 잊어버릴 뻔했군요. 어떤 여자의 사진도 한 장 들어 있었는데, 이 여자에 대해 조사를 해 보았지만 헛수고였습니다. 솔직히 그 사진 속의 여인이 이 사건과 관련이 있다고는 생각하지는 않습니다만……. 자, 바로 이게 그 문제의 사진입니다」

페레나는 청장이 내민 사진을 보더니 순간 움찔했다. 그러자 데말리옹 청장이 물었다.

「이 여자를 아십니까?」

「아니오…… 아닙니다, 청장님. 안다고 생각했는데…… 그저 좀 닮았을 뿐이에요. 친척일지도 모르죠. 청장님께서 오늘 저녁까지 이 사진을 제게 맡겨 주신다면 곧 확인해 보겠습니다」

「알겠습니다. 마즈루 반장 편으로 돌려보내 주십시오. 그리고 그에게 당신의 수사를 도우라는 명령을 내리겠습니다」

청장은 이 말을 마치고 자리에서 일어섰다. 돈 루이스는 그를 현관문까지 배웅했다.

문을 나서기 직전, 데말리옹 청장이 갑자기 돌아서더니 이렇게 말했다.

「오늘 아침, 당신은 제 목숨을 구해 주셨습니다. 당신이 아니었으면 그 악당 놈에게……」

「별 말씀을, 청장님」

「아니오, 진심으로 드리는 말씀입니다. 물론 당신에겐 너무나 당연한 일이겠지만…… 진심으로 감사드립니다」

그러고 나서 청장은 마치 진짜 스페인 귀족 출신이며 외인부대의 영웅인 〈돈 루이스 페레나〉에게 경례하듯 깍듯이 예의를 갖춰 경례했다. 그동안 베베르는 두 손을 주머니 속에 넣고 마치 재갈을 물려 놓은 사나운 개처럼 자신의 숙적을 매섭게 쏘아보았다.

〈젠장. 저자는 여전히 날 체포할 기회만 노리고 있군!〉

잠시 후 창 밖으로 데말리옹 청장의 차가 떠나는 모습이 보였다. 곧 이어 베베르 부국장을 선두로 치안국 요원들이 발을 질질 끌며 팔레부르봉 광장을 떠났다. 마침내 포위가 풀렸다.

돈 루이스는 홀가분한 마음으로 외쳤다.

「자, 이제 본격적으로 시작해 볼까! 이제야 자유롭게 활동할 수 있겠군. 이제 좀 제대로 뭔가 알아볼 수 있겠어!」

그는 집사를 불렀다.

「점심을 준비해 주게. 그리고 르바쇠르 양에게 가서 식사 후에 곧바로 내게 오라고 전하고」

식당으로 간 그는 식탁에 앉아 데말리옹 청장이 놓고 간 사진을 유심히 살펴보았다.

사진은 지갑이나 수첩 속에 넣어 두는 사진들이 그러하듯 가장자리의 색이 바래고 헐어 있었다. 그러나 사진 속 주인공의 모습은 똑똑히 알아볼 수 있었다. 사진 속에는 야회복을 입은 젊은 처녀가 어깨와 팔을 드러내고 머리는 온통 꽃과 잎사귀로 장식한 채 화사한 미소를 짓고 있었다.

「르바쇠르 양이 틀림없어. 하지만 어떻게 이런 일이?」

페레나는 되풀이해서 중얼거렸다.

사진 한 모퉁이에 거의 지워져서 알아보기 힘든 글자가 씌여 있었다. 돈 루이스는 가까스로 〈플로랑스〉라는 이름을 알아보았다. 틀림없이 이 젊은 처녀의 이름이리라.

페레나는 다시 이렇게 중얼거렸다.

「르바쇠르 양……. 플로랑스 르바쇠르……. 어떻게 그녀의 사진이 베로 형사의 지갑에서 나올 수가 있지? 그리고 이 집을 구입하면서 함께 고용한 헝가리 백작의 옛 비서가 어떻게 이 모든 사건에 연관될 수 있단 말인가?」

그는 철문 사건을 떠올렸다. 그를 힐난하던 《에코 드 프랑스》 지의 기사와 그 기사의 초고가 바로 이 집의 마당에서 발견되었던 일이며 오늘 아침 자신의 서재에서 발견되었던 지팡이 도막의 수수께끼에 대해서도 다시 한번 곰곰이 생각해 보았다.

머릿속으로는 열심히 르바쇠르 양과 이번 사건들의 관계를 따져 보는 페레나였지만, 그의 눈은 사진 속에 나타난 플로랑스 르바쇠르의 아름다운 입술과 우아한 미소, 매력적인 목선과 화사하게 드러난 맨 어깨에 머물렀다.

갑자기 식당 문이 열리며 르바쇠르가 허겁지겁 뛰어 들어왔다.

바로 그때, 식당에 혼자 있던 페레나는 방금 자신이 직접 따른 물을 입으로 가져가고 있었다. 르바쇠르는 순식간에 달려들어 그에게서 컵을 빼앗아 바닥에 던져 버렸다. 유리컵은 산산조각이 났다.

「이 물 마셨어요? 마셨나요?」

그녀가 숨넘어가는 목소리로 다그쳤다.

「아니, 아직 안 마셨어요. 왜 그러죠?」

그녀는 더듬거리며 대답했다.

「이 물병에 담긴 물에는……. 이 물속에는……」

「이 물속에는?」

「이 물속에는 독약이 들었어요」

페레나는 이 말에 의자를 박차고 일어났다. 그는 르바쇠르의 팔을 붙잡고 마구 흔들며 소리쳤다.

「독약이라고! 지금 무슨 말을 하는 겁니까? 당장 말해 봐! 틀림없는 사실입니까?」

좀처럼 침착함을 잃지 않는 페레나였지만 그도 순간 공포에 질렸다.

페레나는 베로 형사와 포빌 부자의 시체를 보며 범인들이 쓰는 독약의 효과가 어느 정도인지 잘 알고 있었다. 그래서 보통 사람에 비해 상대적으로 많은 양의 독을 견딜 수 있도록 단련한 자신도 이 독약만큼은 절대 이겨 낼 수 없다는 사실을 잘 알고 있었다. 일단 중독되고 나면 해독 방법이 전혀 없는 강력한 독이었다.

그러나 르바쇠르는 아무 대답도 없었다. 그는 재촉했다.

「당장 말해 보란 말입니다! 틀림없이 독약이 들었습니까?」

「아뇨, 꼭 그렇다는 게 아니라……. 그저 불길한 예감이 들어서……. 혹시라도……」

그녀는 자신이 한 말을 후회하며 이를 만회하려 애쓰는 듯했다.

「자, 자, 내 말 잘 들으십시오. 난 꼭 알아야겠으니까. 그렇다면 당신은 이 물속에 독약이 들었는지 어떤지 확실히 모른다 이겁니까?」

페레나는 언성을 높였다.

「네, 그럴 수도 있다는 거죠……」

「하지만 방금 전에는……」

「방금 전에는 그렇게 생각했는데…… 잘 모르겠어요」

「정 그렇다면 쉽게 확인할 수 있는 방법이 있지」

페레나는 이렇게 말하며 물병을 집어 들었다.

그러자 르바쇠르는 다시 잽싸게 병을 낚아채 단번에 탁자 위로 던져 버렸다.

「지금 뭐 하는 짓입니까?」

페레나는 화난 목소리로 외쳤다.

「제가 잘못 생각했어요……. 그러니 이 일에 너무 개의치……」

돈 루이스는 그녀의 말이 채 끝나기도 전에 식당 밖으로 뛰어나갔다. 페레나의 지시에 따라 저택에서 마시는 물은 복도 끝에 있는 주방에 설치된 정수기에서 떠왔다.

페레나는 급히 그곳으로 뛰어가 선반에서 사발을 하나 집어 정수기의 물을 담았다. 그리고 복도를 통해 안마당으로 나와 〈미르자〉라는 이름의 강아지를 불렀다. 강아지는 마구간 옆에서 놀고 있었다.

「자, 마셔 봐라」

페레나가 강아지에게 물이 가득 든 사발을 내밀며 말했다.

강아지는 곧 꿀꺽꿀꺽 물을 삼키기 시작했다.

그러고는 앞뒤 다리가 뻣뻣해지면서 한동안 마비된 듯 가만히 있더니 온몸을 크게 한 번 떨었다. 강아지는 쉰 소리로 신음을 내뱉으며 제자리에서 두세 번 돌더니 곧 힘없이 쓰러졌다.

「죽었어」

페레나는 강아지를 만져 본 후 말했다.

르바쇠르 양이 어느새 그의 곁에 와 있었다. 그는 그녀를 향해 몸을 돌리며 말했다.

「당신 말이 옳소, 독약이……. 그런데 어떻게, 어떻게 당신이 그 사실을 알고 있었지?」

숨이 차서 헐떡거리던 그녀는 간신히 뛰는 심장을 진정시키고 난 뒤 이렇게 대답했다.

「주방에서 다른 강아지가 이 물을 마시고 있는 모습을 보았어요. 그런데 곧 죽어 버린 거예요. 즉시 마부와 운전사에게 이 사실을 알렸어요, 마침 둘 다 마구간에 있었거든요. 그리고 나서 페레나 씨께 알려드리기 위해 식당으로 뛰어갔던 거고요」

「그렇다면 더 의상 의심할 여지가 없군. 그렇다면 왜 방금 전에 물속에 독약이 들었는지 어떤지 잘 모르겠다고 그랬소?」

마부와 운전사가 마구간에서 나왔다. 페레나는 르바쇠르를 잡아끌면서 말했다.

「둘이서 얘기 좀 해야겠소. 당신 방으로 갑시다」

그들은 다시 복도로 들어갔다. 주방을 지나 복도 끝으로 가니 그곳에 3단짜리 계단이 놓여 있었다.

계단 위에는 문이 있었다.

페레나는 문을 열었다.

르바쇠르 양의 거처로 통하는 문이었다. 두 사람은 안으로 들어갔다. 돈 루이스는 현관 문과 거실 문을 차례로 닫았다.

「자, 이제 자초지종을 설명해 봐요」

페레나가 단호한 음성으로 말했다.

셰익스피어 전집 제8권

　페레나의 저택에는 별채가 두 채 있었다. 혁명 이전에 지어진 이 저택은 마당 중심에 본채가 있고 양 옆에 별채가, 그리고 본채와 별채 사이에 여러 부속 건물이 딸려 있다. 창고와 마구간, 마구 보관소, 차고 등이 들어선 한쪽 끝에는 수위의 거처가 있었고 세탁실, 부엌 등이 있는 다른 한쪽 끝에는 르바쇠르가 사용하는 거처가 있었다.

　르바쇠르의 거처는 단층 건물로, 어두운 현관과 큰방 하나로 구성되어 있었다. 르바쇠르가 사용하는 침실은 사실 일종의 알코브(벽을 움푹하게 만들어 침대를 들여 놓은 곳——옮긴이)에 지나지 않았고 문 대신 커튼을 쳐서 거실과 공간을 분리해서 사용했다. 그리고 팔레부르봉 광장을 향해 창문 두 개가 나 있었다.

　돈 루이스가 르바쇠르의 거처에 들어오는 것은 이번이 처음이었다. 돈 루이스는 방금 일어난 사건에 온통 정신이 빼앗겨 있었지만 이 별채로 들어오자 자기도 모르게 편안하고 아늑한 느낌을 받았다.

가구들은 단출했다. 낡은 안락의자 몇 개와 마호가니 의자, 장식 없는 제1제정 시대식 책상, 작은 탁자, 책꽂이가 다였다. 벽에는 유명한 미술 작품의 모사품과 기념물의 스케치, 햇볕이 내리쬐는 풍경, 이탈리아의 도시들, 시칠리아의 사원들을 그린 그림들이 걸려 있었다.

르바쇠르는 계속 서 있었다. 그녀는 이제 침착한 모습을 되찾고 평상시의 무뚝뚝한 표정을 짓고 있었다. 그러나 페레나는 그녀가 억지로 꾸민 우울한 표정 밑에 보다 풍부한 감수성, 삶에 대한 정열, 그리고 끝없는 에너지를 감추고 있을 것이라고 생각했다. 지금 그녀의 시선에서는 두려움도 도전적인 요소도 찾아볼 수 없었다. 그녀는 이제 아무 거리낌 없이 설명할 준비가 되어 있는 듯했다.

페레나는 오랫동안 침묵을 지켰다. 이상하게도 페레나는 자신이 가장 흉악한 혐의를 두고 있는 이 젊은 여인의 앞에서 좀처럼 침착함을 유지할 수가 없었다. 그래서 그는 어쩔 수 없이 일단 이렇게 말문을 열었다.

「오늘 아침에 이 집에서 무슨 일이 있었는지 압니까?」

「오늘 아침이요?」

「그래요, 내가 전화를 끊었을 때 말입니다」

「하인들과 집사가 제게 알려 주더군요」

「그전엔 몰랐나요?」

「제가 어떻게 그전에 알 수 있었겠어요」

그녀는 거짓말을 하고 있었다. 거짓말이 아닐 리 없었다. 하지만 거짓말을 하는 와중에도 페레나의 질문에 대답하는 그녀의 목소리는 그렇게 침착할 수가 없었다!

페레나는 말을 이었다.

「자, 무슨 일이 있었는지 몇 마디로 요약해 보겠습니다. 내가 막 전화실에서 나오는데 천장 위쪽에 숨겨져 있던 철문이 갑자기 떨어져 내렸지요. 도저히 내 힘으로는 빠져나올 도리가 없었습니다. 마침 전화기가 바로 옆에 있어서 다행이었지요. 다스트리냐크 백작님께 전화를 걸었더니 곧 집사와 함께 달려오셔서 구해 주셨습니다. 자, 이게 당신이 들은 내용과 일치합니까?」

「네, 저는 그 일이 벌어지기 전에 제 방으로 돌아왔어요. 그래서 철문이 떨어진 일과 다스트리냐크 백작님께서 도착하신 사실을 몰랐습니다」

「그렇다고 칩시다. 하지만 전화실에서 구출된 직후 집사에게 물어봤더니 당신을 포함해 이 집에서 일하는 사람 모두가 이 철문에 대해 알고 있다고 하더군요」

「물론입니다」

「누구에게 들었습니까?」

「말로네스코 백작님께 들었습니다. 백작님의 증조할머니께서 프랑스 대혁명 당시 남편이 단두대에서 처형을 당하자 그 작은 방에서 열세 달 동안 숨어 지내셨다고 하셨습니다. 당시에 그 철문은 서재의 벽지와 동일한 재질로 덮여 있었다고 하셨고요」

「왜 처음부터 이 철문에 대한 이야기를 내게 해 주지 않은 겁니까? 1초만 늦었어도 내가 그 철문에 깔려 죽을 뻔했다는 걸 아십니까?」

르바쇠르는 이 말에 눈 하나 깜짝하지 않으며 이렇게 대꾸했다.

「왜 갑자기 그 장치가 작동됐는지 자세히 살펴보시는 게 좋겠어요. 아마 너무 낡아서 무슨 이상이라도 생겼나 봅니다」

「장치엔 조금도 이상이 없습니다. 내가 방금 실험해 보았지요. 그러니 우연의 일치로 떨어졌을 리가 없단 말입니다」

「우연의 일치가 아니라면 누가 일부러 장치를 작동시키기라도 했다는 말씀이세요?」

「누군가 내게 앙심을 품은 자가 그랬을 거라 생각합니다」

「누가 있었다면…… 하인들이 못 봤을 리가 없는데요」

「그자를 볼 수 있었던 사람은 당신밖에 없습니다. 당신은 내가 전화하고 있는 동안 서재에서 서성거리다가 포빌 부인 이야기를 듣고 비명을 질렀지 않습니까?」

「그래요. 포빌 부인의 자살 미수 소식은 제게 큰 충격이었거든요. 유죄이건 무죄이건 전 그녀를 무척 가엾게 생각하고 있습니다」

「그렇다면 전화실 입구 바로 옆에 있었던 당신은 이 장치를 작동시킨 악당의 모습을 못 봤을 리가 없겠군요」

순간 르바쇠르의 얼굴이 조금 붉어졌으나 조금도 시선을 떨구지는 않았다.

「장치가 작동되기 전에 서재에서 나가지만 않았다면 그자와 마주쳤을지도 모르죠」

「알겠습니다. 하지만 그래도 여전히 의아한 점이 한두 가지가 아닙니다. 철문이 떨어지는 소리와 전화실에 갇힌 내가 구조를 요청하며 미친 듯이 내지르는 소리를 당신이 전혀 듣지 못했다는 건…… 아무래도 이해가 되지 않는군요」

「그때쯤이면 제가 이미 서재 문을 닫고 아래층으로 내려왔을 때인가 봐요. 전 정말 아무 소리도 못 들었어요」

190

「그렇다면 누군가 내 서재에 미리 숨어들어 있었다는 가정을 세울 수 있군요. 그자는 틀림없이 쉬셰가 사건에 연루된 자일 겁니다. 그렇지 않다면 어떻게 경찰청장이 내 소파에서 사건의 용의자가 지니고 있던 지팡이 도막을 발견할 수 있었겠습니까?」

그녀는 금시초문이라는 듯이 몹시 놀란 표정을 지었다. 페레나는 그녀에게 좀 더 가까이 다가가 그녀의 눈을 똑바로 쳐다보며 또박또박 말했다.

「이 모든 사건들이 정말 조금도 이상하지 않습니까?」

「뭐가 이상하다는 말씀이세요?」

「나를 궁지에 몰아넣기 위해 벌어지는 이 모든 일련의 사건들 말입니다. 어제는 이 집 마당에서 《에코 드 프랑스》지에 실렸던 기사의 초고를 발견했습니다! 오늘 아침엔 내가 막 지나려는 순간 머리 위에서 철문이 떨어지더니, 그리고 이 지팡이 동강이 발견되고……. 그리고……, 그리고…… 방금 전에는 내가 마시는 물속에 독이……」

그녀는 머리를 끄덕거리며 중얼거렸다.

「하긴…… 그렇기도 하군요. 확실히 이 모든 사건이……」

페레나가 거칠게 그녀의 말을 이었다.

「이 모든 사건이 의미하는 바는 명백합니다. 매우 대담하고 능수능란한 작자가 모든 사건을 사전에 치밀하게 계획하고 실행하고 있습니다. 그런 자가 존재한다는 사실은 이제 확실해졌습니다. 그는 끊임없이 행동하고 있죠. 그의 목표는 단 하나입니다. 그는 익명의 제보나 지팡이 도막을 이용해 나를 모함하고 체포되게 만들려 했지요. 철문을 작동시킴으로써 나를 죽이거나 적어도 몇 시간 동안은 내 발을 묶어 놓으려고 했습니다. 그런데 이제는 독약까지 사용하다니……! 가장 음흉하고도 비겁한 방법을……! 오늘 내 잔 속에 독약을 뿌렸으니 내일은 내가 먹는 음식에도 독약을 뿌릴 것이 분명하군요. 그럼 곧 단도, 총, 목을 조르기 위한 밧줄…… 내가 이 세상에서 사라질 수만 있다면 그 어떤 방법이라도 마다하지 않고 사용하겠죠! 그들의 궁극적인 목표는 바로 나를 제거하는 것이니 말입니다! 나는 그들의 적입니다! 언젠가 수억 프랑의 유산을 상속받을지도 모른다는 장밋빛 미래가 보장된 자란 말이지요! 내게서 이 막대한 재산을 가로채는 게 그들의 최종 목표일 겁니다. 그러니 그들에게서 나는 제거해야 할 걸림돌에 지나지 않는단 말이 되겠군요. 지금으로선 내가 모닝턴의 상속자 제1순위니까요. 이미 이 유산 때문에 네 명이 목숨을 잃었습니다. 이젠 내 차례가 온 거군요. 내가 다섯 번째 희생자가 될 거란 말이겠지요! 가스통 소브랑이든 누구든 이 일을 진두지휘하는 자가 이미 그런 치명적인 결정을 내린 게 분명합니다. 그리고 그들의 공범이 바로 여기 있습니다. 이 저택에, 광장 한복판에, 바로 내 옆에서 끊임없이 내 일거수일투족을 감시하며 나를 제거하기 위해 호시탐탐 기회를 엿보고 있는 자가 있지요. 이젠 더 이상 참을 수 없습니다! 무슨 일이 있어도 그자가 누군지 알아야겠습니다. 결국 알게 될 것이지만 말이죠. ……대체 그자가 누굽니까?」

르바쇠르는 뒷걸음치며 작은 탁자에 몸을 기댔다.

페레나는 한 발짝 앞으로 다가서서 르바쇠르의 눈을 똑바로 쳐다보았다. 그러나 그녀의 얼굴에서 불안이나 초조함이라고는 조금도 찾아볼 수 없었다. 그는 더욱 거칠게 물었다.

「그자가 누굽니까? 도대체 공범이 누구냔 말입니다. 누가 이 저택에서 내 죽음만을 바라고 있는 겁니까?」

「전 몰라요, 전 몰라요……. 아마 페레나 씨가 생각하시는 것처럼 어떤 음모가 있었던 게 아니라 그저 우연히……」

페레나는 자신이 적이라고 생각하는 이들에게 늘 그러하듯 그녀에게 이렇게 반말로 위협하고 싶은 충동을 느꼈다.

〈거짓말하지 마, 예쁜 아가씨! 헛소리 그만하라고! 아가씨가 바로 그 공범이잖아. 내가 마즈루와 통화하는 것을 엿들은 사람도, 차를 몰고 가서 가스통 소브랑을 구출한 사람도, 그리고 그와 짜고 문제의 지팡이를 서재에 숨겨 놓았던 사람도 당신이야. 당신밖에 없어. 나를 죽이려 했던 사람은 바로 아가씨라고! 그 이유는 나도 잘 모르겠지만 말야, 어둠 속에서 내게 일격을 가하는 그 손은 바로 당신 손이란 말이야!〉

그러나 페레나는 그녀를 그런 식으로 다룰 수 없었다. 자신의 우유부단한 태도에 그만 화가 치민 페레나는 르바쇠르의 손을 으스러질 만큼 꽉 쥐었다. 그리고 그 어떤 잔인한 말보다도 더욱 매섭고 분노에 찬 시선으로 그녀를 노려보았다.

곧 페레나는 가까스로 침착한 모습을 되찾고 그녀의 손을 놓았다. 이 젊은 처녀는 증오와 반항이 섞인 태도로 재빨리 뒤로 물러섰다.

돈 루이스는 이렇게 말했다.

「좋습니다. 우선 하인들을 심문해 보고 조금이라도 의심스러워 보이는 자들은 모두 해고할 겁니다」

「안 돼요. 안 돼요」

그녀는 완강히 반대했다.

「그러시면 안 돼요. 그 사람들은 아무 잘못 없어요. 제가 잘 알아요」

그녀가 하인들을 변호하려 하는 걸까? 자신의 고집과 위선 때문에 아무런 책임도 없는 하인들이 희생된다는 사실에 갑자기 양심의 가책이라도 느끼는 걸까?

돈 루이스는 그녀가 자신에게 애원하고 있다는 느낌을 받았다. 그러나 어째서 그녀는 그토록 애원하는 눈빛을 보내는 것일까? 하루아침에 거리로 내쫓길 하인들을 위해서? 아니면 그녀 자신의 양심을 위해서?

잠시 침묵이 계속되었다. 르바쇠르에게서 몇 발짝 떨어진 곳에서 있던 돈 루이스는 무의식중에 청장이 넘겨준 사진을 생각하고 있었다. 그리고 엉뚱하게도 지금까지 그녀의 아름다움에 무감각했던 자기 자신에게 놀라움을 금치 못했다. 그녀의 금빛 머리카락은 찬란하게 반짝거렸고 입술은 그때보다는 덜 행복해 보였으나 아직까지 미소 짓는 듯한 모습을 간직하고 있었다. 부드러운 턱 선이나 우아한 목덜미, 무릎 위에 가지런히 놓인 두 손, 이 모든 것이 매력적이면서도 지극히 부드러웠으며 무척 정직해 보였다. 이런 여인이 과연 살인을 저지르고 물에 독을 탔을까?

페레나가 무겁게 입을 뗐다.

「당신이 처음 무슨 이름으로 당신 자신을 소개했는지는 잊어버렸습니다. 어쨌든 그건 당신의 본명이 아닌 듯한데……」

「아닙니다. 제 진짜 이름이에요. 마르트라고……」

「아니요, 당신 이름은 플로랑스입니다. 플로랑스 르바쇠르!」

그녀는 이 말에 소스라치게 놀랐다.

「뭐라고요? 지금 뭐라고 하시는 거예요? 플로랑스라고요? 어떻게 그 이름을 당신이……?」

「여기 당신의 사진이 있습니다. 그리고 이 한구석에 당신 이름이 거의 지워지긴 했지만 씌어 있지 않습니까?」

그녀가 얼이 빠진 모습으로 사진을 바라보며 말했다.

「아! 어떻게 이걸? 어디서 났어요? 빨리 말씀해 보세요, 어디서 이 사진을 구하셨어요? 아…… 경찰청장이 당신에게 넘겨준 거죠, 그렇죠? 그래요, 청장이……, 틀림없이 그럴 거예요. 그리고 이 사진을 토대로 경찰이 저를 찾으며 쫓고 있겠지요. 역시……. 이번에도 당신이, 이번에도 당신 때문에……」

「그런 걱정은 마십시오. 이 사진을 좀 손보기만 하면 아무도 당신인지 못 알아볼 겁니다. 그렇게 할 테니 걱정 마시고……」

그녀는 그의 말을 더 이상 듣고 있지 않았다. 오로지 사진에만 정신이 팔려 있었다.

「스무 살 때 찍은 사진이에요. 이탈리아에 살고 있었지요. 아, 이 사진을 찍던 날 제가 얼마나 행복했는지……! 그리고 사진을 보고는 얼마나 즐거워했던지……! 사진 속에 있는 제가 무척 아름답다고 생각했거든요. 그런데 곧 이 사진이 사라져 버렸어요. 누군가 훔쳐 갔던 거예요. 다른 모든 것들을 훔쳐 간 것처럼……」

그리고 마치 다른 사람을, 불행에 빠진 친구의 이름을 부르기라도 하는 듯 보다 작은 목소리로 중얼거렸다.

「플로랑스……, 플로랑스……」

그녀의 뺨 위로 눈물이 흘러내렸다.

〈저 여자는 누군가를 살해할 만한 사람이 아니야. 저런 여자가 그자의 공범일 리가 없어. 하지만, 하지만…….〉

페레나는 그녀에게서 시선을 거두고 창문과 문 사이를 왔다갔다 하며 잠시 방 안을 거닐었다. 벽에 걸려 있는 이탈리아 풍경화

한 점이 그의 마음을 끌었다. 그는 곧 선반 위에 놓인 책 제목들을 유심히 살펴보기 시작했다. 프랑스를 비롯한 각국의 문학책이 꽂혀 있었다. 소설, 희곡집, 수필집, 시집 등 장르 또한 다양했다. 저자와 책의 제목은 르바쇠르의 교양 수준이 높다는 것을 드러내 주었다. 단테 옆에 놓인 라신, 에드거 앨런 포 옆에 놓인 스탕달, 괴테와 베르길리우스 사이에 놓인 몽테뉴 등의 작품집이 특히 눈에 뜨였다. 그런데 본능적으로 무엇이든 유심히 관찰하는 페레나의 눈에 곧 어떤 책 한 권이 들어왔다. 손때 하나 묻지 않은 말끔한 붉은 가죽 표지가 묘한 느낌을 주었다.

그것은 셰익스피어 전집 제8권이었다. 페레나는 르바쇠르가 눈치 채지 못하게 급히 그 이상한 책을 잡아 뽑았다.

역시 가짜 책이었다. 그것은 겉만 책 모양이고 속은 비어 있는 일종의 비밀 상자였다. 그 안에는 흰 편지지와 다양한 규격의 봉투, 그리고 모눈종이가 한 묶음 들어 있었다.

이 모눈종이를 본 순간 페레나는 뒤통수를 한 대 얻어맞은 듯한 기분이 들었다. 즉시 《에코 드 프랑스》지의 기사 초고가 적혀 있던 종이가 떠올랐다. 두 종이의 눈금 간격과 크기는 거의 같았다.

떨리는 손으로 이 종이 묶음을 한 장, 두 장 들춰 보던 페레나는 서둘러 연필로 쓴 숫자와 단어가 적혀 있는 종이 한 장을 발견했다.

쉬셰가에 있는 저택
첫 번째 편지, 4월 15일~16일 밤사이
두 번째, 4월 25일~26일 밤사이

세 번째와 네 번째 편지, 5월 5일과 5월 15일 밤

다섯 번째 편지와 폭발, 5월 25일 밤

4월 15일 밤이라면…… 바로 오늘 밤이다. 각각의 날짜들은 열흘 간격으로 떨어져 있었다. 그러나 페레나는 무엇보다도 이 종이에 적혀 있는 글씨체가 문제의 초고에 적혀 있던 글씨체와 동일하다는 사실에 주목했다.

문제의 초고는 그의 주머니 속에 든 수첩 안에 끼워져 있었다. 페레나는 곧 두 종이와 글씨체를 보다 정확히 비교해 보기 위해 수첩을 꺼내 초고를 찾았다.

그런데 초고가 온데간데없이 사라지고 없었다.

「이런, 제기랄! 이런 기가 막힌 일이 또 있나!」

돈 루이스는 이를 바득바득 갈았다.

문득 아침에 마즈루와 통화하고 있을 때 이 수첩이 든 겉옷을 전화실 가까이 있는 의자에 걸쳐 놓았던 사실이 떠올랐다.

그런데 그때 르바쇠르가 특별히 할 일도 없이 서재를 맴돌고 있었던 것이다.

도대체 그녀가 거기서 무얼 하고 있었겠는가?

다시 치밀어 오르는 분노를 느끼며 페레나는 속으로 생각했다.

〈아, 요망한 것! 지금 나를 속이고 있는 거로군. 순진한 척, 옛 추억을 그리는 척하며 눈물을 흘리고 있지만 모두 다 위선일 뿐이야! 마리안 포빌이나 가스통 소브랑과 같은 족속일 뿐이야. 그들처럼 행동이나 표정, 음성까지 철저히 위장할 줄 아는 훌륭한 배우일 뿐이라고!〉

그는 당장이라도 달려가 그녀에게 이 모든 사건의 진상에 대해

다그쳐 묻고 싶은 충동을 느꼈다. 이번에 발견한 증거는 의심할 여지없이 그녀의 혐의를 입증해 주고 있었다. 자신에게까지 수사가 확대될 것을 두려워한 나머지 그녀는 자기에게 불리한 기사 초고를 없애 버렸던 것이다. 그러니 어떻게 더 이상 르바쇠르가 모닝턴 사건과 쉐셰가 사건, 그리고 페레나에 대한 일련의 음모에 연루되어 있다는 사실에 의심을 품을 수 있겠는가? 아니 어쩌면 그녀 자신이 비상한 지능과 대담함으로 이 패거리를 진두지휘하고 있을지도 모른다.

사실 르바쇠르가 머물고 있는 별채의 위치는 그녀에게 완벽한 행동의 자유를 보장하기에 손색이 없었다. 팔레부르봉 광장 쪽 창문을 이용한다면 어두워진 후 쉽게 저택에서 빠져나갔다가 아무도 눈치 채지 못하게 몰래 다시 들어올 수 있을 것 아닌가. 따라서 포빌 부자가 살해되던 날 밤에도 충분히 범인들과 함께 범행 현장에 있을 수 있었으리라. 그리고 직접 독약을 투여했을지도 모른다. 지금 페레나의 눈앞에서 금발을 움켜쥐고 있는 저 작고 하얀 손으로!

순간 온몸에 소름이 쫙 끼쳤다. 그는 살며시 종이를 비밀 상자 속에 집어넣고 이 가짜 책을 제자리에 놓았다. 그리고 하염없이 울고 있는 르바쇠르에게 다가갔다. 문득 페레나는 자신이 무의식적으로 그녀의 얼굴 아래 부분, 턱뼈의 윤곽을 관찰하고 있다는 사실을 깨달았다. 그렇다, 그는 열심히 두 뺨의 부드러운 곡선과 아름다운 입술 밑에 숨겨진 턱뼈 모양을 머릿속에 그려 보려 안간힘을 쓰고 있었다. 페레나는 자기도 모르게 불안과 호기심이 뒤섞인 심정으로 그녀의 얼굴을 쳐다보고 또 쳐다봤다. 당장에라도 달려들어 그녀의 굳게 닫힌 입술을 거칠게 열고 페레나의 머릿속에서 떠나지 않는 끔찍한 질문의 해답을 찾고 싶었다. 지금은 보이지 않는 그녀의 치아가 저 사과에 찍힌 이빨 자국과 일치하지 않는다고 누가 장담할 수 있겠는가! 호랑이 이빨이, 야수의 이빨이 과연 저 여자의 것일까, 다른 사람의 것일까?

불가능한 일이었다. 문제의 이빨 자국은 이미 마리안 포빌의 것으로 판명되지 않았던가. 그러나 어떤 추측이 물리적으로 증명할 수 없다고 해서 곧 그 추측이 진실이 아니라고 장담할 수 있을까?

페레나는 걷잡을 수 없이 동요하는 자신에게 놀랐다. 이런 모습을 상대방이 눈치 챌까 봐 그는 될 수 있는 한 빨리 대화를 마치고 싶었다. 그는 곧 르바쇠르에게 다가가 공격적이고 권위적인 목소리로 말했다.

「이 집에 있는 하인들을 모두 내보내시오. 그들의 봉급과 배상금을 모두 계산해서 지급하도록 하고. 어찌 되었건 그들은 모두 오늘 당장 이 저택을 떠나야 합니다. 오늘 저녁부터 새 하인들이 올 테니 저택 일에 대해 잘 설명해 주도록 하시오」

그녀는 아무런 대답도 하지 않았다. 페레나는 방문을 쾅 닫고 나왔다. 플로랑스와 사이에 형성된 껄끄러운 관계가 그를 괴롭혔다. 두 사람 사이에는 항상 무겁고 답답한 분위기가 감돌았다. 두 사람 다 허심탄회하게 솔직히 속마음을 드러내 놓고 대화해 본 적이 단 한 번도 없었다. 이런 상황에서라면 마땅히 플로랑스 르바쇠르를 즉시 해고했어야 했다. 그러나 페레나는 그럴 생각을 꿈에도 하지 못하고 있었다.

서재로 돌아오자마자 그는 마즈루에게 전화를 걸었다. 그리고 옆방에서 듣지 못하게 낮은 목소리로 이렇게 물었다.

「마즈루?」

「예」

「청장한테 지시는 받았겠지?」

「예」

「좋아. 그렇다면 청장에게 가서 내가 하인들을 모두 해고한 뒤, 자네에게 그들의 명단을 넘기며 그들을 감시하라는 지시를 내렸다고 전하게. 소브랑의 공범을 찾으려는 거라고. 그리고 한 가지 더 있네. 자네와 나, 둘이서 포빌의 저택에서 오늘 밤을 보내도 된다는 허가를 받도록 하게」

「뭐라고요? 쉬셰가에 있는 저택으로 간다고요?」

「그래, 틀림없이 오늘 저녁 거기서 뭔가 일어날 걸세」

「무슨 일이요?」

「그건 나도 모르네. 하지만 틀림없이 어떤 사건이 벌어질 거야. 그러니 우리가 꼭 가 봐야 한다고. 알겠어?」

「알겠습니다, 두목. 청장님께서 허락해 주시면 오늘 저녁 9시, 쉬셰가에서 뵙도록 하죠」

페레나는 그날 하루 더 이상 르바쇠르를 보지 못했다. 그는 오후 중에 직업소개소에 들러 직접 하인들과 운전사, 마부, 요리사 등을 채용했다.

그리고 곧 사진관에 들러 플로랑스의 사진을 한 장 더 뽑은 후 청장이 사진이 바뀌었다는 사실을 눈치 채지 못하게 새로 뽑은 사진을 직접 변조했다.

저녁 식사는 식당에서 했다.

저녁 9시, 그는 마즈루와 만났다.

200

〈쉬셰가 살인 사건〉이 있은 후부터 포빌 저택은 수위가 관리하고 있었다. 저택의 모든 방문이 폐쇄되었지만 작업실에서 저택으로 통하는 문만큼은 경찰이 수사할 때 쓰기 위해 자물쇠만 걸어 놓고 열쇠는 경찰이 보관하고 있었다.

커다란 작업실의 구조는 예전과 조금도 달라진 것이 없었다. 그러나 예전에 탁자 위에 어지럽게 널려 있던 모든 서류와 팸플릿, 책 등이 말끔히 정리되어 이제는 남은 것이 없었다. 전등 불빛이 흐릿했지만 텅 빈 테이블 위에 수북이 쌓여 있는 먼지는 보였다.

두 사람이 모두 자리에 앉자 돈 루이스가 외쳤다.

「이것 봐, 알렉상드르! 어떻게 생각하나? 다시 이곳에 오니 기분이 좀 이상하지 않나? 하지만 이번엔 문에 빗장도 자물쇠도 걸지 않았네. 만약 누군가 4월 15일과 16일 밤사이에 무슨 일을 벌이려 한다면 마음대로 하게 놔두지 뭐. 이 신사 분들에게 완전한 자유를 줘 보자고……」

돈 루이스는 이렇게 농담을 하기는 했지만 자신이 방금 말했던 것처럼 그가 막을 수 있었던 살인 사건에 대한 기억과 이곳에 놓여 있던 시체 두 구가 자꾸 떠올라 으스스한 기분을 떨쳐 버릴 수가 없었다. 또한 포빌 부인과 벌였던 한 판 승부와 그녀의 절망, 체포 등이 어제의 일처럼 생생하게 페레나의 머릿속에 떠올랐다.

「포빌 부인 소식 좀 말해 보게. 자살하려 했다고?」

「글쎄, 그렇다니까요. 그것도 그렇게 곱게 자란 여자라면 생각도 못할 끔찍한 방법으로요. 침대 시트와 속옷에서 뜯어낸 천을 이어서 거기에 목을 맸답니다. 인공호흡으로 부인을 살려 내야 했다더군요. 이젠 위험한 상태에서 벗어나긴 했지만 아직 감시를 늦추지 않고 있다고 했습니다. 또 자살하겠다고 다짐하더랍니다」

「아직도 자백하지 않았단 말인가?」

「예, 여전히 결백하다고 주장하고 있습니다」

「검찰청이나 경찰청 의견은 어떤가?」

「포빌 부인에 대한 의견이 바뀔 수 있겠습니까, 두목? 예심에서 그녀에게 불리한 사실들이 하나도 빠짐없이 밝혀졌는데요. 게다가 포빌 부인 말고 범행이 있던 날 밤 11시에서 다음 날 아침 7시 사이에 문제의 사과를 만질 수 있는 사람은 아무도 없었는데 이 사과에 부인의 이빨 자국이 남아 있으니 이보다 더 결정적인 증거는 없지요. 이 세상에 동일한 자국을 남길 수 있는 같은 모양의 턱뼈가 또 있다는 게 말이 됩니까?」

돈 루이스는 마즈루의 말에 수긍하면서도 플로랑스 르바쇠르에 대해 생각하지 않을 수 없었다.

「그러게…… 자네 말이 맞네. 자네 말이 옳아. 포빌 부인은 꼼짝없이 걸려든 거야. 그 이빨 자국으로 거의 현행범 취급을 받고 있는 게지. 그녀가 유죄라는 사실은 너무나 명백하네……. 그런데 이런 와중에 왜 불쑥 이 사건에 끼어들었는지 도무지 알 수 없단 말이야……」

「누가요, 두목?」

「아니, 좀 골치 아픈 일이 있어서 그러네. 이번 사건은 너무나 앞뒤가 맞지 않는 데다가 비논리적이어서 아무것도 확신할 수가 없단 말이야. 당장 내일이라도 그 확신이 깨져 버릴 것만 같아서……」

두 사람은 낮은 목소리로 이번 사건을 다각도로 점검해 가며 꽤 오랫동안 이야기를 나누었다.

자정 무렵, 그들은 천장의 전등을 껐다. 그리고 각자 돌아가며 망을 보기로 했다.

그리고 처음 이곳에서 밤을 새운 날과 똑같이 시간이 흘렀다. 밤늦게 다니는 자동차와 마차 소리, 기차 기적 소리, 뒤이어 찾아온 정적도 그날 밤과 조금도 다를 게 없었다.

밤이 지났다.

역시 어떤 사고도, 사건도 일어나지 않았다.

조금씩 날이 밝아 오기 시작했다. 그러나 그때까지 망을 보고 있던 돈 루이스는 밤새 마즈루의 단조로운 코고는 소리밖에는 들은 것이 없었다.

〈내가 잘못 생각한 건가? 셰익스피어 전집에서 찾아낸 그 지령에 혹시 다른 뜻이 있었던 건 아닐까? 아니면 작년, 같은 날짜에 일어났던 일들을 암시하고 있었던 것은 아닐까?〉

그러나 페레나는 반쯤 닫힌 덧문 사이로 아침 햇살이 차츰 스며들어오기 시작했을 때 막연한 두려움이 엄습하는 것을 느꼈다. 보름 전 아침, 밤새 멀쩡하게 자고 있던 포빌 부자가 갑자기 싸늘한 시체로 변해 있었던 일을 어찌 잊을 수 있겠는가.

아침 7시에 페레나는 마즈루를 불렀다.

「알렉상드르?」

「예? 왜요, 두목?」

「자네, 안 죽었나?」

「예? 안 죽었냐고요? 당연하죠」

「확실해?」

「거참, 싱겁기도 하시지. 그러는 두목님은 왜 안 죽고 살아 계십니까그래?」

「아! 곧 이어 내 차례가 올걸세. 이만큼 능수능란한 놈들이 나를 놓칠 리가 없으니 말이야」

두 사람은 한 시간 더 방 안에서 기다렸다. 한 시간이 지나자 페레나는 창문을 열고 덧문을 밀어젖혔다.

「저런, 알렉상드르. 자네 죽지는 않았지만 얼굴빛이……」

「얼굴빛이 어떤데요?」

「아주 새파랗게 질렸군」

마즈루는 억지웃음을 지었다.

「하하, 두목님도 참……. 솔직히 두목님께서 주무시고 계시는 동안에 혼자 보초를 서면서 무척 겁이 나긴 했습니다」

「무서웠다는 소린가?」

「머리카락이 다 곤두설 정도로 무서웠습니다. 매 순간마다 뭔가 일어날 것만 같았거든요. 하지만 두목님도 별로 심기가 편해 보이지는 않습니다? 혹시 두목님도……?」

갑자기 페레나의 경악하는 표정에 마즈루는 하던 말을 잠시 중단했다.

「왜 그러세요, 두목?」

「저길 봐……. 탁자 위에, 저 편지……」

마즈루는 시키는 대로 했다.

탁자 위에는 웬 편지가 한 통 놓여 있었다. 봉투는 이미 개봉된 상태였고 봉투 위에는 주소와 우표, 우체국 인장 등이 찍혀 있었다.

「알렉상드르, 자네가 가져다 놓은 건가?」

「농담하십니까? 두목님 말고 이걸 가져다 놓을 사람이 어디 있다고……」

「그래, 자네가 아니라면 내가 그런 거겠지. 하지만 난 아니야……」

「그러면요?」

돈 루이스는 봉투를 집어 유심히 살펴보았다. 수신지도, 수신자 이름도, 우체국 인장도 모두 긁혀 나가 도무지 수신자에 대해 알아볼 수가 없었다. 그러나 발송지와 날짜만큼은 뚜렷하게 남아 있었다.

1919년 1월 4일. 파리

「3개월 반쯤 전에 씌어진 거로군」

돈 루이스는 봉투를 열어 안쪽을 살펴보았다. 약 열두 줄가량 글이 적혀 있었다. 재빨리 편지를 훑어보던 페레나는 깜짝 놀라 소리를 질렀다.

「이폴리트 포빌이라고 서명되어 있잖아!」

「그리고 틀림없는 포빌의 글씨체예요. 그 글씨체를 이젠 확실히 알거든요. 그런데 도대체 이게 다 뭘 의미하는 걸까요? 이폴리트 포빌이 사망하기 석 달 전에 쓴 편지라니……」

마즈루가 옆에서 거들었다.

페레나는 편지를 소리 내 읽었다.

친애하는 친구,

불행하게도 지난번에 썼던 편지 내용이 이젠 더 확실해졌다는 말 말고는 할 말이 없어. 음모가 점점 내 목을 꽉 죄어 오는 것 같아. 아직까지는 그들의 계획이 정확히 어떤 것인지, 그리고 어떻게 그것을 실행할 것인지 잘 모르겠어. 하지만 그들은 이미 결심을 내린 것 같아. 그녀의 눈동자에 그 사실이 씌어 있어. 가끔 그녀가 얼마나 이상한 표정으로 나를 쳐다보는지 아나? 누가 감히 그녀가 그런 끔찍한 범죄를 저지를 것이라고 상상이나 할 수 있겠어? 나는 너무나 불행해…….

마즈루가 말했다.

「그리고 이폴리트 포빌이라고 서명이 되어 있군요. 포빌이 쓴 편지가 틀림없습니다. 금년 1월 4일에 이름을 알 수 없는 한 친구에게 보낸 편지로군요. 하지만 곧 누군지 밝혀 낼 수 있을 겁니다. 그리고 이 친구라는 사람이야말로 마리안 포빌의 유죄를 입증할 수 있는 결정적인 증거를 제시할 수 있을지도 모르지요」

마즈루는 곧 제풀에 신이 나 떠들어 댔다.

「하지만 이 이상의 증거가 과연 필요할까요? 모든 게 다 여기 씌어 있잖습니까. 〈그들은 이미 결심을 내린 것 같아. 그녀의 눈동자에 그 사실이 씌어 있어〉에서 〈그녀〉란 그의 아내, 즉 마리안 포빌이에요. 이 편지가 우리가 지금까지 손에 넣은 모든 물증과 심증을 재확인시켜 주고 있잖아요. 어떻게 생각하세요, 두목?」

「자네 말이 옳아. 이 편지는 그녀에게 치명적인 증거네. 그런데 문제는…… 도대체 누가 이 편지를 여기에 갖다 놓았냐는 거지. 우리가 여기 있는 동안에 누군가 이 방에 들어왔다는 이야기인데 어떻게 그럴 수가 있냔 말인가? 우린 아무 소리도 못 들었는데 말이야……」

「그건……」

「잘 생각해 보게. 사실 보름 전엔 우리가 여기 있었다고 해도 우린 방 밖에 있었고 놈들은 그동안 이 방에서 범행을 저지를 수 있었네. 그런데 오늘은 우리가 여기, 탁자 바로 옆에 두 눈을 시퍼렇게 뜨고 지키고 있었단 말일세. 그리고 어제저녁엔 종이 조각 하나 없던 탁자 위에 오늘 아침 난데없이 이 편지가 나타난 거야」

방 안을 샅샅이 뒤졌지만 뾰족한 단서가 없었다. 그들은 지하실부터 다락까지 저택을 꼼꼼히 살펴보았다. 숨어 있는 사람이나 흔적은 찾을 수 없었다. 게다가 누군가 저택에 미리 들어와 숨어 있었다고 해도 어떻게 그렇게 감쪽같이 이곳에 들어왔다가 나갈 수 있었을까?

도저히 풀리지 않는 문제였다.

페레나가 마침내 체념한 목소리로 말했다.

「이제 그만하세. 그래 봐야 소용없을 듯하이. 이런 종류의 사건에서는 보이지 않는 작은 구멍으로 새어 들어오는 빛으로도 조금씩 진상이 밝혀지게 되어 있네. 이 편지를 경찰청장에게 가져가서 오늘 밤에 있었던 일을 보고하고 4월 25과 26일에 이곳에 돌아올 수 있는 허가를 받아 놓게. 그날 저녁에도 뭔가 새로운 일이 벌어질 테니. 과연 두 번째 편지가 나타날지 궁금해 죽을 지경이야」

두 사람은 문을 잠그고 저택에서 나왔다.

그들은 뮤에트가로 가서 택시를 잡아타기로 했다. 두 사람이 쉬셰가가 끝나는 지점쯤에 이르렀을 때 돈 루이스는 우연히 인도 쪽으로 고개를 돌렸다.

어떤 사내가 자전거를 타고 그들 옆을 지나고 있었다.

돈 루이스는 쏜살같이 스치고 지나가는 사내의 말끔히 면도한 얼굴과 자신을 향해 불타는 두 눈을 언뜻 보았다.

「조심해!」

페레나는 갑작스럽게 마즈루를 밀쳐 내며 외쳤다. 마즈루는 순간 균형을 잃고 비틀거렸다.

사내는 권총을 들어 그들을 겨누고 있었다. 곧 이어 총성이 크게 한 번 울려 퍼졌다. 순간 총알은 급히 몸을 숙인 돈 루이스의 귓불을 아슬아슬하게 스치고 지나갔다.

「뛰어!」

돈 루이스가 큰 소리로 외쳤다.

「마즈루, 다친 데는 없나?」

「없습니다, 두목」

두 사람은 큰 소리로 협조를 요청하며 정신없이 사내의 뒤를 쫓았다. 그러나 이른 아침 시간에 이 거리를 지나는 사람은 드물었다. 자전거를 탄 사내는 빠른 속도로 페달을 밟더니 저 멀리 옥타브 이예가로 돌아 사라져 버렸다.

돈 루이스가 추격해 봐야 어쩔 수 없다는 사실을 깨닫고 분한 듯 이를 바득바득 갈며 말했다.

「나쁜 놈. 언젠가 네 놈의 뒷덜미를 잡고야 말겠다」

「하지만 저자가 누군지도 모르시잖습니까, 두목」

「모르긴 왜 모르나, 바로 그자란 말일세」

「그러게, 그자가 누구냐니까요?」

「흑단 지팡이를 든 사내. 턱수염이 없어진 걸세. 면도를 한 거라고. 하지만 즉시 알아볼 수 있었지. 어제 리샤르발라스가에 있는 집 계단에서 우리 모두를 보기 좋게 속여 넘기고 앙세니 수석 형사를 죽인 바로 그자일세. 아! 나쁜 놈! 내가 포빌 저택에서 밤을 보낸 사실을 어떻게 저자가 알았지? 누군가 나를 감시하고 내 뒤를 쫓았단 말인가? 하지만 누가? 무슨 이유로? 무슨 수로?」

마즈루가 잠시 생각에 잠기더니 대답했다.

「어제 오후에 저와 약속을 잡기 위해서 통화하셨던 거 기억 나세요? 작은 목소리로 말씀하시긴 했지만 두목님 집에 있는 어떤 사람이 그 소리를 들었을 수도 있잖아요?」

돈 루이스는 아무런 대답도 하지 않았다. 그는 플로랑스를 생각하고 있었다.

그날 아침, 돈 루이스에게 우편물을 가져온 사람은 르바쇠르가 아니었다. 그도 그녀를 부르지 않았다. 그는 새로 도착한 하인들에게 이런 저런 지시를 하고 있는 그녀와 여러 번 마주쳤다. 그러고는 그녀의 모습이 더 이상 보이지 않았다. 일을 마친 후 곧 자기 방으로 들어간 모양이었다.

오후에 돈 루이스는 자동차를 준비시키고 마즈루와 함께 쉬셰 가로 가 청장의 지시에 따라 수사를 계속했다. 하지만 별 진전이 없었다.

오후 6시, 그는 집으로 돌아와 마즈루 반장과 함께 저녁 식사를 했다. 저녁에 흑단 지팡이를 든 사내의 거처를 직접 살펴보고 싶어진 페레나는 마즈루와 함께 또다시 리샤르발라스가로 떠났다.

돈 루이스의 자동차는 센 강을 건넜다.

페레나가 새로 고용한 운전사를 재촉했다.

「더 빨리 달리게. 나는 전속력으로 차를 모는 데 익숙한 사람이란 말이야!」

「그러다 언젠가 한번 크게 다치실 겁니다, 두목」

마즈루가 뇌까렸다.

돈 루이스가 지지 않고 대꾸했다.

「천만에! 차 사고는 바보 같은 놈들이나 내는 거라네」

알마 광장에 도착하자 차가 왼쪽으로 돌았다.

「똑바로 직진하게. 트로카데로 쪽으로 올라가란 말이야」

자동차는 곧 방향을 틀었다. 그러나 곧 도로에서 벗어나더니 보도에 심어져 있던 가로수를 전속력으로 들이받으며 차가 뒤집어졌다.

눈 깜짝할 사이에 열 명 남짓 되는 행인들이 달려와 자동차 유리를 깨고 문을 열었다. 돈 루이스가 가장 먼저 밖으로 나왔다.

「괜찮습니다. 저는 아무 이상도 없습니다. 알렉상드르, 자네는 괜찮나?」

곧 사람들이 마즈루를 끌어냈다. 그는 군데군데 찰과상을 입기는 했지만 크게 다친 곳은 없어 보였다.

그러나 운전사는 운전석에서 밖으로 튀어 나와 머리에 피를 흘리며 보도에 쓰러져 있었다.

사람들이 서둘러 가까운 병원으로 옮겼으나 그는 잠시 후 숨을 거뒀다.

운전사를 따라 병원으로 갔던 마즈루는 충격을 가라앉히기 위해 약을 타 먹고 자동차가 뒤집혔던 자리로 돌아왔다. 경찰관 두 명이 사고 경위를 조사하며 증인들을 심문하고 있었다. 그러나 두목은 어디로 갔는지 보이지 않았다.

페레나는 택시를 잡아타고 전속력으로 자기 집으로 돌아가는 중이었다. 그는 광장에서 내려 르바쉬르의 거처를 향해 정신없이 뛰어갔다.

그는 현관문을 요란하게 두들긴 후 대답을 기다리지도 않고 안으로 들어갔다.

거실로 쓰이고 있는 방의 문이 열려 있었다. 플로랑스가 밖으로 나왔다.

돈 루이스는 그녀를 거칠게 거실로 밀고 들어가 분노가 가득한 목소리로 말했다.

「결국 일이 터지고야 말았어. 사고가 났단 말이지. 그런데 옛 하인 중 이 음모를 꾸밀 수 있는 사람은 없어. 어제 모두 쫓겨났으니까 말이야. 게다가 오늘 오후에는 내가 자동차를 타고 외출한 적이 있으니 누군가가 저녁 6시에서 9시 사이에 몰래 차고로 숨어들어 운전대의 방향침을 4분의 3 이상 틀어 놓았다고밖에 할 수 없겠지」

「무슨 말씀을 하고 계신지 잘 이해가 안 가요……. 도대체 무슨 말씀을 하고 계신 거예요?」

「당신은 새로 채용한 하인들 중에 놈들의 공범이 있을 수 없다는 사실을 잘 알고 있을 거야. 뿐만 아니라 이번 음모만큼은 성공할 거라고 굳게 믿고 있었을 테지. 하지만 나는 살아나고 나 대신 다른 사람이 죽었단 말이야」

「무슨 말씀이세요? 좀 더 분명히 말씀해 보세요! 무슨 사고가 있었다는 거예요……? 도대체 무슨 일이 벌어졌다는 거죠?」

「자동차가 뒤집혀서 운전사가 죽었어!」

「아! 아, 그런 끔찍한 일이! 가엾은 사람……」

그녀는 고통스러운 듯이 비명을 내질렀다.

돈 루이스 앞에 서 있던 플로랑스는 갑자기 현기증이 일어난 듯 창백한 얼굴로 비틀거렸다.

페레나는 플로랑스가 쓰러지려는 순간 그녀를 품에 안았다. 그녀는 그를 뿌리치려 했으나 힘이 모자랐다. 그는 그녀를 안락의자에 눕혔다. 그녀는 계속 신음하며 중얼거렸다.

「아, 가엾은 사람…… 무슨 죄가 있다고……」

페레나는 한쪽 팔로는 플로랑스의 머리를 받치고 다른 한쪽 손으로는 손수건을 잡고 식은땀에 흠뻑 젖은 그녀의 이마와 눈물로 뒤범벅이 된 두 뺨을 닦아 주었다. 페레나의 보살핌에 순순히 응하는 것으로 보아 플로랑스는 의식을 완전히 잃은 모양이었다. 평소엔 석류석처럼 빨갰지만 지금은 파랗게 질린 플로랑스의 입술을 바라보던 페레나는 순간 머릿속에 떠오른 생각에 소름이 끼쳤다.

그는 살며시 손가락을 플로랑스의 입술에 갖다 대고 장미 꽃잎을 젖히듯 조심스럽게 입술을 젖혔다. 그러자 그녀의 가지런한 치아가 나타났다.

하얗고 매력적인 그녀의 치아는 포빌 부인의 치아보다 더 커 보이기도 하고 더 작아 보이기도 했다. 하지만 이빨 자국은? 아무리 서로 비슷해 보이는 치아라고 해도 동일한 이빨 자국을 남길 수 있는 것일까? 물론 말도 안 되는 추측이었다. 페레나도 그 사실을 잘 알고 있었다. 그러나 모든 정황들을 따져 본다면 눈앞에 누워 있는 이 젊은 처녀야말로 가장 대담하고도 흉악한 범죄의 주모자가 확실하다!

그녀는 규칙적으로 숨을 쉬기 시작했다. 고른 숨결이 그녀의 입에서 새어 나와 마치 꽃향기처럼 페레나의 얼굴을 부드럽게 스치고 지나갔다. 페레나는 자기도 모르게 현기증이 느껴질 만큼 자신의 얼굴을 그녀의 얼굴에 바짝 가져갔다. 페레나는 곧 플로

랑스의 머리를 안락의자에 편하게 기대어 놓고 입술이 살짝 벌어
진 그녀의 얼굴에서 애써 눈길을 돌렸다.
  그러고는 급히 일어서서 밖으로 나갔다.

헛간의 시체

이제까지 일어났던 일 중에 마리안 포빌의 자살 시도와 가스통 소브랑의 체포와 탈출, 수석형사 앙세니의 죽음과 이폴리트 포빌이 쓴 편지만이 일반에 공개되었다. 안 그래도 모닝턴 사건에 깊은 관심을 갖고 있던 사람들은 아르센 뤼팽을 연상시키는 저 신비로운 돈 루이스 페레나의 일거수일투족에 다시 한번 열광하기 시작했다.

당연히 대중은 〈흑단 지팡이를 든 사내〉의 정체를 밝혀 낸 일을 페레나의 공으로 돌렸다. 게다가 그가 경찰청장의 목숨을 살렸다는 사실도 모두 알고 있었다. 마지막으로 쉬셰가에서 다시 한번 하룻밤을 지낸 페레나가 신비스럽게 도착한 이폴리트 포빌의 편지를 받았다는 사실까지 알려지면서 여론은 그의 활약에 물끓듯이 흥분했다.

그러나 돈 루이스 페레나가 직면한 문제들은 보다 복잡하고 고통스러운 것들이었다! 마흔여덟 시간 동안 네 번이나 그를 고발한 익명의 기사는 제쳐둔다 쳐도, 철문을 작동시키고 물에 독을 풀었으며 쉬세가에서는 총으로, 그날 저녁에는 자동차 사고를 위장해 범인들은 네 번이나 페레나를 제거하려 했다. 연쇄적으로 일어난 이 사건들에 플로랑스가 개입했다는 사실에는 조금도 의심할 여지가 없었다. 이 젊은 처녀가 이폴리트 포빌의 살인범들과 연관이 있다는 사실은 셰익스피어 전집 제8권에서 발견된 작은 쪽지 덕분에 명백해졌다. 이제 희생자 리스트에 앙세니 수석 형사와 운전기사, 이렇게 두 명이 추가되었다.

이 연쇄 살인 사건에서 저 수수께끼 같은 처녀가 맡고 있는 역할을 어떻게 정의하고 설명할까?

기이하게도 팔레부르봉의 저택에서는 마치 아무 일도 없었다는 듯 예전의 일상이 되풀이되고 있었다. 매일 아침 플로랑스 르바쇠르는 돈 루이스에게 우편물을 가져오고 큰 소리로 페레나나 모닝턴 사건에 관련된 기사를 읽었다.

그리고 페레나는 그녀에게 지난 이틀 동안 놈들이 자신을 상대로 벌였던 치열한 전투에 대해 단 한번도 말을 꺼내지 않았다. 마치 양측 사이에 일종의 휴전 협정이 체결된 듯했다. 그리고 현재로서는 적도 무모한 공격을 포기한 듯했다. 돈 루이스는 모든 위험에서 잠시 벗어나 평정을 되찾았다. 그는 새로 고용된 하인들에게 말하듯 사무적인 어조로 르바쇠르에게 말을 걸곤 했다.

그러나 그가 얼마나 열정적인 관심을 갖고 그녀를 남몰래 바라보았던가! 페레나는 가끔씩 파르르 떨리는 그녀의 입술이나 눈꺼풀을 보며 그녀가 무뚝뚝한 표정의 가면 밑에 얼마나 풍부한 감수성과 열정을 감추고 있는지 깨닫고는 새삼 놀라곤 했다.

그는 종종 이렇게 외치고 싶었다.

〈당신은 도대체 누굽니까? 정체가 뭐냔 말입니다! 가는 곳마다 시체를 줄줄이 뿌려 놓는 일이 정녕 당신이 바라는 일입니까? 그리고 당신의 목표를 달성하기 위해 아직도 나를 죽여야만 하겠습니까? 당신은 어디에서 왔으며 어디로 가고 있는 겁니까?〉

그는 비로소 팔레부르봉 저택에서 자신을 끊임없이 노리고 있는 르바쇠르와 자신이 한 지붕 아래 있게 된 까닭을 알아챘다. 이제야 그는 자신이 이 저택을 사들인 사실 역시 전혀 우연이 아니었다는 사실을 깨달았다. 페레나는 어느 날 배달된 저택 판매 제의서를 보고 이 저택을 구입했다. 그런데 타이프로 친 그 제의서에는 서명이 없었다. 그렇다면 플로랑스가 그를 보다 가까이서 감시하고 공격하기 위해 이 제의서를 보냈다는 말인가?

「그렇고말고! 이제야 앞뒤가 맞는군. 코스모 모닝턴의 잠정적 상속자이며 이 사건에 직접 연관된 나야말로 놈들의 적이지! 놈들은 다른 상속자들을 제거했던 것처럼 나 역시 없애 버리려는 거다. 물론 앞장서서 나를 제거하려 하고 있는 건 플로랑스고 다른 네 사람을 살해한 범인 역시 그녀야. 모든 정황이 그녀의 유죄를 입증하고 있잖아. 반대로 플로랑스의 결백을 입증하는 증거는 전혀 없어. 그녀의 순수한 눈? 진실한 목소리? 고귀한 품성……? 그 외에 또 뭐가 있지? 순진한 눈으로 눈 하나 깜짝하지 않고 살인을 저지르는 여자가 얼마나 많은지……」

페레나는 돌로레스 케셀바흐를 떠올리자 등줄기가 오싹했다. 그의 머릿속에 이 두 여인의 모습을 한데 묶어서 떠올리게 하는 이 어두운 끈은 과연 무엇일까? 그는 돌로레스를 사랑했다. 그러나 자신의 두 손으로 직접 그녀를 목 졸라 죽였다. 운명이 또다시 그를 그때와 같은 사랑, 같은 살인을 하도록 인도하고 있단 말인가?

플로랑스가 서재를 나가면 페레나는 비로소 안도감을 느끼며 자신을 짓누르고 있던 무거운 짐이라도 벗은 양 마음껏 숨을 내쉬었다. 그러나 자기도 모르게 곧 창가로 달려가 플로랑스가 마당을 지나 자기 처소로 향하는 것을 물끄러미 바라보곤 했다. 그리고 플로랑스의 모습이 사라진 후에도 그녀의 향기로운 숨결을 떠올리며 다시 한번 플로랑스가 모습을 드러내기만을 기다렸다.

어느 날 아침, 플로랑스가 페레나에게 다가오며 말했다.

「신문마다 오늘 저녁이 바로 그날이라고 전하고 있어요」

「오늘 저녁?」

그녀는 그중 한 기사를 보여 주며 말했다.

「예, 오늘은 4월 25일이에요. 그리고 페레나 씨께서 경찰에 제공한 정보에 따르면 열흘 간격으로 쉬셰가의 저택에 편지가 한 장씩 나타날 것이며 마지막 다섯 번째 편지가 나타나는 날, 저택도 폭파될 것이라고 하는군요」

이것은 하나의 도전일까? 그녀는 그에게 무슨 일이 있어도, 아무리 감시가 엄중해도 셰익스피어 전집 제8권에서 발견한 명단의 예고대로 일련의 불가사의한 편지들이 나타날 것이라는 사실을 분명히 전하려 했던 것일까?

돈 루이스는 플로랑스의 눈을 똑바로 쳐다보았다. 그녀는 미동도 하지 않았다. 그는 마침내 이렇게 대답했다.

「당신 말이 맞습니다. 오늘 저녁이 그날이군요. 물론 나도 그리로 갈 겁니다. 그 누구도 나를 막을 수는 없을 겁니다」

그녀는 뭔가 대꾸하려 하다가 보통 때처럼 감정의 동요를 가라앉히고 침묵을 지켰다.

돈 루이스는 그날 평상시보다 더욱 매사에 신중을 기했다. 식당에서 점심과 저녁을 먹었으며 마즈루와 의논하여 팔레부르봉 광장에 보초를 세우도록 했다.

오후에도 르바쇠르는 저택을 떠나지 않았다. 저녁에 돈 루이스는 마즈루의 부하들을 불러 저택에서 나가는 모든 사람들을 감시하라는 지시를 내렸다.

밤 10시, 반장은 〈기술자 포빌〉의 작업실에서 돈 루이스와 만났다. 베베르 부국장과 경찰관 두 명이 이미 그곳에 와 있었다.

돈 루이스는 마즈루를 한쪽으로 데려가 작은 목소리로 물었다.

「아직도 경찰청에서 나를 의심하는 모양이군, 바른대로 말해 보게」

「아닙니다. 데말리옹 청장이 있는 한 아무도 두목님께 해로운 짓은 못할 겁니다. 단지 베베르와 몇몇 간부들이 이번 편지 사건이 두목의 연극일 뿐이라고 주장하고 있어서요」

「무슨 목적으로 연극을 꾸민단 말야?」

「포빌 부인에게 불리한 증거를 제공해 유죄 판결을 내리려 한다는 거죠. 그래서 제가 먼저 부국장과 두 경찰관의 참관을 요구했던 거예요. 그렇게 하면 저까지 네 사람의 경찰청 요원이 두목님의 결백을 증명할 수 있을 테니까요」

그들은 각자 자기 위치로 갔다.

두 경찰관이 번갈아 가며 보초를 섰다.

이번에는 포빌의 아들 에드몽의 침실로 쓰였던 작은 방까지 샅샅이 뒤진 후 모든 덧문과 문을 단단히 잠그고 빗장까지 걸었다.

11시에 천정에 달린 전등을 껐다.

돈 루이스와 베베르는 밤새 거의 눈을 붙이지 못했다.

사소한 사건 하나 일어나지 않고 밤이 지났다.

그러나 7시에 덧문을 열었을 때 탁자 위에서 편지 한 장을 발견했다.

지난번과 똑같이 탁자 위에 편지 한 장이 놓여 있었다!

충격이 어느 정도 가시자 부국장은 편지를 집었다.

며칠 후 각 신문사는 편지의 글씨체가 틀림없이 이폴리트 포빌의 것이라는 전문가들의 감정과 함께 다음과 같은 편지 전문을 일제히 공개했다.

그를 봤네! 그것이 얼마나 중대한 의미를 갖는지 아나? 내 두 눈으로 똑똑히 그를 봤단 말이야! 그가 불로뉴 숲에 난 오솔길에서 깃을 잔뜩 세우고 모자를 귀까지 푹 눌러쓴 채 산책을 하고 있었어. 그도 나를 봤을까? 아마 못 봤을 거야. 날이 꽤 어둑어둑했으니까……. 하지만 나는 그를 확실히 알아봤어. 그의 흑단 지팡이 끝에 달린 은 손잡이를 분명히 알아봤단 말이지. 그자가 틀림없어. 아, 나쁜 놈!

약속을 어기고 파리에 온 거야. 가스통 소브랑이 파리에 있단 말이야! 이 사실이 얼마나 끔찍한 의미를 가지고 있는지 이해할 수 있나? 그가 파리에 왔다는 건 행동할 준비가 됐다는 걸세. 그가 파리에 와 있다는 건, 내 죽음이 이미 결정되었다는 뜻이기도 하지. 아! 이번에는 그자가 내게 또 무슨 해악을 끼칠지……! 그는 이미 내 행복을 앗아 갔어. 그리고 이젠 내 목숨마저 빼앗아 가려 하고 있고……. 난 두려워…….

〈기술자 포빌〉은 흑단 지팡이를 든 사내, 즉 가스통 소브랑이 자신의 목숨을 노리고 있다는 사실을 이미 알고 있었다. 이폴리트 포빌은 자기 손으로 쓴 증언을 통해 단호히 그를 고발하고 있었다. 게다가 이 편지는 두 사람이 예전에 서로 아는 사이였으며 사이가 틀어졌다는 가스통 소브랑의 말과도 일치했다. 편지 내용으로 미루어 보아 가스통 소브랑이 포빌에게 파리에 결코 오지 않겠다고 약속한 적이 있는 모양이었다.

마침내 이 편지 덕분에 모닝턴 유산과 얽힌 어두운 일련의 사건들에 약간의 빛이 비치는 듯했다. 그러나 이번에는 또 다른 의문이 제기되었다. 이 편지가 도대체 어떻게 포빌의 책상에 놓일 수 있었단 말인가? 가장 유능한 경찰청 요원들이 밤을 새 가며 작업실에서 보초를 서고 있었는데도 불구하고 이날 저녁에도 4월 15일 밤처럼 어떤 미지의 손이 문이란 문, 창문이란 창문은 모두 단단히 잠긴 방에 들어와 이 편지를 놓고 갔다.

곧 비밀 출구가 있는 것이 아니냐는 가설이 제기되었다. 그러나 작업실 벽을 찬찬히 검사하고 몇 년 전 포빌의 설계도에 따라 이 건물을 건축한 건축업자를 호출하는 등 한바탕 난리 법석을 피운 후에 경찰은 이 가설을 미련 없이 버릴 수 있었다.

이 수수께끼의 편지 사건에 우리 모두가 얼마나 경악했는지 길게 이야기하지 않아도 독자 여러분들은 생생히 기억하고 있을 것이다. 철통 같은 경비를 뚫고 투명 인간처럼 살짝 숨어 들어와 편지를 놓고 사라진 범인의 기막힌 기술에 하나같이 혀를 내둘렀다. 그러나 사람들은 내심 이 사건을 능수능란한 범인의 소행보다는 어떤 뛰어난 요술쟁이의 장난이라고 믿고 싶어했다.

어찌 되었든 돈 루이스 페레나의 예측은 보기 좋게 들어맞아 4월 15일과 25일 저녁, 예고된 사건이 벌어졌다. 그렇다면 5월

5일에도 같은 일이 벌어지게 될까? 물론 5월 5일에도 똑같은 일이 벌어지리라는 사실에 대해 의심하는 사람은 아무도 없었다. 어찌 감히 돈 루이스 페레나의 예측을 의심할 수 있겠는가. 모두들 돈 루이스 페레나가 착오를 일으키는 일은 절대 없다고 굳게 믿고 있었다. 그 결과 5월 5일 밤 쉬셰가에는 엄청난 군중이 몰려들었다. 호기심이 많거나 밤에 돌아다니기 좋아하는 사람들이 직접 사건을 목격하기 위해 떼를 지어 몰려왔다.

심지어는 앞서 벌어진 두 번의 기적에 크게 놀란 경찰청장까지 예외적으로 세 번째 밤의 보초 임무에 합류했다. 그는 요원들을 여럿 정원과 복도, 그리고 작업실 위층의 다락방에 배치하고 자기 자신은 베베르 부국장과 마즈루, 돈 루이스 페레나와 함께 1층에 머물렀다.

그러나 이러한 기다림의 결과는 실망스러웠다. 그리고 그것은 모두 데말리옹 청장의 잘못이었다. 불을 끄지 않으면 결코 편지가 나타나지 않을 것이라고 돈 루이스 페레나가 단호하게 주장했는데도 청장이 전등을 밤새도록 켜 놓았기 때문이었다. 결국 페레나의 경고대로 편지는 나타나지 않았다. 마술사의 묘기이건 악당의 전략이건 이런 기적이 발생하기 위해서는 적당한 어둠이 필요했던 것이다.

결국 불가사의한 손이 놓고 가는 세 번째 편지를 입수하기 위해서는 또다시 열흘을 기다려야 했다.

5월 15일, 열흘 전과 마찬가지로 경찰청장을 비롯한 수많은 경찰력이 쉬셰가에 투입되었다. 호기심 많은 군중들 역시 떼를 지어 쉬셰가로 몰려들었다. 이 모든 사람들이 숨소리 하나 크게 내지 않고 일제히 저택 쪽을 바라보고 있는 모습은 몹시 인상적이었다.

이번에는 천장 불을 껐다. 그러나 경찰청장은 전등 스위치에서 손을 떼지 않았다. 열 번, 스무 번, 그는 여러 번 느닷없이 전등불을 켰다 끄기를 반복했다. 탁자 위에는 여전히 아무것도 없었다. 가구들이 삐걱거리는 소리나 다른 사람들의 움직임에 청장이 깜짝 놀랐던 것뿐이었다.

갑자기 방 안에 있던 모든 사람들이 일제히 탄성을 내질렀다. 종이가 바스락거리는 소리가 방 안의 침묵을 깼기 때문이다.

데말리옹 청장은 급히 스위치를 올렸다.

그는 저도 모르게 비명 소리를 냈다.

탁자 위는 아니었지만 바로 옆, 땅바닥에 편지가 떨어져 있었다.

마즈루는 성호를 그었다.

형사들은 모두 새파랗게 질렸다.

데말리옹은 돈 루이스를 쳐다보았다. 그는 아무 말 없이 고개를 끄덕거리고 있었다.

그들은 곧 자물쇠와 빗장을 살펴보았다. 조금도 이상이 없었다.

그날 발견된 편지 또한 앞서 발견된 편지들처럼 쉬셰가의 살인 사건을 둘러싸고 있던 모든 의혹을 말끔히 해소하기에 충분한 내용을 담고 있었다.

이 편지는 다른 편지와 마찬가지로 포빌이 쓰고 서명했으며 수신인 주소는 알아볼 수 없었다. 지난 2월 8일에 쓰인 이 세 번째 편지의 내용은 다음과 같다.

친애하는 친구,

나는 절대로 도살장에 끌려가는 소처럼 그렇게 순순히 당하지는 않겠네. 마지막 순간까지 맞서 싸울 거야. 꼭 내 목숨을 지키고야 말겠어. 이젠 상황이 변했어. 나는 이제 명백한 증거를 손에 넣었지. 그들이 주고받았던 편지들을 손에 넣었단 말일세! 게다가 그들이 여전히 서로 사랑하며 결혼하고 싶어한다는 사실, 이 세상의 그 어떤 것도 그들을 멈추게 할 수 없으리라는 사실도 잘 알고 있네. 실은 그녀가 가스통에게 보낸 편지를 손에 넣을 수 있었지. 마리안이 자기 손으로 직접 이런 말을 썼단 말이야. 〈사랑하는 가스통, 조금만 더 참으세요. 점점 더 용기를 얻고 있어요. 우리를 갈라놓고 있는 그자는 곧 사라질 거예요.〉

친애하는 친구, 만약 내가 놈들의 손에 목숨을 잃는다면 장식장 안, 금고 속에 들어 있는 이 편지들, 그리고 이 요망한 것에 대해 내가 모아 놓은 모든 서류를 찾아내서 원수를 갚아 주게. 나중에 보세, 아니 어쩌면 영영 못 볼지도 모르지만…….

이것이 세 번째 편지였다. 이폴리트 포빌은 깊은 무덤 속에서 자신의 부정한 아내를 고발하며 이번 사건에 얽힌 수수께끼의 해답을 제시하고 있었다. 마리안 포빌과 가스통 소브랑은 서로 사랑하는 사이였다!

틀림없이 두 사람은 코스모 모닝턴의 유언장에 대해 알고 있었을 것이다. 코스모 모닝턴이 그들의 첫 번째 표적이었기 때문이다. 그리고 될 수 있는 한 빨리 엄청난 재산을 손에 넣고 싶은 마음에 서둘러 포빌 부자를 처치했다. 그러나 모닝턴의 유산에 대해 알기 전부터 두 사람은 불가능한 사랑을 이루기 위해 포빌을 제거하려 했다.

그러자 또 한 가지 의문이 고개를 쳐들었다. 과연 이폴리트 포빌이 자신의 복수 계획을 털어 놓은 이 미지의 친구는 누구란 말인가? 또 왜 그는 간단하게 사법 당국에 이 편지들을 제출하는 대신 이렇게 기묘한 방법으로 이 증거물들을 어둠 속에서 솟아나게 하고 있는 것일까? 음지에 숨어 있는 것이 그에게 더 유리하기 때문일까?

마리안 포빌은 이 모든 질문에 아무도 예기치 못한 방식으로 대응했다. 그러나 그녀가 평소에 하던 위협을 생각하면 그렇게 새로운 방법도 아니었다. 경찰에서는 일주일 내내 마리안에게 수수께끼의 편지와 수신자의 신원에 대해 집요하게 물었다. 심문 내내 고집스럽게 입을 다물고 있던 그녀는 여드레째 저녁 자기 감방으로 돌아와 몰래 숨겨 두었던 유리 조각으로 동맥을 그었다.

다음 날 아침 8시가 채 되기도 전에 마즈루가 아직 자고 있던 돈 루이스를 찾아와 이 소식을 전했다. 마즈루 반장은 손에 여행 가방을 들고 있었다.

돈 루이스는 이 소식에 큰 충격을 받았다.

「죽었나?」

돈 루이스가 큰 소리로 외쳤다.

「아뇨…… 또다시 살려 낼 수 있을 것 같습니다. 하지만 그래 봤자 무슨 소용이 있겠습니까?」

「뭐라고? 그게 무슨 소린가?」

「생각해 보십시오. 또 시도할 텐데요, 뭐. 그 여자 머릿속엔 그 생각밖엔 없습니다. 언젠가는……」

「그런데 이번에도 자살을 시도하기 전에 아무 말도 없었다던가?」

「네, 종이 조각에 몇 마디 적어 놓기만 했다더군요. 이 불가사

224

의한 편지들의 출처를 찾기 위해선 〈랑제르노〉라는 사람을 찾아야 한다고 말입니다. 자기가 아는 남편의 친구는 그자밖에 없답니다. 그자가 남편이 〈친애하는 친구〉라고 부른 유일한 사람이라고 하더군요. 또한 랑제르노 씨는 자기 무죄를 입증하고 자기를 둘러싼 끔찍한 오해를 풀 수 있는 사람이라고 했습니다」

「그래? 거참 이상하군. 누군가 무죄를 입증할 수 있다면 왜 동맥을 끊은 거지?」

「유서에 써 놓기로는 어차피 똑같기 때문이랍니다. 자기 인생은 완전히 끝장났으니 지금 바라는 건 영원한 안식밖엔 없다는 거지요. 죽음 말입니다」

「안식이라, 안식이라……. 꼭 죽지 않더라도 다른 곳에서 얼마든지 안식을 찾을 수 있을 텐데. 만약 그녀가 정말로 결백하다면, 그래서 진실을 밝히기로 마음먹는다면 뜻밖의 사실이 밝혀질지도……」

「도대체 무슨 말씀을 하시는 겁니까, 두목? 이 사건에 대해 뭔가 감이라도 오십니까?」

「아! 아직까지는 막연한 추측일 뿐이네. 하지만 어쩐지 이 편지들이 너무나 정확하게 제 날짜에 맞추어 꼬박꼬박 배달되었다는 사실이 자꾸 의심스러워지는걸……」

그는 잠시 생각에 잠겼다가 다시 말을 이었다.

「지워져 있던 수신자의 주소를 다시 조사해 봤나?」

「네, 그리고 실제로 랑제르노라는 이름을 찾았습니다」

「그럼, 그 랑제르노라는 사람은 어디 살지?」

「포빌 부인 말로는 오른에 있는 포르미니 마을에 산답니다」

「봉투에 적힌 게 포리미니 마을이 맞나?」

「아뇨, 하지만 거기서 가까운 도시 이름이 적혀 있었습니다」

「그 도시 이름이 뭐지?」

「알랑송이요」

「지금 거기 가는 건가?」

「예, 청장님께서 서둘러 저를 보내셨습니다. 앵발리드에서 기차를 타고 갈 겁니다」

「나와 함께 내 차로 가고 싶다는 뜻이겠지?」

「예? 무슨 말씀이십니까?」

「우린 함께 가는 걸세, 풋내기 선생. 나는 움직일 필요가 있어. 지금 이 집안 분위기 때문에 죽을 맛이라네」

「죽을 맛이라뇨? 도대체 무슨 말씀을 하시는 겁니까, 두목?」

「아무것도 아닐세. 그럴 일이 좀 있어」

30분 후에 두 사람을 태운 차는 베르사유의 도로를 질주하고 있었다. 페레나가 직접 오픈카를 몰고 있었는데 어찌나 빨리 몰았던지 마즈루는 숨이 콱 막혀 버릴 것만 같았다. 가끔가다 도저히 못 참겠는지 소리를 지르기도 했다.

「젠장, 차라리 걷지요……. 세상에! 운전 못하다 죽은 귀신이라도 들렸습니까, 두목……? 이러다 차가 뒤집히면 어쩌시려고요……? 지난 번 일은 벌써 잊어버리신 거예요?」

그들은 알랑송에서 점심 식사를 하고 우체국으로 갔다. 그런데 우체국 직원 중에 랑제르노라는 이름을 아는 사람은 아무도 없었다. 게다가 포르미니 마을에는 우체국이 따로 있다는 것이었다.

따라서 편지에 찍혀 있는 알랑송 우체국의 인장으로 미루어 보아 랑제르노 씨는 알랑송의 우체국에 사서함을 설치하고 편지를 주고받았던 모양이었다.

돈 루이스와 마즈루는 포르미니 마을로 발걸음을 돌렸다.

포르미니는 주민이 1000명도 채 안 되는 작은 마을이었다. 그런데도 우체국 직원은 랑제르노라는 이름을 가진 사람은 모른다고 했다.

「자, 읍장을 만나 보세」

페레나가 말했다.

읍사무소에서 마즈루는 자신의 신분과 방문 목적을 밝혔다.

읍장은 고개를 끄덕였다.

「랑제르노 씨 말입니까, 사람 좋은 친구였죠. 예전에 파리에서 장사를 했다고 하더군요」

「그리고 알랑송 우체국에 우편물을 찾으러 가는 버릇이 있었죠?」

「그렇습니다, 매일같이 산책을 하고 싶어서 그랬다고 하더군요」

「그의 집은 어디에 있습니까?」

「마을 맨 끝에 있습니다. 방금 지나 오신 곳이지요」

「그 집을 좀 볼 수 있을까요?」

「물론이죠, 단지……」

「랑제르노 씨가 지금 집에 안 계신가 보죠?」

「물론 그는 지금 집에 없지요. 4년 전에 집을 나가서 다시는 들어오지 않았거든요. 아, 가엾은 사람……」

「그게 무슨 말씀입니까?」

「4년 전에 죽었거든요」

돈 루이스와 마즈루는 깜짝 놀라 서로를 쳐다보았다.

돈 루이스가 말을 이었다.

「아! 죽었다고요……?」

「예, 총에 맞아서 죽었지요」

「아니, 뭐라고요? 그가 살해당했다는 겁니까?」

페레나가 자기도 모르게 큰 소리로 외쳤다.

「천만에요. 처음 그가 자기 방바닥에서 죽어 있는 광경을 보고는 모두 그렇게 믿었지만 수사 결과 단순한 총기 사고에 지나지 않는다는 사실이 판명됐지요. 사냥총을 닦다가 배에 총을 쐈다는 거예요. 하지만 마을 사람들은 좀처럼 이 수사 결과를 믿을 수 없었어요. 랑제르노 영감은 노련한 사냥꾼이라 그런 어처구니없는 실수를 저지를 사람이 아니었거든요」

「집 안에서 뭐 없어진 것은……?」

「예, 실은 그 때문에 사고사라는 판명이 났지요. 누군가 뭘 훔쳐간 흔적이 전혀 없었거든요」

돈 루이스는 꽤 오랫동안 생각에 잠겼다.

「아이들이나 같은 성을 가진 친척은 없습니까?」

돈 루이스의 질문이었다.

「사돈의 팔촌도 한 사람 없어요. 지금은 폐허가 되어 〈옛 성터〉라고 부르는 그의 소유지를 상속받은 사람이 없다는 게 그 증거지요. 관할 군청에서 저택의 모든 문을 봉하고 정원 주위에는 담장을 높게 쳐 일반인들의 접근을 막고 있죠. 저택의 소유권을 획득할 때까지 시효가 지나기를 기다리고 있는 겁니다」

「호기심 많은 사람들이 담장을 넘어 그 정원에 들어가는 일은 없나요?」

「천만에요. 우선 담이 너무 높아서 그걸 넘어 들어간다는 게 쉬운 일이 아니고요, 그리고 그 밖에도 〈옛 성터〉는 이 지방에서 아주 악명 높은 곳이에요. 귀신이 출몰한다는 등의 괴이한 소문들 때문에 사람들은 좀처럼 그 근처에 가려고 하지 않지요. 하지만 그래도 가 보고 싶으시다면……」

두 사람은 읍사무소에서 나왔다.

「정말로 괴이한 일이야! 그렇다면 포빌이 죽은 사람한테, 그것
도 내가 보기엔 살해당한 것 같은 사람한테 편지를 써 왔단 말인
가?」

「누군가 중간에서 이 편지들을 가로챘을 겁니다」

「물론이지. 하지만 그렇다 해도 포빌이 꾸준히 죽은 사람에게
편지를 쓰며 자기 아내의 범죄 계획을 들려주었다는 사실이 이상
하지 않나?」

마즈루는 침묵을 지켰다. 돈 루이스도 말이 없었다. 두 사람
모두 크게 충격을 받은 듯했다.

오후 내내 두 사람은 어떤 유용한 단서라도 얻을 수 있을까 하
는 마음에 랑제르노를 알았던 마을 사람들에게 랑제르노 영감의
평소 습관에 대해 물었다. 그러나 그들은 만족할 만한 결과는 얻
지 못했다.

오후 6시경, 파리로 돌아가려 채비를 하는 도중에 그들은 연료
가 떨어졌다는 사실을 알았다. 어쩔 수 없이 마즈루가 역마차를
타고 알랑송까지 연료를 구하러 가야 했다.

페레나는 기다리는 동안 마을 끝에 있다는 〈옛 성터〉에 가 보
기로 했다.

양 옆에 빽빽한 울타리가 쳐진 좁은 길을 따라 보리수나무들이
무성한 교차점으로 나오니 담장 한가운데에 육중한 나무 대문이
나타났다. 문이 잠겨 있었기 때문에 돈 루이스는 담장 주위를 걸
었다. 읍장의 말대로 담장은 물샐틈없이 견고하고 높았다. 다행

히 그는 근처의 나뭇가지를 타고 올라가 담 안으로 뛰어들 수 있었다. 오랫동안 관리하지 않아 정원 잔디에는 야생꽃들이 무성하게 우거져 있었고 두 갈래로 나뉜 오솔길에도 잡초가 무성했다. 오른쪽 길은 폐허가 된 저택이 흉하게 서 있는 작은 언덕 쪽으로 통했고 왼쪽 길은 덧문이 너덜너덜하게 떨어져 나간 작은 오두막 쪽으로 통했다.

왼쪽으로 몸을 튼 순간 돈 루이스는 소스라치게 놀랐다. 최근에 내린 비로 인해 젖어 있는 흙 위에 선명한 발자국이 남아 있었다. 더구나 작은 사이즈의 여성용 부츠 자국이었다.

〈도대체 어떤 여자가 이런 곳에 산책을 오는 거야?〉

돈 루이스는 똑같은 발자국을 좀 더 멀리 떨어진 다른 화단에서 발견했다. 발자국을 추적하던 돈 루이스는 오두막 반대편에 있는 작은 숲에 도달했다. 거기에서도 그 발자국을 두 번 더 발견했다.

발자국은 거기서 끊겼다.

거기에는 높은 담벼락을 등지고 거대한 헛간이 서 있었다. 여기저기 곰팡이가 슬고 이미 반쯤 무너져 내린 이 헛간은 간신히 균형을 유지하고 위태롭게 서 있는 것 같았다.

그는 헛간으로 다가가 갈라진 벽 틈에 눈을 댔다.

창문 하나 없고 입구란 입구는 모두 짚으로 막혀 있는 헛간 내부는 해가 질 시간이라 그런지 더욱 어둑어둑했다. 그 속에서 망가진 압착기, 낡은 수레와 온갖 종류의 농기구들이 한 무더기 쌓여 있는 광경이 희미하게 보였다.

〈내가 뒤쫓고 있는 여자가 이곳으로 왔을 리가 없어. 다른 데서 찾아봐야지.〉

바로 그 순간 헛간 안에서 어떤 소리가 들려 돈 루이스는 그 자리에 멈춰 섰다.

그는 가만히 귀를 기울였으나 더 이상 아무 소리도 들을 수 없었다. 그러나 그는 소리의 주인공을 확인하기 위해 낡은 나무판자 하나를 어깨로 쳐서 부수고 안으로 들어갔다.

자신이 뚫고 들어온 구멍으로 따라 들어온 빛 덕분에 그는 두 개의 거대한 술통 사이를 미끄러지듯 빠져나가 입구 반대편에 위치한 빈 공간까지 갈 수 있었다.

곧 돈 루이스의 눈이 어둠에 익숙해졌다. 그러나 방 안을 서성거리며 소리의 주인공을 찾고 있던 페레나는 어떤 딱딱한 물체에 정면으로 부딪혔다. 그 물체는 둔탁한 소리를 내며 흔들렸다.

돈 루이스는 즉시 주머니에서 손전등을 꺼내 이 물체를 비췄다.

「하느님 맙소사!」

그는 공포에 질려 뒷걸음질쳤다.

자신의 머리 위에 해골 하나가 걸려 있었다.

돈 루이스는 잠시 후 또다시 비명을 질렀다.

첫 번째 해골 옆에 두 번째 해골이 천장에 매달려 있었다.

시체 두 구를 매단 밧줄은 헛간 천정 대들보에 있는 갈고리에 걸려 있었다. 시체들의 머리는 늘어진 밧줄 매듭 밖으로 축 늘어졌고 페레나가 부딪혔던 시체는 여전히 조금씩 흔들렸다. 해골의 각 마디마디가 서로 부딪히며 음산하게 삐거덕거리는 소리를 냈다.

페레나는 흔들거리는 탁자 하나를 가져와 흔들거리는 다리 한 쪽을 임시로 고정시키고 그 위에 올라가 가까이서 문제의 해골들을 자세히 살펴보았다.

너덜너덜한 옷자락과 여기저기 딱딱하게 오그라든 살점들이 각 뼈마디를 이어 해골의 전체적인 윤곽을 유지하고 있었다. 그러나 해골 두 개 중 하나는 팔이 없었고 다른 하나는 다리 한쪽이 떨어져 나간 상태였다.

그때 문틈으로 스며든 바람이 가볍게 시체 두 구를 흔들었다. 두 해골은 일정한 리듬에 맞추어 서로 다가갔다 멀어지면서 무슨 춤이라도 추고 있는 듯했다.

순간 돈 루이스는 두 해골의 손가락뼈에서 뭔가 반짝이는 반지를 발견했다.

그는 역겨움에 몸을 떨며 반지 두 개를 빼냈다.

결혼 반지였다.

페레나는 찬찬히 반지 하나씩 차례로 살폈다. 각각의 반지 안에는 〈1892년 8월 12일〉이라는 날짜와 함께 〈알프레드〉, 〈빅토린〉이라는 이름이 새겨져 있었다.

「남편과 아내라……. 동반 자살을 한 것일까? 아니면 한꺼번에 살해당한 걸까? 하지만 어떻게 지금까지 시체가 이렇게 방치될 수 있었을까? 그렇다면 랑제르노가 죽은 뒤 관할 군청에서 일반인의 출입을 막았던 그때부터 저 두 해골은 여기 있었단 말인가?」

페레나는 혼자 중얼거리며 곰곰이 생각에 잠겼다.

「아무도 이곳에 들어올 수 없다. 그런데…… 과연 그럴까? 천만의 말씀. 오늘만 해도 어떤 여자가 숨어들어 와 정원 여기저기에 발자국을 남기지 않았던가?」

느닷없이 나타난 해골 때문에 잠시 잊었던 그 미지의 여자가 생각나 돈 루이스는 탁자에서 내려왔다. 헛간에서 무슨 소리가 들리긴 했지만 여자가 이런 헛간 속에 들어올 리는 없다고 생각

232

했기 때문이다. 몇 분 더 헛간 안을 둘러본 후 페레나가 막 나가려는 순간, 갑자기 왼쪽에서 무엇인가 쾅 하고 요란하게 부딪히는 소리가 나더니 겹겹이 쌓여 있던 술통이 일제히 무너져 내렸다.

위층에서, 아래층처럼 잡동사니와 농기구가 가득 쌓인 위층 다락에서 떨어져 내린 소리였다. 다락방으로 통하는 사다리가 하나 걸려 있었다. 과연 그 미지의 여자가 페레나의 갑작스러운 출현에 놀라 위층에 몰래 숨어 있다가 실수로 술통 더미를 통째로 무너뜨린 것일까?

돈 루이스는 손전등을 술통 위에 고정한 후 다락 전체를 환하게 비추었다. 그러나 녹이 슨 낫이며 갈퀴, 곡괭이 같은 농기구 외에 달리 수상한 움직임은 발견하지 못한 돈 루이스는 어떤 길 잃은 동물이나 도둑고양이가 말썽을 부린 것이라 생각했다. 그래도 혹시 누군가 숨어 있지는 않은지 확인해 보기 위해 그는 사다리를 타고 위층으로 올라갔다.

그가 막 위층에 도달해 안으로 발을 내딛으려는 순간 또다시 요란하게 삐거덕거리는 소리가 나더니 누군가 위협적인 자세를 취하며 농기구 더미에서 튀어나왔다.

돈 루이스는 커다란 낫이 자신의 머리 위에서 허공을 가르는 모습을 본 순간 재빨리 머리를 숙였다. 눈 깜짝할 사이에 벌어진 일이었다. 1초만 더 주저했다면, 아니 10분의 1초만 늦었어도 이 무기에 페레나의 목은 잘려나갔을 것이다. 페레나는 사다리에 몸을 바싹 붙일 시간밖에 없었다. 번쩍거리는 큰 낫이 그의 옷깃을 스쳤다. 페레나는 사다리에 몸을 바싹 붙인 채 급히 아래로 내려왔다.

페레나는 즉시 손전등으로 상대방의 얼굴을 비췄다.

가스통 소브랑의 무시무시한 형상과 그의 어깨 뒤로 창백하게 일그러진 얼굴로 서 있는 플로랑스 르바쇠르의 모습이 보였다.

뤼팽의 분노

페레나는 잠시 멍하니 서 있었다. 도저히 움직일 수가 없었다. 위층에서는 두 사람이 바리케이드를 설치하는지 농기구들이 서로 부딪히는 소리가 요란하게 울려 퍼졌다.

그런데 오른쪽 위에서 갑자기 황혼녘의 희미한 빛이 쏟아져 들어왔다. 곧이어 소브랑과 플로랑스가 다락으로 난 창문을 통해 지붕으로 도망가는 모습이 보였다.

페레나는 즉시 그들에게 권총을 겨누고 발포했으나 제대로 겨냥할 수 없었다. 플로랑스를 생각하자 손이 떨렸기 때문이다. 총성 세 발이 또다시 잇달아 울려 퍼졌다. 총알은 다락방 판자를 잇는 쇠고리를 맞고 튕겨 나갔다.

다섯 번째 총을 쐈을 때 고통에 찬 비명 소리가 들려 왔다. 돈 루이스는 급히 다락으로 올라갔다.

수북이 쌓여 있는 농기구와 건초단을 헤치면서 많은 시간을 허비한 페레나는 여기저기 긁힌 몸으로 마침내 두 사람이 빠져 나간 입구에 도달했다. 마침내 밖으로 나왔을 때 그는 담장 꼭대기에 서 있는 자신을 발견하고는 깜짝 놀랐다. 헛간이 등지고 서 있던 담벼락 꼭대기였다.

페레나는 우선 왼쪽으로 뛰어내려 헛간 정면으로 가 보았으나 아무도 없었다. 이번에는 헛간 오른쪽을 통해 담장 위로 올라가 혹시 적이 몰래 숨어 있다가 역습을 가해 올 경우에 대비해 담장 부근을 샅샅이 뒤졌다.

페레나는 그렇게 하면서 자신이 지금까지 눈치 채지 못했던 사실을 알아차렸다. 이 담벼락은 소유지 전체를 둘러싸고 있는 벽의 정상과 맞붙어 있었고 그가 서 있는 곳의 높이는 약 5미터 정도 되었다. 가스통 소브랑과 플로랑스는 이쪽으로 도망친 것이 틀림없었다.

페레나는 꽤 넓은 담벼락의 정상을 따라 걷다가 비교적 낮은 부분에서 어떤 경작지로 뛰어내렸다. 이 경작지 너머로 작은 숲이 펼쳐져 있었는데 두 사람은 분명히 그쪽으로 도망갔을 것이다. 페레나도 곧 숲으로 들어갔지만 나무가 너무나 빽빽하게 우거져 있어서 계속 쫓아가 봐야 시간 낭비라는 사실을 깨달았다.

페레나는 터벅터벅 마을로 돌아왔다. 돌아오면서도 그의 머릿속엔 이 새로운 전투에 대한 생각뿐이었다. 또다시 플로랑스와 그녀의 공범이 페레나를 제거하려 했다. 돈 루이스가 랑제르노 영감이 살해당했을지도 모른다는 사실을 알게 되고 우연히 〈옛 성터〉의 헛간에서 해골이 된 시체 두 구와 맞닥뜨린 순간 또다시 플로랑스가 그의 눈앞에 나타났던 것이다. 죽음의 날개가 스치고 지나가는 곳마다, 피가 난무하고 시체가 넘쳐 나는 곳마다 떠돌아다니는 불길한 정령이나 죽음의 화신처럼 그녀는 소브랑과 함께 그곳에 우뚝 서 있었다.

돈 루이스는 부들부들 떨며 중얼거렸다.

「아, 끔찍한 여자야! 어떻게 그런 여자가 그토록 고귀한 얼굴을, 어떻게 그토록 우아하고 진실하며 순수한 아름다움을 간직한 눈을 갖고 있을까?」

알랑송에서 돌아온 마즈루는 교회 맞은편에 있는 여인숙 앞에서 자동차에 기름을 넣고 있었다. 마침 교회 앞을 지나는 포르미니 읍장의 모습이 보였다. 돈 루이스는 곧 그에게 다가가 이렇게 물었다.

「읍장님, 뭐 좀 여쭤 봐도 되겠습니까? 혹시 이 지방에서 2년 전쯤에 사십 대에서 오십 대 정도 된 부부가 갑자기 사라졌다는 소문을 들으신 적 있으십니까? 남편의 이름은 알프레드고……」

「그리고 부인의 이름은 빅토린이죠?」

읍장은 페레나의 말이 채 끝나기도 전에 대답했다.

「제 기억이 맞다면요. 두 사람의 실종으로 한동안 온 마을이 떠들썩했지요. 알랑송에서 연금으로 살아가는 부부였는데, 어느 날 갑자기 사라져 버렸습니다. 그 후로 두 사람이 어떻게 됐는지 아무도 아는 사람이 없답니다. 뿐만 아니라 그들이 실종되기 전날 저택을 판 대금 20만 프랑도 온데간데없이 사라졌지요. 어떻게 그 사건을 잊을 수 있겠어요! 데드쉬라마르 부부의 실종 사건을 말입니다」

「고맙습니다, 읍장님」

페레나가 대답했다. 정보는 이 정도면 충분했다.

마즈루는 출발 준비를 마쳤다. 잠시 후 그들은 알랑송으로 출발했다.

마즈루가 물었다.

「지금 우리가 어디로 가고 있는 겁니까?」

「역으로! 내 그 이유를 설명해 주지. 첫째, 가스통 소브랑은 오늘 아침에 이미 포빌 부인이 랑제르노라는 사내의 이름을 밝혔다는 사실을 알고 있었네. 어떻게……? 언젠가 알게 되겠지. 둘째, 역시 언젠가는 밝혀질 이유로 소브랑은 오늘 랑제르노의 영지에 와서 그 주위를 돌아다녔네. 그런데 그자는 틀림없이 파리에서 기차를 타고 왔을 것이고 따라서 갈 때도 기차로 돌아갈 수밖에 없을걸세」

페레나의 추측은 즉시 사실로 판명되었다. 역 직원은 한 남자와 여자가 파리에서 2시에 도착해 가까운 호텔에서 이륜마차를 빌렸다고 했다. 그리고 볼일을 마치고 돌아와 지금 막 7시 40분 급행열차를 탔다고 했다. 이 남자와 여자의 인상착의는 소브랑과 플로랑스의 인상착의와 정확히 일치했다.

페레나는 기차 시간표를 훑어본 뒤 말했다.

「출발하세. 우리가 한 시간 늦었군. 하지만 전속력으로 달리면 그들보다 먼저 망스에 도착할 수 있을걸세」

「물론이죠, 두목. 거기서 기다리고 있다가 그 자식을 체포할 수 있을 거예요. 그리고 그 여자도 말이죠. 놈들은 두 명이니까요」

「그래, 두 명이지, 하지만……」

「하지만요……?」

돈 루이스는 차에 타서 시동을 건 후에 이렇게 말했다.

「하지만 내 말 잘 들어, 풋내기 선생. 여자는 놔두게」

「뭐라고요? 왜죠?」

「그 여자가 누군지 확실히 아나? 그녀에 대한 구속 영장은 발부받았고?」

「아뇨」

「그렇다면 입 다물고 가만히 있게」

「하지만……」

「알렉상드르, 한마디만 더 하면 길에 버리고 가겠네. 여기 혼자 서서 체포하고 싶은 사람은 다 체포해 보게」

마즈루는 입을 다물었다. 게다가 차가 어찌나 빨리 달리는지 다른 데 신경 쓸 여유도 없었다. 마즈루는 조마조마한 마음으로 혹시 장애물이 나타나지는 않나 열심히 앞만 쳐다보았다.

양 옆으로 가로수들이 순식간에 지나쳐 갔다. 머리 위에서는 나뭇잎들이 일정한 리듬에 맞추어 흔들리는 파도처럼 바스락거리는 소리를 냈다. 야행성 동물들은 전조등의 불빛에 놀라 멀리 달아났다.

참다못한 마즈루가 애원하듯 말했다.

「이렇게까지 하지 않아도 도착할 겁니다. 이렇게 전속력으로 달릴 필요는 없다니까요」

자동차는 더 빨리 달렸다. 마즈루는 그만 입을 다물었다.

두 사람은 그렇게 무수한 마을과 들판, 언덕들을 순식간에 지나쳐 간 후 갑자기 어둠 속에서 대도시의 밝은 빛이 반짝이는 것을 볼 수 있었다. 망스였다.

「역이 어디 있는지 아나, 알렉상드르?」

「예, 두목. 오른쪽으로 돌아서 쭉 직진하면 됩니다」

그런데 역으로 가는 길은 왼쪽이었다. 덕분에 길거리에서 이 사람 저 사람에게 길을 묻다가 칠팔 분을 허비했다. 마침내 페레나의 차가 역 앞에 도착하자 기적 소리가 날카롭게 울려 퍼졌다.

돈 루이스는 잽싸게 차에서 뛰어내려 대합실로 달려갔으나 승강장으로 통하는 문이 잠겨 있었다. 그러자 돈 루이스는 급히 역무실로 들어가 그를 붙잡는 철도청 직원들을 떨쳐 버리고 승강장으로 나갔다.

기차 한 대가 3번 승강장에서 출발하려는 참이었다. 마지막 객실 문이 닫혔다. 페레나는 열차 옆으로 달리다 구리로 된 난간을 붙들고 기차 위로 사뿐히 뛰어올랐다.

「기차표를 보여 주십시오, 표는 가지고 있으십니까?」

어떤 직원이 페레나를 향해 고래고래 소리를 질렀다.

돈 루이스는 계속 이 열차에서 저 열차의 발판으로 날아오르며 객실 하나하나를 들여다보았다. 창문으로 몸을 내민 승객이 있으면 주저 않고 옆으로 밀치기까지 했다. 두 명의 공범이 앉아 있는 객실이 눈에 띄기만 하면 곧바로 공격할 기세였다.

마지막 열차의 마지막 객실에 도달할 때까지 그들은 보이지 않았다. 기차가 움직였다. 순간 그는 외마디 소리를 질렀다. 그 두 사람은 바로 거기, 단둘이서 마지막 칸에 있었다! 단둘이! 플로랑스가 소브랑의 품에 안긴 채 그의 어깨에 머리를 기대고 객실 의자에 누워 있었다.

페레나는 걷잡을 수 없는 분노에 사로잡혀 객실 문에 달린 구리 걸쇠를 열고 손잡이를 움켜잡았다.

그러나 그 순간 균형을 잃고 철도청 직원과 마즈루에게 붙들려 그만 열차에서 떨어져 내렸다.

마즈루가 고래고래 소리를 질렀다.

「아니 두목, 정신이 나갔습니까? 하마터면 기차에 깔려 죽을 뻔했잖습니까!」

돈 루이스도 지지 않고 소리를 질렀다.

「시끄러! 저기란 말이야……. 당장 이 손 놓지 못하겠나?」

열차가 차례차례 지나갔다. 그는 다른 객실 발판으로 뛰어오르려 했다. 그러나 두 사람이 그를 꽉 붙들었다. 짐꾼들이 기차 앞에 가로막고 섰다. 역장이 달려 왔다. 기차는 유유히 멀어져 갔다.

페레나는 정신없이 소리를 질렀다.

「이런 바보 같은 놈들! 멍청하게시리! 도대체 왜 날 붙잡은 건가! 아! 세상에 이럴 수가……!」

페레나는 왼쪽 주먹으로는 철도청 직원을, 오른쪽 주먹으로는 마즈루를 쳐서 단숨에 쓰러뜨렸다. 그러고는 짐꾼들과 역장을 뒤로한 채 승강장 저쪽에 위치한 짐 보관소까지 달려가 온갖 짐 가방과 트렁크들을 뛰어넘어 역 밖으로 나갔다.

「이런 천하에 한심한 놈 같으니……」

그는 마즈루가 자동차 시동을 꺼 놓은 것을 발견하고는 이를 갈았다.

「멍청한 짓거리를 할 기회만 있으면 절대로 놓치는 법이 없군 그래」

돈 루이스는 그날 하루 종일 빠른 속도로 차를 몰았지만 그날 저녁엔 그야말로 전속력으로 달려 현기증이 날 지경이었다. 페레나의 차는 질풍처럼 망스의 거리거리를 휩쓸고 지나갔다. 그의 머릿속에는 무슨 일이 있어도 그 두 사람보다 먼저 사르트르 역에 도착해 소브랑을 때려 눕혀야 한다는 생각밖에는 없었다. 다른 것은 보이지도 들리지도 않았다. 자신의 손으로 플로랑스 르바쇠르의 연인을 붙잡아 거친 숨을 내뿜으며 괴로워하는 모습을 보고야 말겠다는 일념으로 페레나는 더욱더 세게 속도를 높였다.

「그녀의 연인이라고! 그녀의 연인……! 아! 빌어먹을! 그래, 이제야 모든 게 설명이 되는군. 둘이서 짜고 공범 마리안 포빌을 파멸시키려는 거야. 결국 마리안 포빌 혼자서 이 끔찍한 모든 살인사건에 대한 죄 값을 치러야 할 테지. 그런데 과연 포빌 부인이 이 사건에 연루되어 있긴 한 걸까? 누가 알겠어! 저 악마 같은 연인이 포빌 부자를 살해하고 모닝턴의 유산을 상속받기 위해서 마지막 장애물인 나를 죽이려고 음모를 꾸몄던 걸지……! 충분히 가능한 일이지! 지금까지의 모든 사건이 이 가설과 일치하고 있으니까! 플로랑스의 책 속에서 발견한 그 쪽지는 또 어떻고! 이폴리트 포빌의 편지들을 하나씩 공개할 수 있는 사람이 플로랑스말고 또 누가 있단 말인가? 그 편지들은 가스통 소브랑도 고발하고 있지! 하지만 그게 무슨 상관이람! 그는 이제 대신 플로랑스를 사랑하고 있는데. 그리고 플로랑스도 그를 사랑하고……. 플로랑스가 소브랑의 공범이며 충실한 보좌관이란 말야! 이제 소브랑과 결혼해 부귀영화를 누리며 살겠지……. 가끔 일부러 마리안을 변호하는 척하기도 하고……. 요망한 것! 아냐, 어쩌면 양심의 가책 때문에 그럴지도 몰라. 자기가 꾸민 음모 때문에 무고하게 죽어 갈 마리안을 생각하면 아닌 게 아니라 마음이 뜨끔하기도 하겠지……! 하지만 플로랑스는 소브랑에 대한 사랑으로 쉴 새 없이 무자비한 싸움을 계속해 나가는 거야! 그리고 바로 그런 연유로 그녀가 나를 죽이려 한 거라고! 내 능력을 두려워해서……! 그래, 그녀는 나를 증오해……, 나를 미워하고 있어!」

엔진이 요란하게 소리를 내며 돌아가고 가로수가 휙휙 지나치는 가운데 페레나는 쉴 새 없이 일관성 없는 말을 혼자서 지껄이고 있었다. 부드럽게 포옹하고 있는 두 연인의 모습이 자꾸 떠올라 그는 걷잡을 수 없는 질투에 사로잡혀 소리를 질러 댔다. 무슨 일이 있어도 복수하고 싶었다. 처음으로 누군가를 죽이고 싶다는 생각이 그의 혼란스러운 두뇌 속에서 부글부글 끓어올랐다.

「이런 제기랄!」

갑자기 그가 소리쳤다.

「엔진 소리가 이상하군. 마즈루! 마즈루!」

「예? 뭐요? 두목, 제가 여기 있는 건 어떻게 아셨습니까?」

마즈루가 웅크린 채 숨어 있던 어둠 속에서 갑자기 튀어나오며 외쳤다.

「그럼 세상에서 가장 멍청한 놈이 내 차 발판 위에 올라타는 걸 내가 눈치 채지 못할 줄 알았나? 그래, 거기 그러고 있으니 편안하신가?」

「온몸이 쑤시고 추워 죽겠습니다」

「꼴좋군. 그런데 이 자동차 기름 말인데, 도대체 어디서 산 건가?」

「식료품 가게에서요」

「사기꾼한테 당한 거야. 그놈이 형편없는 기름을 팔아 넘겼다고. 엔진에 그을음이 끼고 있네」

「정말이요?」

「그렇대도. 엔진 소리 들어 보면 몰라? 이 우둔한 친구야!!」

과연 차는 덜거덕거리며 잠시 멈추는 듯하더니 간신히 제 속도를 되찾았다. 돈 루이스는 또다시 무리하게 속력을 냈다. 두 사람을 태우고 언덕을 전속력으로 질주하며 내려오는 이 차는 그야말로 지옥으로 달려드는 것 같았다. 전조등 하나가 꺼졌다. 다른 하나도 보통 때보다 훨씬 더 희미해졌다. 그러나 그 어떤 것도 돈 루이스의 격정을 가라앉힐 수는 없었다.

또다시 엔진에서 이상한 소리가 나더니 차가 멈칫했다. 엔진이 자신의 임무를 완수하기 위해 애를 쓰는 것처럼 간신히 몇 미터쯤 더 굴러가는가 싶더니 완전히 시동이 꺼졌다. 어처구니없게도 길 한가운데서 차가 딱 멎어 버린 것이다.

「아, 빌어먹을! 아! 정말 미치겠군. 왜 차까지 이 모양이지?」

돈 루이스는 고래고래 소리를 질렀다.

「자자. 진정하세요, 두목. 수리하면 되잖아요. 소브랑은 샤르트르 대신 파리에서 체포하면 되고요」

「한심하기는! 한 시간만 더 있으면 다 끝날 수 있는 일이었는데! 지금 기회를 놓치면 또 언제 올지 모른단 말일세! 기름을 사라고 보냈더니 어디서 이상한 걸 들고 와서는 다된 밥에 재를 뿌려!」

그들의 주위에는 들판이 끝없이 펼쳐져 있었다. 불빛이라고는 어두운 하늘에 반짝거리는 별빛이 다였다.

돈 루이스는 분노에 사로잡혀 어찌할 바를 몰랐다. 자동차라도 발로 차서 박살 내고 싶은 심정이었다.

결국 그의 곁에 있던 마즈루가 가엾게도 돈 루이스의 모든 화풀이를 받아내야 했다. 돈 루이스는 그의 어깨를 꽉 붙들고 마구 흔들며 온갖 욕설을 퍼붓다가 급기야는 비탈면에 넘어뜨리고 고통과 증오가 섞인 목소리로 띄엄띄엄 말했다.

「잘 듣게, 마즈루. 그녀가, 소브랑의 연인이 이 모든 일을 저지른 거야. 나중엔 마음이 약해질까 봐 지금 자네에게 말해 두는 걸세. 그래, 난 비겁해……, 그녀는 너무나 고귀한 얼굴을 하고 있고…… 어린아이같이 순수한 눈빛을 갖고 있어. 그런데 그녀는, 마즈루, 그녀는 나와 한 지붕 밑에 살고 있다네……. 그녀의 이름을 잘 기억해 둬, 플로랑스 르바쇠르라고……. 자넨 그녀를 체포할 생각이지, 안 그런가? 난, 난 그럴 수가 없네. 그녀를 바라보면 도저히 용기가 생기질 않아. 지금까지 어떤 여자도 사랑한 적이 없었던 것처럼……, 다른 여자들은, 다른 여자들은…… 그저 변덕스러운 마음에서……. 과거의 여인들은 벌써 다 잊어버렸는걸. 그런데 플로랑스는……. 그녀를 체포해야 하네, 마즈루……, 그녀의 두 눈에서 나를 구해 줘. 그 시선이 나를 불태우는 것만 같아, 치명적인 독약이라고! 자네가 날 구해 주지 않으면 돌로레스처럼 그녀를 내 손으로 죽일 것만 같네. 아니 놈들이 나를 먼저 죽일지도 모르지. 아니면…… 아! 왜 갑자기 이토록 머릿속이 혼란스러운 걸까. 그녀가 다른 남자를, 소브랑을 사랑하기 때문이야. 아! 나쁜 놈들…… 그들이 포빌과 그 아들, 랑제르노 영감과 헛간에 걸려 있던 부부를…… 그리고 다른 사람들도, 코스모 모닝턴과 베로 형사와 그리고 또 다른 수많은 사람들을 살해한 거야. 그들은 인간의 탈을 쓴 짐승만도 못한 놈들이네. 특히 그녀는……. 그런데 네가 그녀의 두 눈을 본다면……」

페레나가 너무 낮은 목소리로 말하는 바람에 마즈루는 그가 무슨 소리를 하는지 거의 알아들을 수 없었다. 마즈루의 어깨를 쥐고 있는 그의 두 팔에서 점점 힘이 빠졌다. 비범한 힘과 자제력을 지닌 페레나도 이번엔 절망에 빠져 몹시 괴로운 듯했다.

마즈루 반장이 그를 일으켜 세우며 위로했다.

「자자, 진정하세요, 두목! 알고 보면 다 덧없는 일이에요. 여자 문제라는 거……, 저도 다 겪어 봐서 압니다. 다른 모든 사람들처럼 말이죠. 아, 그 지긋지긋한 마즈루 부인……. 그거 아세요, 두목님께서 안 계실 동안 전 결혼도 했습니다. 그런데 막상 결혼한 뒤 보니까 아내는 제가 생각했던 그런 여자가 아니더군요. 저도 참 많이 힘들어했습니다. 마즈루 부인……, 나중에 그 얘기를 해 드리죠, 두목. 그리고 어떻게 마즈루 부인이 그걸 보상했는지도……」

마즈루는 말을 멈추고 페레나를 천천히 자동차로 데리고 가서 뒷좌석에 앉혔다.

「좀 쉬십시오, 두목. 밤이지만 별로 안 춥고 또 털가죽도 많이 있으니까요. 새벽에 이 길로 지나가는 사람들한테 부탁해 가까운 도시로 좀 가 달라고 부탁해야겠습니다. 자동차 수리하는 데 필요한 부품을 갖고 와 달라고요. 아, 그리고 요기할 만한 것도요. 배고파 죽을 지경입니다. 모두 다 잘 풀릴 테니 걱정 마십시오. 여자 문제도 잘 풀릴 겁니다……. 애초에 여자들을 자기 삶에서 쫓아내 버리기만 하면 됩니다. 여자들이 먼저 뛰쳐나가지만 않는다면 말이에요. 마즈루 부인도……」

돈 루이스는 마즈루 부인이 어떻게 됐는지 영영 알 수 없었다. 격렬한 감정의 발작도 그의 수면을 방해할 수는 없었다. 그는 뒷좌석에 앉자마자 곧 깊은 잠이 들었다.

페레나는 다음날 아침 꽤 늦게 일어났다. 7시에 마즈루는 샤르트르 쪽으로 자전거를 타고 가던 한 남자를 큰 소리로 불러 세웠다.

그들은 9시에 출발했다.

돈 루이스는 침착함을 되찾고 마즈루 반장에게 말했다.

「어젯밤에는 내가 바보 같은 소리를 너무 많이 했네. 그렇다고 후회하지는 않지만, 뭐……. 이제부터 내 임무는 포빌 부인을 구하고 진짜 범인을 잡기 위해 최선을 다하는 걸세. 내가 이 일을 직접 맡아서 해야 해. 그리고 꼭 해내고야 말겠어. 오늘 저녁에 플로랑스 르바쇠르는 교도소에서 자게 될걸세!」

「제가 도와드리겠습니다, 두목」

「도움은 필요없네. 만약 자네가 그녀의 머리카락 한 올이라도 건드린다면 난 자네를 가만두지 않겠어. 알겠나?」

「네, 두목」

「그러니까 조심해서 행동하라고」

어젯밤 느꼈던 분노가 조금씩 돌아오고 있던 페레나는 미친 듯이 차를 몰았다. 마즈루는 두목이 자기한테 대신 화풀이를 하고 있다고 생각했다. 페레나의 차는 샤르트르의 도로를 뜨겁게 달렸다. 랑부예, 슈브뢰즈, 베르사유도 쏜살같이 지나갔다.

생클루…… 불로뉴 숲…….

콩코르드 광장에서 차가 튈르리 공원 쪽으로 향하자 마즈루가 물었다.

「집에 안 들어가세요, 두목?」

「안 들어가. 우선 가장 급한 일부터 처리해야 해. 포빌 부인에게 진범들을 알아냈다는 사실을 전하고 그녀가 더 이상 자살 기도를 하지 않도록 막아야 해」

「그렇다면……?」

「지금 당장 경찰청장을 만나야겠네」

「청장님은 지금 안 계실 겁니다. 오후가 돼야 나오실걸요」

「그러면 예심판사라도 만나야지」

「정오가 지나야 법원에 도착할 거예요. 지금은 11시고요」

「어쨌든 일단 가 보기나 하세」

마즈루의 말이 옳았다. 법원에는 아무도 없었다.

돈 루이스는 근처에서 식사를 했다. 마즈루는 치안국에 잠시 들렀다가 다시 돌아와 돈 루이스를 법원으로 안내했다. 마즈루는 페레나가 평상시와 다르게 초조하고 불안해한다는 생각이 들었다.

「아침에 내린 결심엔 변함없으세요?」

「물론이네. 식사를 하면서 신문을 읽었는데 두 번째 자살 시도 이후 병원으로 이송됐던 포빌 부인이 또다시 자기 방 벽에 머리를 부딪히면서 자살을 시도했다는군. 그래서 움직이지 못하게 구속복을 입혀 놨더니 이번엔 음식을 거부하고 있고 말이지. 우선 그녀를 살려 내는 것이 내 임무라네」

「어떻게요?」

「진범을 사법 당국에 넘겨주면 되지. 예심판사에게 먼저 예고를 하고 죽은 채로든 산 채로든 플로랑스 르바쇠르를 경찰청으로 끌고 오겠네」

「소브랑은요?」

「소브랑도 마찬가지야. 만약……」

「만약?」

「내가 직접 그를 죽이지만 않는다면 말야. 그…… 천하의 악당을!」

「두목!」

그들의 주위에는 정보를 수집하러 온 기자들이 몰려 있었다. 그들은 곧 페레나를 알아보았다. 페레나가 기자들에게 말했다.

「여러분, 오늘부터 제가 포빌 부인의 변호를 맡고 그녀를 석방

하기 위해 있는 힘을 다할 것이라고 발표해 주십시오」

　모두 한동안 어안이 벙벙해졌다. 포빌 부인에게 불리한 증거를 제시해 그녀를 체포하게 한 사람이 바로 페레나가 아니었던가?

　「이제부터 그 증거들의 허점을 하나하나 밝혀 낼 겁니다. 마리 안 포빌은 악당들의 음모에 희생된 것뿐입니다. 제가 곧 그들을 사법 당국에 넘기겠습니다」

　「하지만 이빨은요? 이빨 자국은?」

　「우연의 일치입니다! 기가 막힌 우연의 일치였지요! 하지만 지금 저에겐 그것이야말로 그녀의 결백을 입증하는 가장 강력한 증거로 보입니다. 만약 마리안 포빌이 이 모든 범죄를 저지를 만큼 능수능란했다면 그녀가 자기 이빨 자국이 남은 과일을 그렇게 어처구니없이 현장에 버리고 갔을 리가 없습니다」

　「하지만……」

　「그녀는 결백합니다! 예심판사님께 이 말씀을 드리러 여기 왔습니다. 당장 그녀에게 누군가 자신을 변호하고 있다는 사실을 알려야 합니다. 그녀가 빨리 희망을 되찾게 해야 한단 말입니다. 그렇지 않으면 그 불쌍한 여자는 또다시 자살을 시도할 겁니다. 그리고 그녀의 죽음은 결백한 여자를 죽음으로 몰아간 모든 이의 양심을 무겁게 짓누를 겁니다. 그러니 무슨 일이 있어도……」

　바로 그 순간 페레나는 말을 멈췄다. 그의 시선이 멀찌감치 떨어져 서서 메모를 하고 있던 한 기자에게 머물렀다…….

　그는 마즈루에게 작은 목소리로 말했다.

　「저기 서 있는 저 기자의 이름 좀 알아봐. 분명 어디서 본 적 있는 남잔데……」

　그 순간 수위가 예심판사의 방문을 열었다. 예심판사가 페레나의 명함을 받고 즉시 그를 만나고자 했던 것이다.

페레나는 수위를 따라 나섰다. 그런데 마즈루와 함께 예심판사의 사무실로 들어가려는 순간 페레나는 갑자기 분노에 찬 목소리로 마즈루에게 다급히 외쳤다.

「바로 그자야! 저기 서 있던 자는 바로 소브랑이라고! 그자를 체포하게! 지금 막 법원에서 나갔어! 어서어서!」

돈 루이스는 자신의 말을 채 마치기도 전에 먼저 뛰어 나갔다. 마즈루와 경찰청 요원들, 기자들이 페레나의 뒤를 따랐다. 그러나 페레나가 어찌나 빨리 뛰었던지 3분 후에 그들은 페레나를 놓치고 말았다. 그동안 페레나는 수르시에르 계단을 허겁지겁 뛰어 내려가 다른 쪽 광장으로 통하는 지하도를 건넜다. 거기서 어떤 두 사람이 페레나에게 방금 전에 급히 발걸음을 서두르는 한 남자와 마주쳤다고 말했다.

페레나는 길을 잘못 짚었음을 깨닫고 일단 발걸음을 멈췄다. 그리고 꽤 오랜 시간을 소비하며 행인들의 증언을 수집한 결과 소브랑이 팔레가 쪽으로 도망갔으며 오를로주 강변로에서 플로랑스 르바쇠르가 확실한 금발의 아름다운 여인과 만났다는 사실을 알아냈다. 사람들은 두 사람이 생미셸 광장에서 생라자르 역으로 가는 버스를 탔다고 했다.

돈 루이스는 차를 세워 놓았던 좁고 한적한 거리로 돌아왔다. 그는 곧 시동을 걸고 전 속력으로 생라자르 역으로 갔다. 거기서 또다시 두 사람을 추적하기 시작했으나 이번에도 길을 잘못 짚어 시간만 낭비했다. 그는 마침내 플로랑스가 팔레부르봉 광장행 버스에 혼자 올라탔다는 확실한 정보를 입수했다. 페레나의 예상과 달리 플로랑스는 집으로 돌아갔던 것이다.

그녀를 다시 본다고 생각하자 페레나의 분노가 또다시 폭발했다. 루아얄가를 거쳐 콩코르드 광장을 지나며 페레나는 당장 실행에 옮기고 싶은 복수와 위협의 말들을 끊임없이 중얼거렸다. 그리고 플로랑스를 모욕하며 욕설을 퍼부어 댔다. 이 악랄한 여자에게 어떻게 해서든 상처를 입히고 싶다는 씁쓸하고도 고통스러운 욕구를 도저히 억누를 수가 없었다.

그러나 페레나는 팔레부르봉 광장에 도착하자마자 갑자기 입을 다물었다. 그의 시선이 길가에서 어슬렁거리고 있는 사내들에게 머물렀다. 전문가다운 식견으로 그는 단번에 그들의 수를 파악했다. 그들은 모두 여섯 명으로, 몸가짐으로 보아 사복 경찰이 틀림없었다. 그들과 함께 있던 마즈루는 페레나를 발견하자 잽싸게 마차 문 뒤로 숨었다.

그러나 페레나는 큰 소리로 그를 불렀다.

「마즈루!」

반장은 자신의 이름을 듣고 몹시 놀란 기색으로 페레나의 자동차 곁으로 다가왔다.

「아니, 두목……!」

마즈루의 거북해하는 얼굴을 보자 돈 루이스는 자신의 걱정이 현실로 다가왔음을 느꼈다.

「자, 어서 대답해 보게. 나 때문에 자네와 자네 부하들이 내 집 앞에서 까치발을 하고 돌아다니는 건 아니겠지?」

「물론이죠. 역시 머리가 좋으시군요, 두목!」

마즈루가 어찌할 바를 모르며 대답했다.

「두목님과는 전혀 상관없는 일입니다. 두목님과는요……」

돈 루이스는 마즈루의 말이 암시하는 바를 깨닫고 소스라치게 놀랐다. 그는 곧 어찌 된 셈인지 깨달았다. 마즈루가 자신을 배신했던 것이다. 자신의 양심에 복종하기 위해서, 그리고 무엇보다도 자신의 친애하는 두목을 음침한 열정에서 구하기 위해서 마즈루는 플로랑스 르바쇠르를 고발했다.

페레나는 솟구치는 화를 가라앉히기 위해 주먹을 꽉 쥐었다. 그는 크게 한 대 얻어맞은 기분이었다. 페레나는 그제야 어젯밤부터 그의 이성을 송두리째 앗아갔던 질투의 발작으로 인해 경솔하게 저질렀던 수많은 실수들과 그 실수들이 초래할 끔찍한 결과들을 예감할 수 있었다.

「영장은 가지고 왔나?」

페레나가 물었다.

마즈루가 더듬거리며 대답했다.

「아니, 실은 그게…… 아침에 우연히 경찰청에서 청장님을 만났습니다. 그래서 르바쇠르 양에 대해 말씀드렸죠. 게다가 때마침 그 사진을…… 청장님께서 예전에 두목님께 맡겼던 플로랑스 르바쇠르의 사진 아시죠? 바로 그 사진을 두목이 변조했다는 사실을 발견했습니다. 그래서 제가 플로랑스라는 이름을 말하자 청장님께서 곧 그 이름이 사진의 이름과 일치한다는 사실을 지적하시더군요」

「영장은 발부했냐고 물었네만?」

돈 루이스가 더욱 매서운 어조로 반복해서 물었다.

「에, 당연하죠……. 그럴 수밖에 없는 상황이었어요. 데말리옹 청장님도, 예심판사도……」

만약 이때 팔레부르봉 광장에 아무도 없었다면 돈 루이스는 조금이라도 분을 삭이기 위해 틀림없이 마즈루의 턱에 강펀치를 날렸을 것이다. 마즈루도 똑같이 생각했는지 될 수 있는 한 페레나에게로부터 멀리 떨어져 서서 두목의 분노를 가라앉히기 위해 계속 변명을 늘어놓았다.

「이게 다 두목님 잘되시라고 한 일입니다. 어쩔 수 없었어요. 그리고 두목님이 직접 제게 명령하신 것 기억 안 나세요? 〈저 요망한 것으로부터 날 구해 줘. 나는 너무 비겁해……. 자넨 그녀를 체포할 거지? 그렇지? 그녀의 두 눈이 나를 불태우고 있어. 그건 독약이나 다름없어.〉 그러니 두목, 제가 어떻게 달리 행동할 수 있겠습니까? 게다가 베베르 부국장이……」

「뭐라고? 베베르도 알고 있어?」

「에…… 예, 그래요. 청장님은 사진이 변조된 것을 확인한 뒤부터 두목님을 완전히 믿지 못하겠다는 눈치세요. 베베르가 한 시간쯤 뒤에 지원 병력과 함께 들이닥칠 거예요. 뿐만 아니라 베베르 부국장은 뇌이이에 있는 가스통 소브랑의 집을 들락거렸다는 여자가 금발의 미인이고 플로랑스라고 불렸다는 정보를 최근에 입수했답니다. 그 여자가 가끔씩 거기서 밤을 보내기도 했대요」

「그런 터무니없는 소리를 하다니……! 거짓말 마!」

순간 그의 분노가 또다시 폭발했다. 그는 구체적으로 표현할 수 없는 이유로 지금껏 플로랑스의 뒤를 쫓아 왔다. 그런데 갑자기, 그것도 의식적으로 그녀를 버리고 싶어졌다. 사실 그는 자기가 뭘 하고 있는지도 몰랐다. 복잡하게 얽힌 열정에 사로잡혀 매 순간 충동적으로 행동했다. 페레나는 어느새 사랑하는 이를 위해서 언제라도 목숨을 바칠 수 있지만 오히려 자신의 손으로 연인의 목을 조를 수도 있는 격정적인 사랑의 포로가 되었던 것이다.

그때 신문팔이가 지나갔다. 페레나는 《미디》 특별호 1면에 대문짝만 한 활자로 다음과 같은 글이 씌여 있는 것을 보았다.

　　돈 루이스 페레나의 폭탄선언. 포빌 부인의 결백 주장. 범인들 곧 체포될 듯.

「암, 그렇고 말고. 결국 이 사건도 막을 내리게 되겠군. 플로랑스는 죄 값을 치를 거야. 자업자득이지」

페레나는 큰 소리로 말했다.

그는 계속 차를 운전해 저택의 대문을 넘었다. 마당에서 그는 운전사를 불러 이렇게 일렀다.

「자동차를 창고에 넣지 말고 시동도 켜 놓은 채로 밖으로 돌려놓게나. 곧 다시 나가 봐야 할 것 같으니……」

그리고 차에서 내려 집사를 불렀다.

「르바쇠르 양 있나?」

「예, 페레나 씨. 별채에 있는 자신의 거처에 가 있습니다」

「어제는 그녀가 하루 종일 집을 비웠지?」

「예, 어떤 친척이 몹시 아프다는 전보를 받고 곧 시골로 내려갔답니다. 어젯밤에 다시 돌아왔고요」

「그녀에게 할 말이 있으니 지금 당장 내게 보내게」

「서재로요?」

「아니, 내 침실 옆에 있는 응접실로 오라고 하게」

그곳은 예전에는 말로네스코 백작 집안의 여자들이 응접실로 쓰던 작은 방이었다. 페레나는 서재에서 몇 번이나 죽을 뻔한 고비를 넘긴 후에는 대개 이 방에서 시간을 보냈다. 아래층에서 조금이라도 더 떨어져 있는 게 마음이 편했다. 그리고 중요한 서류도 모두 이 방으로 옮겼다. 그리고 보다 신중을 기하기 위해 특별히 제작한 열쇠를 늘 몸에 지니고 다녔다.

마즈루가 몰래 그의 뒤를 밟았다. 페레나는 집으로 들어올 때까지 모르는 척 걷다가 현관에 들어서자 갑자기 뒤돌아 그의 팔을 잡고 계단으로 끌고 갔다.

「모든 일이 제대로 돌아가고 있네. 혹시라도 플로랑스가 낌새를 채고 집으로 돌아오지 않았을까 봐 걱정했거든. 하지만 내가 어제 그녀를 봤다는 사실을 까맣게 모르고 있을지도 모르지. 일단 내 집에 돌아온 이상 그녀는 독 안에 든 쥐나 다름없네」

두 사람은 현관을 지나 2층으로 올라갔다. 마즈루는 만족한 듯 두 손을 비볐다.

「드디어 이성을 찾으셨군요, 두목」

「글쎄, 어쨌든 결단을 내렸다네. 잘 듣게, 나는 무슨 일이 있어도 포빌 부인의 자살을 막고 싶네. 그리고 그녀를 구할 수 있는 유일한 방법은 진짜 범인인 플로랑스를 고발하는 수밖에 없고 말일세」

「속상하지 않으세요?」

「후회는 없네」

「그럼 저를 용서해 주시는 건가요?」

「오히려 고맙게 생각한다네」

페레나는 이 말을 마치기도 전에 마즈루의 얼굴에 강력하면서도 깔끔한 펀치를 날렸다.

마즈루는 외마디 소리 한번 못 지르고 그대로 기절해 3층으로 통하는 계단에 널브러졌다.

2층과 3층을 잇는 계단 중간에는 하인들이 가재도구나 세탁물을 보관하는 작고 어두운 창고가 있었다. 돈 루이스는 기절한 마즈루를 들쳐 메고 창고로 옮겨, 편안하게 땅에 앉힌 후 상자 하나에 등을 기대 놓았다. 그리고 마즈루의 주머니를 뒤져 손수건을 꺼내 그의 입을 틀어막고는 창고 안에 굴러다니던 냅킨으로 단단히 재갈을 물렸다. 마지막으로 식탁보 두 장으로 마즈루의 발목과 팔목을 묶고 방 양쪽에 박혀 있는 못 두 개에 고정시켰다.

마즈루가 정신을 되찾자 페레나는 빈정거리며 말했다.

「자, 필요한 건 다 갖췄지? 식탁보에 냅킨에……. 배고플 때 먹으라고 입에는 배까지 물려 놨으니……. 천천히 들고 있게. 다 먹고 나면 낮잠이나 자고. 그러면 장미꽃처럼 싱싱해질 거야」

그는 문을 잠그고 회중시계를 꺼내 보았다.

「한 시간 정도 여유가 있군. 그 정도면 충분해」

돈 루이스는 지금 플로랑스를 만나면 우선 그녀가 저지른 모든 범죄를 하나하나 열거하며 마음껏 욕설을 퍼부은 다음 플로랑스에게서 서면 자백을 받아 낼 생각이었다. 마리안의 목숨을 구하는 것이 급선무였다. 그 후엔 페레나 자신도 자기가 어떻게 행동할지 알 수 없었다. 플로랑스를 자기 차로 끌고 가 어느 은신처로 납치할지도 몰랐다. 그녀를 인질로 사법 당국에 압력을 가한다면 마리안 포빌을 석방시킬 수 있을지도 모른다. 아니면……. 그러나 페레나는 지금 앞일에 대해서는 더 이상 생각하고 싶지 않았다. 플로랑스의 즉각적인 해명을 듣고 싶을 뿐이었다.

그는 3층에 있는 자신의 침실로 단숨에 뛰어 올라가 찬물에 머리를 푹 집어넣었다. 지금껏 이토록 맹목적인 본능의 노예가 되어 완전히 이성을 잃고 흥분해 본 적은 단 한번도 없었다.

페레나가 중얼거렸다.

「아, 그녀로군! 그녀의 발소리가 들린다……! 계단 아래에서
올라오고 있어. 마침내 그녀를 마주하게 되는구나……! 단둘이
서……! 아, 왜 이렇게 마음이 떨리는 거지?」

페레나는 침실에서 나와 응접실 앞으로 갔다. 그리고 주머니에
서 열쇠를 꺼내 문을 열었다.

문이 열린 순간 그는 비명을 질렀다.

가스통 소브랑이 거기에 있었다.

단단히 잠겨 있던 방에서 가스통 소브랑은 팔짱을 낀 채 서서
그를 기다리고 있었다.

소브랑의 해명

　가스통 소브랑!

　돈 루이스는 본능적으로 한걸음 물러섰다. 그리고 권총을 꺼내 소브랑을 겨눴다.

　「손들어, 당장 손들지 못해! 안 그러면 쏜다!」

　소브랑은 조금도 동요하지 않았다. 그는 고갯짓으로 응접실 탁자 위에 놓인 권총 두 자루를 가리키며 말했다.

　「제 무기는 저게 답니다. 전 당신과 싸우려고 이곳에 온 게 아닙니다. 당신에게 긴히 할 말이 있어서 왔습니다」

　「어떻게 들어온 거냐?」

　돈 루이스가 고래고래 소리를 질러 댔다. 그는 소브랑의 침착한 태도에 더욱 화가 치밀어 올랐다.

　「복사한 열쇠로 열었겠지, 아닌가? 하지만 어떻게 이 열쇠를 어떻게……. 무슨 수로……?」

상대방은 침묵을 지켰다. 돈 루이스는 발을 동동 구르며 재촉했다.

「당장 대답해 봐! 대답하란 말이다! 안 그러면……」

그때 플로랑스가 정신없이 달려왔다. 그녀는 페레나의 곁을 지나더니 페레나가 그 장소에 있다는 사실을 조금도 개의치 않는 듯 가스통 소브랑에게 몸을 던지며 애원했다.

「왜 오셨어요? 오지 않겠다고 약속하셨잖아요. 저한테 맹세까지 해 놓고…… 당장 가세요! 도망가시라고요」

소브랑은 포옹을 풀고 그녀를 자리에 앉히며 말했다.

「플로랑스, 날 그냥 내버려 둬. 어젠 그저 널 안심시키려고 그런 것뿐이야. 그러니 날 내버려 둬」

「안 돼요, 그럴 순 없어요. 그건 미친 짓이에요. 한마디도 하시면 안 돼요. 아! 제발 부탁이에요. 무모한 짓은 제발 그만두세요」

플로랑스는 격렬하게 외쳤다.

소브랑은 플로랑스 쪽으로 약간 몸을 숙이더니 그녀의 이마에 드리워진 머리카락을 부드럽게 쓰다듬으며 나지막하게 말했다.

「플로랑스, 날 내버려 둬」

페레나는 여전히 방아쇠에 손가락을 댄 채 팔을 쭉 펴고 소브랑을 겨냥하고 있었다. 소브랑이 플로랑스에게 친근한 말투로 말을 건넨 순간, 페레나는 신경이 곤두서며 온몸이 부르르 떨렸다. 그리고 권총을 들고 있던 손에 경련이 일었다. 페레나는 방아쇠를 당기고 싶은 충동을 이겨 낼 수 있을까? 자신의 심장이 타들어 갈 만큼 질투 섞인 증오를 가라앉히기 위해 그는 얼마나 초인적인 노력을 기울여야 할까? 바로 자신의 눈앞에서 저 사내가 뻔뻔스럽게도 플로랑스의 머리를 쓰다듬고 있지 않은가!

페레나는 권총을 다시 제대로 잡았다. 나중에, 나중에 저 두 사람을 죽이든 살리든 어떤 식으로 벌을 주든 그냥 풀어 주든지 간에 그때 가서 가장 적당한 조치를 취할 생각이었다. 일단 두 사람이 자신의 손아귀에 들어온 이상, 원한다면 언제라도 두 사람을 벌할 수 있다는 생각에 그는 조금 여유를 찾았다.

페레나는 소브랑의 권총 두 자루를 집어 서랍 속에 넣었다. 그런 뒤 문을 닫으려고 문 앞으로 걸어가는데 순간 2층에서 어떤 소리가 들렸다. 페레나는 계단 난간까지 나가 보았다. 집사가 편지를 한 장 들고 올라오고 있었다.

「무슨 일인가?」

「마즈루 씨에게 전하는 긴급한 편지입니다」

「마즈루 씨는 나와 함께 있네. 내게 주게. 그리고 지금부터는 아무도 올라오지 못하게 하게」

그는 서둘러 봉투를 뜯었다. 누군가 몹시 급했던 듯 연필로 마구 휘갈겨서 쓴 글씨가 보였다. 편지 끝부분에는 페레나의 저택을 포위하고 있는 형사들 중 한 명이 서명을 해놓았다.

마즈루 반장님, 조심하십시오. 가스통 소브랑이 저택 안에 있습니다. 저택 맞은편에 사는 두 사람의 증언에 따르면 이 저택의 비서로 알려진 젊은 처녀가 한 시간 30분 전, 저희가 보초를 서기 전에 저택 안으로 들어갔다고 합니다. 그런데 잠시 후, 그녀가 다시 별채의 창문으로 몸을 쑥 내밀더니 곧이어 별채 아래에 있는 지하실 통로 입구가 살짝 열렸다고 합니다. 문은 그녀가 연 것이 틀림없습니다. 그리고 곧 한 남자가 광장 쪽에서 나타나더니 저택 담장을 따라 걷다가 이 문을 통해 지하실로 내려갔다고 했습니다.

인상착의를 들어 보니 그자는 틀림없이 가스통 소브랑일 겁니다. 그러니 조심하십시오. 조금이라도 수상한 기미가 보이거나 반장님께서 신호를 보내시기만 하면 그 즉시 저희가 집 안으로 들어가겠습니다.

돈 루이스는 잠시 생각에 잠겼다. 그는 그제야 소브랑이 어떻게 자신의 집에 들어올 수 있었으며 어떻게 가장 안전한 은신처에 숨어 수색을 피할 수 있었는지 이해가 갔다. 페레나는 지금껏 자신의 철천지원수와 한 지붕 안에 살고 있었다.

〈자, 다 지난 일이야. 저자는 이제 볼장 다 본 셈이니까…….
저자의 여자친구도 마찬가지고. 내 총알이나 경찰의 수갑, 둘 중 하나를 고를 수밖에 없는 입장이니…….〉

페레나는 아래층에 대기해 놓은, 언제라도 떠날 준비가 되어 있는 자신의 차에 대해 까맣게 잊었다. 그는 이제 플로랑스의 탈출에 대해서 더 이상 생각하지 않았다. 자신이 두 사람을 죽이지 않는다면 사법 당국이 그들을 알아서 처리할 것이다. 그리고 그 편이 훨씬 더 바람직한 결론인 듯했다. 자신이 범인들을 넘겨주면 사회가 두 사람을 벌하겠지…….

페레나는 문을 잠그고 빗장을 건 후 두 사람의 맞은편에 앉아 소브랑에게 말했다.

「자, 하고 싶다는 말씀을 시작해 보시지」

그들이 있던 방은 매우 좁았기 때문에 세 사람은 어쩔 수 없이 서로 가까이 앉았다. 그 때문에 돈 루이스는 뼈 속에 사무칠 만큼 증오하는 소브랑과 자꾸 몸이 닿는 듯해 불쾌했다.

두 사람이 앉아 있는 의자 사이의 거리는 1미터도 채 안 됐다. 책들로 뒤덮인 긴 탁자가 그들과 창문 사이에 놓여 있었다. 벽이 무척 두꺼워 창틀이 선반으로 쓸 수 있을 만큼 넓었다.

플로랑스가 자기가 앉아 있던 의자를 조금 옆으로 돌리는 바람에 빛이 비껴간 그녀의 표정은 잘 보이지 않았다. 반면에 창문으로 들어오는 태양빛을 정면으로 받고 있던 가스통 소브랑의 얼굴은 똑똑히 보였다. 돈 루이스는 호기심 어린 눈으로 소브랑을 자세히 관찰했다. 그는 곧 소브랑의 젊고 탄력 있는 피부와 생기 있는 입술, 때로는 엄격한 표정을 띠기도 하는 똑똑하고도 아름다운 두 눈에 질투 어린 분노를 느꼈다.

「아니, 왜 어물거리는 거요, 말을 해 보라니까! 나는 당신의 휴전 제의를 받아들였소. 하지만 꼭 해야 할 말을 할 시간만큼만 지속되는 일시적인 휴전이지. 아……, 왜, 갑자기 두려워졌나? 여기까지 온 걸 후회하고 있는 건가?」

돈 루이스가 명령조로 말했다.

소브랑은 침착하게 미소를 지으며 대답했다.

「두려워할 게 뭐 있겠습니까. 그리고 이곳에 온 것을 조금도 후회하지 않습니다. 이제는 우리도 화해할 때가 됐다는 생각이 분명해졌기 때문이죠」

돈 루이스가 기가 막히다는 듯이 외쳤다.

「우리가 화해한다고?」

「못할 이유가 뭐 있겠습니까?」

「우리 둘 사이에 동맹이라도 맺자는 건가, 지금?」

「안 될 이유가 뭐 있습니까? 전 벌써 그런 생각을 여러 번 해 봤습니다. 그런데 방금 법원에서 이 생각이 더욱 분명해졌죠. 그

리고 당신의 주장을 그대로 인쇄한 이 신문의 머리기사를 보고
결정적으로 마음을 굳혔습니다」

　　돈 루이스 페레나의 폭탄선언. 포빌 부인의 결백 주장

　가스통 소브랑은 자리에서 반쯤 일어나 위의 머리기사를 한 단
어 한 단어 힘주어 발음했다. 그리고 다시 자리에 앉으며 말했다.
　「〈포빌 부인의 결백 주장〉, 이 네 단어 속에 모든 해답이 있습
니다, 페레나 씨. 당신이 공개적으로 장엄하게 내뱉은 이 네 단
어는 당신 생각을 그대로 표현하고 있는 겁니까? 그렇다면 이제
정말 마리안 포빌의 결백을 믿으시는 겁니까?」
　돈 루이스는 어깨를 으쓱했다.
　「이보게, 포빌 부인이 결백하든 말든 그게 도대체 우리와 무슨
상관이요? 이건 당신네 두 사람과 나 사이의 일이지, 포빌 부인
과는 아무런 상관이 없소. 그러니 될 수 있는 한 빨리 본론을 말
해 보시오. 그 편이 나보다도 당신들에게 더 유리할 테니……」
　「저희들에게 더 유리하다니 그게 무슨 소립니까?」
　돈 루이스는 언성을 높였다.
　「이 기사의 세 번째 소제목을 잊으셨군. 나는 포빌 부인의 결
백만을 주장한 게 아니오. 그 외에도…… 직접 읽어 보시지」

　　범인들의 체포 임박

　순간 소브랑과 플로랑스는 둘 다 자기도 모르게 자리에서 일어
섰다.

소브랑이 물었다.

「당신이 생각하는 범인들은⋯⋯?」

「빌어먹을! 당신도 나만큼 그들이 누군지 잘 알고 있지 않소? 흑단 지팡이를 든 사내 말고 또 누가 있단 말이오? 그자는⋯⋯ 오, 적어도 앙세니 수석 형사를 살해한 사실만큼은 부정할 수 없을 거요. 그리고 여기 있는 이 아가씨야말로 이 모든 범죄를 도운 공범이지. 두 사람 다 나를 살해하려고 수차례 시도했던 범행을 생생히 기억하고 있을 테지? 쉐셰가에서 총으로 날 겨냥했던 일이나 내 자동차를 미리 조작해 운전사가 죽게 만든 일 등⋯⋯. 그리고 어제는 참, 해골 두 구가 걸려 있던 그 헛간에서는 큰 낫까지 휘둘렀지 아마?」

「그래서요?」

「그래서라니? 빌어먹을! 이제 당신네 두 사람도 더 이상 어쩔 수 없을 거요. 지금까지의 죄 값을 치러야 한단 말이지. 더구나 이제는 호랑이 소굴로 멍청하게 제 발로 걸어 들어왔으니⋯⋯」

「무슨 말인지 통 이해가 안 갑니다」

「이미 경찰이 플로랑스 르바쇠르의 정체와 당신이 지금 여기 있다는 사실을 알고 있소. 벌써 저택을 포위하고 있지. 잠시 후면 베베르 부국장이 들이닥칠 거요!」

소브랑은 예기치 않은 위협에 어안이 벙벙해졌다. 그의 옆에 있던 플로랑스의 얼굴은 새파랗게 질리다 못해 공포로 일그러졌다. 그녀는 이렇게 중얼거렸다.

「아! 그럴 리가⋯⋯! 안 돼요, 안 돼요, 그럴 순 없어요」

그러더니 돈 루이스에게 달려들어 분노에 찬 목소리로 외쳤다.

「아⋯⋯! 이 천하에 비겁한 인간 같으니라고! 당신이 우릴 밀고한 거지! 비겁한 자식! 아! 당신이란 인간이 눈 하나 깜짝 않고 누구든지 밀고하고도 남을 사람이라는 걸 이미 알고 있었어! 망나니 같으니라고! 이 천하에 비겁한……」

그녀는 다리에 힘이 빠져 그만 자리에 주저앉고 말았다. 그러고는 한 손으로 얼굴을 가리고 흐느껴 울기 시작했다.

돈 루이스는 플로랑스에게서 고개를 돌렸다. 이상하게도 그녀에게 어떤 동정심도 느낄 수 없었다. 마치 플로랑스를 조금도 사랑하지 않았던 사람처럼 그녀의 눈물이나 비난에 아무런 감정의 동요도 일지 않았다. 돈 루이스는 이러한 심정의 변화에 매우 만족했다. 플로랑스에 대해 느끼는 혐오감으로 그녀에 대한 사랑이 싹 가셔 버린 듯했다.

그러나 방 안을 조금 서성인 후 그들 앞으로 돌아왔을 때 그는 두 사람이 서로의 손을 꼭 붙잡고 있는 광경을 보았다. 절망에 빠진 두 명의 연인이 서로를 의지하고 있는 이 모습에 갑자기 화가 치밀어 올라 돈 루이스는 자기도 모르게 소브랑의 팔을 잡으며 거칠게 말했다.

「이게 무슨 짓이오. 도대체 무슨 권리로……? 이 여자가 당신 부인인가? 아니면 정부라도 되나?」

페레나는 곧 자신이 내뱉은 말을 후회했다. 방금 전만 해도 완전히 꺼져 버렸다고 믿었던 정열을 폭로해 버린 이 분노의 발작이 페레나 자신에게도 우스꽝스럽게 느껴졌다. 페레나는 얼굴을 붉혔다. 가스통 소브랑이 기가 막히다는 듯이 자신을 바라보고 있었다. 페레나는 상대가 자신의 비밀을 꿰뚫어 본 것이 틀림없다고 생각했다.

한동안 침묵이 계속됐다. 페레나는 경멸과 분노가 가득 담긴 플로랑스의 적대적인 눈초리와 마주쳤다.

그 바람에 페레나는 말문이 막혀 잠자코 소브랑이 입을 열기만을 기다렸다.

그동안 페레나가 기다리고 있던 것은 사건의 진상이나 진상을 폭로함으로써 초래할 비극적인 사건의 뒷얘기가 아니었다. 페레나는 떨리는 가슴으로 초조하게 플로랑스에 대해, 그녀의 감정과 과거, 그리고 그녀와 소브랑과의 관계에 대한 설명만을 기다리고 있었다. 그것만이 페레나의 유일한 관심사였다.

마침내 소브랑이 무겁게 입을 열었다.

「좋습니다. 당신 말대로 저는 독 안에 든 쥐입니다. 그것이 제 운명이라면 피할 생각 없습니다! 하지만 그전에 당신과 잠시 대화를 나눌 수 있겠습니까? 제가 지금 바라는 건 그뿐입니다」

페레나가 대답했다.

「말해 보시오. 이 문은 잠겨 있고 내가 원할 때까지는 열지 않을 거요. 그러니 어서 말해 보시오」

소브랑이 말했다.

「오래 걸리지 않을 겁니다. 게다가 제가 알고 있는 내용도 별로 없고요. 선생께서는 제 말을 믿는 게 쉽지 않으실 겁니다. 하지만 제가 진실을 말할 수도 있다고 생각하고 제 말을 끝까지 잘 들어 주십시오. 바로 완전무결한 진실을 말입니다」

소브랑은 이렇게 해명을 시작했다.

「당신도 아는 바와 같이 이폴리트 포빌의 육촌이었던 저는 꽤 오래 전부터 그와 편지를 주고받았습니다. 그런데 몇 년 전 포빌 부부가 쉬셰가에 자신들의 새 저택을 짓는 동안 당시에 제가 살고 있던 팔레르모에 겨울을 지내러 오게 됐습니다. 두 사람을 실제로 만난 것은 그때가 처음이었죠. 그 후 저희 세 사람은 약 다섯 달 동안 한 동네에 살면서 매일 만났어요. 당시에도 이폴리트와 그녀 사이는 그다지 원만하지 못했습니다. 그런데 어느 날 저녁, 남편과 격렬한 말다툼을 벌인 후 혼자 울고 있는 마리안을 발견했지요. 그녀의 눈물에 저는 그만 마음이 흔들려 제 마음속 깊숙한 곳에 숨겨 놓았던 비밀을 털어놓고 말았습니다. 그녀를 처음 본 순간부터 열렬히 사랑에 빠졌다는 사실을 말입니다. 저는 평생…… 시간이 지나면 지날수록 더욱더 그녀를 사랑하게 될 운명이었던 겁니다」

「거짓말하지 마! 어제 알랑송으로 가는 기차 안에서 당신과 플로랑스가 단둘이서……」

돈 루이스는 도저히 믿을 수 없다는 듯 언성을 높였다.

가스통 소브랑은 플로랑스를 쳐다보았다. 그녀는 팔꿈치를 무릎 위에 올려놓고 두 손으로 턱을 괸 채 잠자코 두 사람의 대화를 듣고 있었다. 소브랑은 돈 루이스의 비난에는 아랑곳하지 않고 자기 이야기를 계속했다.

「그녀 역시 저를 사랑하고 있었습니다. 그녀도 제게 고백했지요. 하지만 동시에 그녀는 자신에게서 가장 순수한 우정 이상은 기대하지 말라고 했어요. 저는 그러겠다고 맹세했습니다. 그리고……, 저는 제 맹세를 지켰습니다. 그날부터 몇 주 동안 저희는 비할 데 없이 행복한 시간을 보냈습니다. 당시 어떤 여가수에게 홀딱 반해 있던 이폴리트 포빌은 자주 집을 비웠지요. 그동안 저는 별로 건강하지 않았던 어린 에드몽과 함께 운동을 하기도 했고요. 그 밖에도 저희 곁엔 가장 훌륭한 친구이자 정 많고 충실한 조언자가 한 명 있었습니다. 그 사람은 늘 저희를 위로하고 용기를 북돋우며 저희와 모든 고락을 함께 했습니다. 뿐만 아니라 저희의 사랑을 위해서라면 언제라도 타고난 고귀한 성품과 자신의 모든 힘을 바칠 준비가 되어 있는 그런 사람이었지요. 바로 플로랑스가 저희 곁에 있었습니다」

돈 루이스의 심장이 한층 더 심하게 두근거렸다. 가스통 소브랑의 말을 전적으로 신뢰하지는 않았으나 어쩌면 소브랑의 말을 통해 플로랑스의 비밀을 밝혀 낼 수 있을지도 모른다는 생각이 들었다. 아니, 어쩌면 자신도 모르는 사이에 이미 가스통 소브랑의 말에 조금씩 마음을 열고 있는지도 몰랐다. 확실히 페레나는 그의 솔직한 태도와 진실한 목소리에 적잖이 놀라고 있었다.

소브랑은 말을 이었다.

「15년 전, 제 친형 라울 소브랑은 당시 이민 가서 살고 있던 부에노스아이레스에서 친구의 딸이었던 한 고아 소녀를 맡았습니다. 형은 죽기 직전에 당시 열네 살이었던 이 소녀를 자신의 늙은 유모에게 맡겼죠. 유모는 아이를 데리고 프랑스로 와 제게 맡기고 온 지 얼마 안 되어 사고로 숨을 거뒀습니다. 저는 이 어린 소녀를 이탈리아로 데려가 결혼한 친구 집에 맡겼어요. 그녀는 그곳에서 공부를 계속해…… 지금의 플로랑스가 된 거죠. 그녀는 자기 힘으로 살고 싶어했기 때문에 가정교사로 일하기 시작했습니다. 후에 저는 그녀를 제 육촌이었던 포빌 부부에게 소개했고 팔레르모에서 어린 에드몽의 가정교사 노릇을 하고 있던 그녀와 재회하게 됐죠. 에드몽은 플로랑스를 몹시 따랐습니다. 뿐만 아니라 그녀는 포빌 부인의 절친한 친구였죠.

짧았지만 찬란하게 빛났던, 이 행복했던 시기에 플로랑스는 저의 절친한 친구이기도 했습니다. 그러나 슬프게도 저희의 행복은, 저희 세 사람의 행복은 어느 날 갑자기 어처구니없는 이유로 끝장이 났습니다. 매일 저녁 저는 비밀 일기에 어떤 사건도, 희망도 미래도 없지만 열렬하고도 찬란하게 빛나던 제 사랑을 써 내려갔습니다! 그 속에서 마리안은 제 여신이었어요. 일기를 쓸 때면 전 항상 무릎을 꿇고 그녀의 아름다움에 대해 길고 긴 찬사를 써 내려갔죠. 뿐만 아니라 가끔 비천한 상상력이 발동하면 그녀가 제게 건넬 법했던 말들을 제멋대로 상상하거나, 저희가 기꺼이 포기했던 모든 즐거움들을 제게 약속하는 가상의 장면들을 제멋대로 창조해 내기도 했습니다.

그런데 바로 이 일기를 이폴리트 포빌이 찾아냈던 겁니다. 단순한 우연이었는지 잔인한 운명의 장난이었는지 도대체 어떻게 그럴 수 있었는지 저는 잘 모르겠습니다. 어쨌든 그는 일기를 발견했습니다.

그는 무시무시하게 화를 냈습니다. 처음엔 마리안을 쫓아내려 했지요. 하지만 아내의 정숙한 태도와 그녀의 결백을 증명하는 증거들, 또한 그녀 자신이 결코 이혼하지 않겠다는 단호한 맹세와 그녀가 다시는 저와 만나지 않겠다는 약속을 듣고 그는 분노를 가라앉혔습니다.

저는 하늘이 무너져 내리는 듯한 절망을 품고 그곳을 떠났습니다. 플로랑스도 해고되어 그들 곁을 떠났지요. 그리고 단 한번도, 단 한번도 이 치명적인 날 이후에 저는 마리안과 단 한마디도 나누지 않았습니다. 그러나 결코 파괴할 수 없는 사랑이 저희 두 사람을 하나로 묶고 있었지요. 이별도 시간도 사랑의 힘을 꺾기엔 역부족이었습니다」

그는 잠시 말을 멈추고 자기 이야기가 돈 루이스의 마음에 어떤 영향을 끼쳤는지 확인하기라도 하듯 돈 루이스의 얼굴을 찬찬히 살폈다. 돈 루이스는 매우 떨리는 마음으로 소브랑의 이야기를 듣고 있었다. 그래서 그의 얼굴에는 초조한 기색이 역력했다. 사실 돈 루이스를 무척 놀라게 한 것은 가스통 소브랑이 경이로울 만큼 침착한 태도를 유지하고 있다는 사실이었다. 소브랑의 두 눈 속에 담긴 표정이나 지극히 개인적인 이야기를 털어놓으면서도 조금도 숨김없는 태도, 여유 있으면서도 꾸밈없는 태도에 돈 루이스는 적잖이 당황했다. 그러면서도 돈 루이스는 생각했다.

〈저자는 완벽하게 연극을 하고 있는 것뿐이야!〉

그러나 포빌 부인도 소브랑과 비슷한 태도를 보였다는 사실이 돈 루이스의 머릿속에 떠올랐다. 그렇다면 처음 생각했던 대로 포빌 부인은 유죄일까? 그의 공범이나 플로랑스처럼 연기를 하고 있을 뿐이라고? 아니면 그 반대로 소브랑의 말에 보다 귀를 기울여야 하는 것일까?

「그래서 어떻게 됐소?」

소브랑은 말을 이었다.

「그리고 나서 저는 중부 지방에 있는 어느 도시에서 군 복무를 했습니다」

「그리고 포빌 부인은?」

「그녀는 파리에 있는 새 저택에서 살기 시작했죠. 포빌 부부 사이에서 과거는 더 이상 문제가 되지 않았습니다」

「그런데 당신이 어떻게 그 사실을 알고 있는 거요? 포빌 부인이 당신에게 편지라도 썼단 말이오?」

「천만에요. 마리안은 어떤 일이 있어도 자신의 의무를 저버릴 여자가 아닙니다. 그녀는 단 한번도 제게 편지를 쓰지 않았습니다. 단지 이 저택의 전 주인, 말로네스코 백작의 비서로 일하던 플로랑스가 종종 자신이 거처하던 별채에서 마리안과 만났습니다. 하지만 두 사람은 단 한번도 저에 대해 이야기를 나눈 적이 없지요. 안 그래, 플로랑스? 플로랑스가 말을 꺼내려 해도 마리안이 그걸 허락하지 않았을 겁니다. 하지만 그녀도 마음속 깊은 곳에는 항상 정열적인 사랑과 추억을 간직하고 있었습니다. 내 말이 맞지, 플로랑스? 결국 그녀의 곁에서 너무 멀리 떨어져 지내는 데 지친 데다 마침 제대도 했기 때문에 저는 파리로 돌아왔습니다. 그게 파멸의 시작이었죠.

약 1년 전의 일이군요. 저는 룰가에 있는 아파트를 한 채 빌렸습니다. 그리고 혹시 마리안이 난처해질 일이라도 생길까 봐, 저는 제가 파리에 있다는 사실을 숨기기 위해 철저히 숨어 지냈습니다. 플로랑스만 이 사실을 알고 있었기 때문에 가끔 혼자 저를 만나러 오곤 했지요. 저는 거의 집 안에만 있었습니다. 외출이라고는 해가 지고 어둑어둑해지면 숲 속에서 가장 외진 길을 따라 혼자 산책하는 게 고작이었지요. 그런데 어느 날 밤, 그러니까……, 어느 수요일 밤 11시경, 저는 저도 모르게 쉬셰가 쪽으로 발걸음을 옮겼습니다. 그리고 마리안의 거처 앞을 지나갔지요. 그런데 우연히 같은 시간, 날씨도 더운 데다 그날따라 유난히 아름다운 밤이어서 그랬는지 마리안이 자기 방 창가에 서 있는 것이 아니겠습니까! 그녀도 저를 보았습니다. 그리고 저를 알아보았지요. 저는 갑자기 물밀듯이 밀려오는 행복에 취해서 떨리는 가슴을 간신히 진정시키고 그곳을 떠났답니다. 그 후 수요일 저녁마다 저는 그 집 앞을 지나갔습니다. 그때마다 마리안이 거기 서 있었어요. 남편의 사회적 위치, 이런저런 사교계 모임이나 공연 관람 등으로 무척 바쁠 텐데도 그녀는 매번 거기 서서 늘 예기치 못한 새로운 즐거움을 제게 선사했죠」

「그래서? 그래서 어떻게 됐소……? 그렇게 뜸들이지 말고 결론부터 얼른 말해 보시오」

돈 루이스는 초조한 목소리로 소브랑을 재촉했다.

돈 루이스는 갑자기 가스통의 나머지 설명을 듣지 못하게 될까 봐 두려워졌다. 그는 자신도 모르게 가스통 소브랑의 말을 조금씩 믿으려 하고 있었다. 돈 루이스가 아무리 냉정한 태도를 유지하려 해도 소브랑의 말은 돈 루이스의 마음을 조금씩 사로잡고 있었다. 플로랑스의 연인이라고 믿었던 남자가 플로랑스 앞에서 다른 여자에 대한 사랑을 외치는 모습을 보며 돈 루이스는 자기도 모르게 마음을 놓았다. 그래서 보다 정신을 집중하고 소브랑의 말에 귀를 기울였다.

「서두르시오, 시간이 부족해」

페레나가 되풀이해 말했다.

소브랑은 고개를 저었다.

「서두르지는 않겠습니다. 제가 지금 하는 말은 모두 한 단어 한 단어 신중하게 생각했던 말입니다. 단어 하나하나에 모두 의미가 있지요. 그중 하나도 빼놓을 수는 없단 말입니다. 일련의 사건들을 하나하나 떼어서 수사를 벌인다면 절대로 그 어떤 해결책도 발견할 수 없을 겁니다. 이 모든 사건들을 하나하나 연결한 전체적인 이야기를 들으셔야 합니다」

「아니, 어째서? 난 잘 이해가……」

「왜냐하면 진실이 이 이야기 속에 숨겨져 있기 때문입니다」

「그러나 당신이 말하는 진실이라는 건 결국 당신의 결백을 주장하는 거 아니오?」

「마리안의 결백을 주장하는 겁니다」

「하지만 당신도 잘 알다시피……, 그녀에게 죄가 없다는 점은 나도 인정한다고」

「그녀의 결백을 입증할 수 없다면 결백하다고 아무리 믿어 봤자 무슨 소용이 있겠습니까?」

「아! 그렇다면 지금 내게 그 증거를 제시하겠다, 그 말이오?」

「제게는 그런 증거가 없습니다」

「뭐라고?」

「당신에게 믿어 달라고 지금 말하고 있는 것을 증명할 만한 증거가 없다고 했습니다」

「그렇다면 내가 당신 말을 들을 필요가 있나? 만약 당신이 설득력 있는 증거들을 제공하지 못한다면 당신이 지금부터 하는 말은 단 한마디도 믿지 않겠소」

돈 루이스는 신경질적인 어조로 말했다.

「어쨌든 그럼 제가 지금까지 한 말들은 모두 믿으셨다는 얘기가 되겠군요?」

소브랑이 침착하게 대답했다.

돈 루이스는 반박하지 않았다. 그는 플로랑스가 아까보다 훨씬 부드러워진 눈길로 자신을 바라보고 있다는 생각이 들었다. 마치 플로랑스의 아름다운 두 눈이 소브랑의 말을 반드시 믿어 달라고 페레나에게 애원하는 듯했다.

페레나는 중얼거렸다.

「계속해 보시오」

이 두 남자의 태도는 무척 인상적이었다. 한 사람은 사전에 심사숙고해서 고른 단어 하나하나에 정확한 의미를 부여하며 자신을 변호하고 있었고 나머지 한 사람은 이 단어의 의미를 하나하나 면밀히 살펴 가며 상대의 말에 귀 기울이고 있었다.

　소브랑이 특유의 심각한 목소리로 이야기를 시작했다.

　두 사람 다 감정의 동요를 철저히 억제했다. 그래서 겉으로는 무슨 철학적인 대화라도 나누는 양 침착한 모습이었다. 지금 두 사람에게 밖에서 벌어지고 있는 일들은 무의미했으며 앞으로 벌어지게 될 일 또한 조금도 중요하지 않았다. 무슨 일이 있더라도, 경찰들의 포위망이 그들 주위로 점점 좁혀 들어오는 바로 이 급박한 순간에도 우선 한 사람은 말을 하고 다른 한 사람은 상대방의 말을 경청해야 하는 특수한 상황에 처해 있었다.

　「지금부터 제가 할 이야기는 당신도 이미 잘 알고 있는 사건들에 관한 해명입니다. 당신이 아직 모르고 있는 사건의 진상 말입니다. 이야기를 듣고 나면 당신도 저희들이 이 사건의 피해자라는 사실을 깨닫게 될 겁니다. 전 어느 날 불로뉴 숲을 산책하다가 불행히도 이폴리트 포빌과 마주치게 됐습니다. 그래서 마리안에게 누가 될까 싶어 급히 주소를 옮겼지요. 리샤르발라스가에 있는 작은 집으로요. 플로랑스는 새로 옮긴 이 집으로도 꽤 여러 번 찾아와 주었습니다. 하지만 저는 더욱 조심하기 위해서 플로랑스의 방문마저 거부하고 우체국 사서함을 통해서만 연락을 주고받았지요. 그러고 나서 조금씩 평정을 되찾았습니다. 절대적인 고독 속에서 제 일에만 몰두했던 시간들이었지요. 다른 것은 아무 것도 기대하지 않았습니다. 그래서 그동안 어떤 위험도, 어떤 위험이 닥칠 가능성조차 저를 위협하지 않았습니다. 그래서 경찰청장과 그의 부하들이 갑자기 들이닥쳐 저를 체포했을 때는 말 그대로 마른하늘에 날벼락을 맞은 기분이었지요. 저는 바로 그때 비로소 이폴리트 포빌과 에드몽의 죽음, 그리고 제가 사랑하는 여인이 체포당했다는 소식을 한꺼번에 알게 됐던 겁니다」

「말도 안 돼! 그건 불가능하다고! 당신이 체포된 날은 그 사건이 발생한 지 이미 보름이 지난 후였소. 그런데 그때까지도 사건에 대해 아무것도 몰랐다는 사실을 어떻게 믿겠소?」

돈 루이스는 또다시 언성을 높였다.

소브랑이 반박했다.

「어떻게 알 수 있었겠습니까? 저는 신문은 절대 읽지 않습니다. 그게 그렇게 이상한 일인가요? 정치인들이 벌이는 어리석은 짓거리나 사회면에 실린 끔찍한 사건들을 읽기 위해 매일같이 30분씩 투자하는 일이 무슨 의무라도 된단 말입니까? 과학과 관련된 잡지나 책만 보는 사람이 있다는 사실이 그렇게 이상한가요? 물론 그런 사람은 극히 드물죠. 하지만 드물다고 해서 아주 없다는 얘기는 아닙니다.

게다가 범죄가 발생한 날 아침, 저는 플로랑스에게 3주간 여행을 떠날 계획을 알리며 작별을 고했습니다. 결국 마지막 순간에 계획을 바꾸긴 했지만 그 사실을 다시 알리지는 않았죠. 그래서 플로랑스는 제가 집에 없다고 생각했을 겁니다. 따라서 플로랑스는 포빌 부자가 살해된 사건이나 마리안의 체포, 그리고 나중에 흑단 지팡이를 지닌 남자가 수배되었으며 경찰에서 저를 용의자로 지목했다는 사실을 제게 알려 주지 못했습니다」

「잠깐……! 베로 형사를 미행해 퐁네프 카페에서 편지를 훔쳐낸 흑단 지팡이의 사내가 당신이 아니라고 우길……」

소브랑이 단호하게 말했다.

「저는 그 사내가 아닙니다」

돈 루이스가 의아하다는 듯 어깨를 으쓱했기 때문에 소브랑은 보다 강한 어조로 주장했다.

「저는 그 남자가 아닙니다. 뭐가 잘못돼도 크게 잘못된 게 틀림없어요. 맹세컨대 전 지금껏 퐁네프 카페라는 데에 발을 들여놓은 적도 없습니다. 사실입니다! 그때까지 저는 제가 필요한 몇 가지 외에는 어떤 것에도 관심을 갖지 않고 은둔 생활을 했다고 말씀드렸잖습니까. 다시 말씀드리지만 정말 아무것도 몰랐습니다. 그런데 하루아침에 청천벽력과도 같은 일을 당했으니……. 그래서 이로 인한 충격으로 순간 제 본성과는 상반되는 상태에 빠져 가장 원초적이고 야만적인 본능에 따라 행동하고 말았습니다. 생각해 보십시오. 누군가가 당신이 세상에서 가장 신성하게 여기는 것에 해를 입혔다고 생각해 보세요. 마리안이 교도소에 갇혔다니! 마리안이 살인 혐의를 받고 있다니! 저는 이성을 잃을 수밖에 없었습니다. 그래서 우선 감정을 억제하면서 그럴 듯한 연기로 경찰청장을 속여 넘겼습니다. 그리고 앙세니 형사를 죽이고 마즈루 반장에게 총을 쏘며 모든 장애물을 제거한 후 창문 밖으로 뛰어내릴 때 제 머릿속에는 단 한 가지 생각밖에 없었습니다. 〈도망가야 한다!〉 일단 자유로워지면 마리안을 구출할 생각이었죠. 사람들이 제 앞길을 가로막는다면? 그들은 결코 무사하지 못할 겁니다. 그들이 무슨 권리로 이 세상에서 가장 결백한 여성을 공격한단 말입니까? 저는 그날 한 사람밖에 죽이지 않았지만 그녀에게 해를 끼치는 사람이라면 열 명, 스무 명도 죽였을 겁니다! 그 순간 앙세니 수석 형사의 목숨 따위가 제게 무슨 의미가 있었겠습니까? 그 모든 악당 놈들의 목숨 따위가 말이죠! 그들은 모두 저와 마리안 사이를 가로막고 있는 장애물에 지나지 않았습니다. 더구나 마리안을 교도소에 처넣은 자들이죠!」

가스통 소브랑은 침착함을 되찾기 위해 안간힘을 썼다. 마리안을 생각하던 그의 얼굴이 처참하게 일그러졌다. 그는 마침내 안정을 되찾았지만 여전히 목소리는 떨렸다. 자신을 송두리째 삼켜버렸던 광기가 되살아난 듯 온몸을 부들부들 떨고 있었다.

소브랑은 떨리는 목소리로 계속 말했다.

「리샤르발라스가에서 경찰청 요원들을 따돌린 후 길 모퉁이에 있는 작은 거리로 돌아섰을 때, 전 이젠 끝장이라고 생각했습니다. 그런데 그때 플로랑스가 나타나 저를 구했습니다. 플로랑스는 보름 전부터 사건에 대해 모두 알고 있었죠. 포빌 부자 살해 사건이 일어난 바로 그 다음날, 그녀는 신문을 통해 이 소식을 알게 되었습니다. 당신에게 신문을 읽어 주면서 말이죠. 그녀가 기사를 읽어 주면 당신은 그녀 앞에서 그 기사들에 대해 논평을 하곤 했습니다. 당신 말을 들으면서 자신이 알고 있던 정황을 따져 본 결과, 플로랑스는 마리안의 적이 바로 당신이라는 확신을 품게 되었습니다」

「도대체 왜 그런 생각을⋯⋯?」

「당신의 행동을 가까이서 지켜보았기 때문입니다. 당신이야말로 모닝턴의 유산을 독차지하기 위해 마리안과 저를 제거할 만한 충분한 이유를 갖고 있는 사람이기 때문이죠. 그리고 마지막으로⋯⋯」

소브랑은 목소리를 높였다.

「마지막으로?」

가스통 소브랑은 잠시 멈칫 하더니 이렇게 잘라 말했다.

「그리고 마지막으로 그녀가 당신의 진짜 이름을 알고 있었기 때문입니다. 그리고 그녀는 아르센 뤼팽이 무언가를 원해서 가지려 한다면 누구도 그를 막을 수 없다고 생각했기 때문입니다」

순간 침묵이 흘렀다. 이런 순간에 침묵은 얼마나 견디기 힘든 것인가? 돈 루이스는 플로랑스를 다시 한번 쳐다보았다. 그녀의 무감각한 얼굴엔 여전히 조금도 변화가 없었다. 이토록 철저히 감정을 숨긴 그녀의 얼굴에서 돈 루이스는 그 어떤 생각도 읽어낼 수 없었다.

가스통 소브랑이 말을 이었다.

「그래서 마리안의 절친한 친구인 플로랑스는 아르센 뤼팽에 대항해 싸우기로 결심했던 겁니다. 뤼팽의 정체를 폭로하기 위해 그녀는 문제의 기사를 써《에코 드 프랑스》지에 보냈습니다. 그리고 어느 날 아침, 그녀는 당신이 마즈루 반장과 통화하며 즉각 저를 체포해야 한다고 말하는 소리를 우연히 엿들었습니다. 그래서 그녀는 저를 뤼팽의 손에서 구출하기 위해 사고의 위험을 무릅쓰고 철문을 작동해 뤼팽을 전화실에 가뒀지요. 그리고 곧바로 리샤르발라스가의 모퉁이로 차를 몰았던 겁니다. 제게 경찰의 습격 소식을 알려 주기엔 이미 너무 늦은 시각이었지만 덕분에 저는 체포되지 않았습니다.

그녀의 당신에 대한 증오와 의심은 곧 제게도 전염되었죠. 경찰들을 따돌리기 위해 20분가량 차로 달리면서 플로랑스는 이번 사건에 대해 개략적으로 설명해 주었습니다. 그리고 당신이 이 사건에서 차지하고 있는 절대적인 비중에 대해서도 말했습니다. 그래서 그 자리에서 당신에게 혐의를 돌리기 위한 역공을 준비했던 거죠. 제가 경찰청장에게 전보를 보내고 있는 동안 플로랑스는 저택으로 돌아가 제가 들고 있던 지팡이 도막을 당신 서재에 숨겼습니다. 결국 이 시도는 별 성과 없이 실패로 돌아갔죠. 하지만 이미 싸움은 시작됐고 저는 이 싸움에 온몸을 던진 겁니다.

　제 행동을 보다 잘 이해하기 위해선 제가……, 외로운 독신자이며 학자인 동시에 정열적인 연인이라는 사실을 떠올리셔야 할 겁니다. 이런 일이 없었다면 저는 평생 동안 묵묵히 일하고 가끔씩 마리안의 집 앞으로 가 창가에 서 있는 그녀를 멀리서 바라보는 것만으로 만족하며 살아갔을 거예요. 하지만 마리안이 그런 지경에 처했음을 안 순간 제 안에 있던 또 다른 나, 어설프고 경험도 없지만 그 어떤 것도 두려워하지 않는 그런 사내가 불쑥 나타났던 겁니다. 어떻게 해야 마리안을 살릴 수 있을지 금방 떠오르지 않았기 때문에, 그녀에게 모든 불행을 초래한 〈뤼팽〉이란 적을 제거하는 일이 제 유일한 목표가 되었습니다.

　그래서 당신을 없애려고 이런저런 일을 꾸민 겁니다. 플로랑스의 별채에 숨어 지내며 당신을 독살하려는 시도도 했지요. 플로랑스는 그런 일에 대해서는 조금도 몰랐습니다. 그러나 그런 제 행동에 대해 플로랑스가 비난하거나 막으려 애를 써도 제 의지를 꺾기에는 역부족이었습니다. 다시 말하지만 저는 완전히 이성을 잃은 상태였어요. 완전히 미쳤던 겁니다. 당신을 제거함으로써 마리안을 구원할 수 있을 거라고 생각했던 거예요. 그래서 어느 날 아침, 쉬셰가에서 당신을 미행하고 있다가 당신에게 권총을 쏘기도 했지요. 또 같은 날 저녁에는 당신의 자동차가 당신과 당신의 공범 마즈루를 죽음으로 몰고 가도록 방향침을 조작하기도 했고요.

　그런데 그날 저녁에도 당신은 제가 친 함정에서 빠져나왔습니다. 그 대신 무고한 운전사 한 명이 당신 대신 숨을 거뒀고요. 이로 인한 플로랑스의 절망은 너무나 컸습니다. 저도 그때부터는 맹목적인 살해 시도를 포기하게 되었습니다. 무고한 사람을 둘씩이나 죽인 데에 대한 가책 때문에 저도 괴로웠으니까요. 전 계획을 바꾸어 마리안을 구해 내는데 온 힘을 기울이기로 했지요.

저도 재산이 꽤 됩니다. 전 마리안이 갇혀 있는 교도소의 교도관들에게 돈을 퍼부었지요. 곧 교도소의 모든 직원들과 내통하게 됐습니다. 그리고 사법부 기자 출입증을 발급받아 매일같이 법원의 예심판사 사무실 앞을 서성거렸지요. 마리안에게 멀리서 눈빛으로나마 용기를 북돋워 줄 수 있을지도 모른다는 희망에서였습니다. 어쩌면 몇 마디 위안의 말을 건넬 수 있을지 모른다는 희망에서…….

그러나 그녀의 수난은 계속되었습니다. 당신은 이폴리트 포빌의 수수께끼 같은 편지들을 공개함으로써 그녀에게 치명적인 타격을 입혔습니다. 도대체 그 편지들은 뭘 위한 겁니까? 무엇보다 어디서, 어떻게 그렇게 갑자기 튀어나오게 됐냔 말입니다! 그러니 그 편지들을 공개한 사람, 바로 당신이 이 모든 음모를 꾸몄다고 믿는 게 당연하지 않습니까? 플로랑스는 쉬지 않고 당신을 감시했습니다. 그렇게 사건을 보다 명확히 밝혀 줄 단서를 열심히 찾았던 거죠.

그런데 어제 아침, 플로랑스는 마즈루 반장이 당신을 방문하는 모습을 보았습니다. 그녀는 그가 당신에게 무슨 말을 하는지는 듣지 못했죠. 그러나 〈랑제르노〉라는 이름과 〈포르미니〉라는 마을 이름을 간신히 알아들을 수 있었어요. 랑제르노! 플로랑스는 이폴리트 포빌에게 그런 이름의 친구가 있었다는 사실을 기억해 냈습니다. 바로 그자가 그 편지들의 수신인이었고 그래서 당신이 그를 찾아 마즈루 반장과 함께 떠나려 한다는 사실을 눈치 챘죠.

30분쯤 후에 저희도 나름대로 조사를 하기 위해 알랑송 행 열차를 탔습니다. 기차에서 내려서는 마차를 한 대 빌어 타고 포르미니로 가 조사를 했습니다. 당신과 마찬가지로 랑제르노가 죽었다는 소식을 접한 후 저희는 그의 거처에 가 보기로 결정했어요. 그런데 랑제르노의 소유지로 들어가는 데 성공한 순간 플로랑스가 정원에서 서성대고 있는 당신을 발견했죠. 플로랑스는 저를 끌고 잔디를 가로질러 수풀이 무성하게 우거진 숲으로 갔습니다. 그녀는 어떻게 해서든 당신과 제가 마주치지 못하도록 하려 했던 거죠. 하지만 당신은 끈질기게 저희를 추격했습니다. 마침 어떤 헛간이 눈앞에 나타났습니다. 그녀는 가까이 있던 문 하나를 밀어 보았지요. 문이 살짝 열리자 저희는 서둘러 어둠 속으로 들어가 바닥에 널려 있던 온갖 잡동사니를 헤치고 다락으로 올라가는 사다리까지 갔습니다. 앞뒤 젤 틈 없이 저희는 즉시 사다리를 타고 다락으로 올라가 숨었지요. 바로 그 순간 당신이 헛간 안으로 들어왔고요.

그 다음에 벌어진 일은 당신도 잘 알고 있을 겁니다. 두 해골을 발견한 사실과 플로랑스가 무심코 낸 소리 때문에 당신의 주의를 끌었던 일, 제가 낫을 휘두르며 당신을 공격했던 일, 마지막으로 당신이 발사한 총 때문에 간신히 창 밖으로 탈출했던 일들……. 저희는 당신의 추격을 따돌리는 데 성공했습니다. 그러나 그날 저녁, 플로랑스는 기차 안에서 잠시 정신을 잃고 말았습니다. 당신이 쏜 총알 한 방이 그녀의 어깨를 스치고 지나가며 가벼운 상처를 냈던 거죠. 심한 상처는 아니었지만 극도로 긴장했던 플로랑스에게는 영향을 주었던 것 같습니다. 망스에서 당신이 저희를 발견했을 때, 그녀는 제 어깨에 머리를 기댄 채 자는 중이었습니다」

돈 루이스는 단 한번도 끼어들지 않고 소브랑의 이야기를 주의 깊게 들었다. 소브랑은 조금씩 침착함과 여유를 잃어 갔다. 그러나 마음속 깊은 곳에서 우러나오는 진실의 목소리는 점점 더 생기를 띠었다. 돈 루이스는 초인적인 집중력을 발휘해 자신의 머릿속에 소브랑의 말 한마디, 동작 하나하나를 빠짐없이 입력했다. 그러자 그의 머릿속에 결백하고 숭고한, 새로운 플로랑스의 모습이 조금씩 고개를 쳐들었다.

그래도 돈 루이스는 완전히 의심을 버릴 수는 없었다. 플로랑스가 결백하다고? 천만의 말씀! 돈 루이스가 지금까지 눈으로 직접 확인하고 추리한 바에 따르면 그녀는 결코 결백하지 않았다. 돈 루이스는 지금껏 자신이 플로랑스에 대해 품고 있던 교활하고 음흉하며 잔인한 살인마라는 이미지를 단번에 버릴 수 없었다. 그렇다. 소브랑은 악마처럼 능수능란하게 거짓말을 하고 있는 게 틀림없다. 진실과 거짓을, 어둠과 빛을 구분할 수 없도록 교묘한 방법으로 이야기를 전개하고 있는 것이다.

틀림없이 소브랑은 거짓말을 하고 있다! 그러나 이 얼마나 감미로운 거짓말인가! 운명에 의해서 자신이 혐오하는 온갖 행위를 저질러야 했지만 결백하며 인간적인, 상상 속의 플로랑스! 소브랑의 이야기 속에 나오는 맑은 눈과 새하얀 두 손을 가진 플로랑스는 얼마나 아름다운가! 그리고 이런 환상적인 꿈속에서 헤매는 일은 또 얼마나 즐거운 일인가!

가스통 소브랑은 또다시 옛 원수의 얼굴을 살펴보았다. 돈 루이스와 매우 가까운 거리에 있던 소브랑의 얼굴은 그가 조금도 감추려 들지 않았던 정열적인 감정으로 밝게 빛났다.

소브랑은 중얼거렸다.

「이젠 제 말을 믿으시죠? 그렇죠?」

「아니, 천만에. 천만에……」

페레나는 소브랑의 말에 쉽게 넘어가지 않으려 안간힘을 쓰며 대꾸했다.

소브랑은 언성을 높였다.

「제 말을 믿어야 합니다. 마리안에 대한 제 사랑이 얼마나 큰지 알아야만 한다고요! 그것이 이 모든 사건의 원인이란 말입니다. 마리안은 제 생명이나 다름없습니다. 그녀가 죽는다면 저도 죽는 수밖에 없습니다! 아……! 오늘 아침에 그녀가 손목을 그었다는 소식을 접했을 때 제 심장이 어땠을지 짐작하시겠습니까? 그것도 당신이 저지른 잘못 때문에! 그 이폴리트의 편지들 때문에 말이에요……! 아! 순간 제가 바란 것은 당신을 죽이는 게 아니었습니다. 당신에게 이 세상에서 가장 끔찍한 고통을 맛보게 해 주고 싶었지요. 불쌍한 마리안, 그런 끔찍한 고통을 앞으로도 얼마나 계속 겪어야 하는지……! 오전 중에는 당신이 아직 저택으로 돌아오지 않았기 때문에 플로랑스와 저는 마리안의 소식을 듣기 위해 교도소와 경찰청, 그리고 법원 주위를 차례로 배회했습니다. 그리고 바로 거기서, 예심판사의 사무실 앞에서 당신을 만났던 거죠. 마침 당신은 신문 기자들이 모여 있는 앞에서 마리안의 결백을 선언하고 있었습니다! 마리안을 변호하는 진술을 하고 있었단 말입니다!

아! 선생! 순간 당신에 대한 제 증오는 온데간데없이 사라져 버렸어요. 그리고 눈 깜짝할 사이에 당신이 친구처럼 친근하게 느껴졌죠. 무릎 꿇고 도움을 요청해야 할 주인이 되었단 말입니다! 공개적으로 자신의 잘못을 시인하는 일이 어디 아무나 할 수 있는 일입니까? 그런 용기와 곧은 마음을 가진 이라면 틀림없이 자신의 착오로 곤경에 빠진 마리안을 구해 낼 거라 믿었습니다. 저는 희망과 기쁨으로 벅찬 가슴을 안고 그 자리를 떠났습니다. 그리고 플로랑스를 보자마자 이렇게 외쳤지요.

〈마리안은 이제 살았어! 그가 그녀의 결백을 공포했어! 그를 만나서 직접 대화를 나눠 봐야겠어!〉

저희는 이 집 안으로 돌아왔습니다. 그러나 당신에 대한 의심을 쉽게 버리지 못했던 플로랑스는 좀 더 경과를 지켜 본 후에 당신을 만나는 편이 좋겠다고 했지요. 플로랑스를 안심시키기 위해 저는 그녀가 시키는 대로 하겠다고 약속했어요. 하지만 이미 저는 한시라도 빨리 당신을 만나기로 결심한 상태였지요. 제 결심은 당신의 발표를 실은 신문을 읽으면서 더욱 확고해졌습니다. 무슨 일이 있어도, 조금도 지체하지 않고 당신에게 마리안의 운명을 맡기고 싶었죠. 그래서 당신이 돌아오기를 기다렸다가 이렇게 직접 찾아온 겁니다」

소브랑은 이제 처음에 그가 보여 줬던 침착한 태도를 완전히 잃어 버렸다. 몇 주 전부터 시작된 싸움에 온 힘을 쏟아 부은 그는 지칠 때로 지친 모습으로 돈 루이스에게 매달리며 애원했다.

「그녀를 살려 주세요. 제발 부탁입니다. 당신은 그럴 만한 능력이 있어요……. 그래요, 당신은 모든 능력을 가지고 있습니다. 당신과 싸우면서 전 당신에 대해 알게 되었죠. 당신이 제가 쳐 놓았던 함정에서 벗어날 수 있었던 것은 단순히 당신의 비범한 재능 덕만은 아니었습니다. 믿을 수 없는 행운이 늘 당신을 따라다

284

넣어요. 당신은 다른 사람들과는 달라요. 당신이 처음 이 방에 들어왔을 때 저를 죽이지 않았다는 사실만 봐도 그렇습니다. 지금껏 그토록 당신 목숨을 집요하게 노렸던 저를! 그리고 저희 세 사람의 결백을, 믿을 수 없는 진실을 그대로 받아들인 사실을 한번 생각해 보세요. 그야말로 기적이 아니겠어요! 이 방에서 당신을 기다리면서, 당신에게 할 말을 준비하면서 전 이미 당신이 그런 고결한 인간이라는 사실을 예감하고 있었습니다! 다른 아무런 증거도 없이 자신의 이성에만 의지하여 마리안의 결백을 외칠 수 있는 사람만이 마리안을 살릴 수 있다는 것을, 살려내고야 말 것이라는 사실을 분명히 깨달았어요. 그러니 그녀를 살려 주세요! 제발 부탁이에요……, 하루라도 빨리 그녀를 살려 주세요! 마리안이 고통받는 것은 더 이상 견딜 수 없어요. 그녀가 교도소에서 산다는 건 불가능한 일입니다. 그녀가 늘 자살하려 하는 것을 보면 모르시겠어요? 어떤 장애물도 그녀를 막지 못할 겁니다. 자살을 어떻게 막을 수 있겠어요? 그리고, 그리고 만약 그녀가 죽는다면……, 아! 법정에 세워 놓을 희생양이 필요하다면 제가 그들이 원하는 모든 것을 자백하겠습니다! 마리안을 위해서라면 그 어떤 형벌도 즐겁게 받겠어요. 하지만 마리안이 먼저 풀려나야만 해요! 그녀를 살려 주십시오. 저는 어떻게 해야 할지 모르겠습니다. 뭘 어떻게 해야 할지 도저히 모르겠어요. 그녀를 교도소와 죽음의 위협에서 구해 주세요……. 그녀를 살려 주십시오, 제발 부탁이에요…… 그녀를 살려 주세요!」

고통으로 일그러진 소브랑의 얼굴이 눈물로 뒤덮였다. 플로랑스도 고개를 푹 수그리고 흐느껴 울기 시작했다. 순간 페레나는 지금까지 자신이 했던 행동에 대해 엄청난 가책을 느꼈다.

페레나는 소브랑의 해명이 끝난 지금에야 비로소 그의 말을 진실로 받아들일 수 있었다. 플로랑스 또한 그녀의 아름다운 모습만큼 고결한 영혼을 간직하고 있을지도 모른다는 생각이 들었다. 또한 그는 눈앞에 있는 두 사람이 그토록 어설프게, 그러나 있는 힘을 다 바쳐 싸우며 구해 내려 했던 아름다운 사랑과 우정이 그들의 힘으로는 도저히 빠져나올 수 없는 철의 장막 속에 갇혀 있었다는 사실을 깨달았다. 그런데 이들을 이토록 처절한 궁지로 몰아넣은 것은 다름 아닌 페레나 자신이었던 것이다.

페레나는 후회가 가득 담긴 목소리로 외쳤다.

「아! 지금이라도 너무 늦지 않았으면 좋으련만!」

페레나의 머릿속에 모든 종류의 감정이, 확신, 기쁨, 공포, 절망, 분노가 한데 얽혀 어지럽게 빙빙 돌았다. 플로랑스의 어깨 위에 경찰의 무시무시한 손이 놓이는 모습이 벌써 눈앞에 보이는 것만 같았다.

「당장 이곳을 떠나야 하오! 당장 달아나야 한단 말이오! 이곳에 남아 있는 것은 미친 짓이요!」

돈 루이스는 이 끔찍한 생각을 떨쳐 버리기라도 하려는 듯 다급한 목소리로 외쳤다.

「하지만 이 집은 이미 포위되지 않았습니까?」

「그래서 뭐가 어떻다는 거요? 내가 경찰이 플로랑스를 체포하도록 그냥 놔둘 것 같소? 천만에. 그럴 수는 없지요. 이것 보시오, 우리가 모두 함께 싸워야 하오. 물론 아직까지 당신에 대한 의심이 모두 풀린 것은 아니오. 앞으로 남아 있는 이 의심들을 말끔히 없애 주시오. 그리고 포빌 부인을 살려 내는 거요!」

「하지만 이미 우릴 포위하고 있는 경찰들을 어떻게 벗어날 수 있겠습니까?」

「우린 그들의 머리 위로 빠져나갈 거요」

「베베르 부국장은요?」

「그는 아직 이곳에 도착하지 않았소. 그가 없을 때 떠나는 게 좋으니 어서 날 따라오시오. 하지만 멀찌감치 떨어져서 오시오. 내가 당신들에게 신호를 보내겠소. 그리고……」

돈 루이스는 빗장을 열고 문의 손잡이를 쥐었다. 바로 그 순간 누군가 방문을 두들겼다.

집사였다.

돈 루이스가 물었다.

「무슨 일인가?」

「페레나 씨, 치안국의 베베르 부국장님께서 방금 도착하셨습니다」

궤주

물론 돈 루이스도 이런 돌발 사태가 일어날 가능성은 예상하고 있었다. 그러나 너무나 갑작스럽게 일어난 일이라 순간 돈 루이스는 멍한 표정으로 이렇게 되풀이해서 중얼거렸다.

「아! 베베르 부국장이…… 벌써 도착했다고……」

베베르 부국장이라는 말에 자신의 모든 희망이 마치 험한 비탈길을 눈앞에 두고 사방으로 흩어져 궤주하는 군대같이 산산조각 나는 듯했다.

베베르가 이곳에 있다. 빈틈없는 공격으로 상대방을 궁지로 몰아넣는 적들의 총두목이 벌써 도착했다.

베베르가 지휘봉을 잡았다면 힘으로 밀고 나가 봐야 소용없는 일이었다.

돈 루이스가 집사에게 물었다.

「베베르에게 문을 열어 주었나?」

「물론입니다」

「그 혼자 왔던가?」

「아닙니다. 안마당에 부하 여섯 명을 대기시켜 놓았습니다」

「그는?」

「부국장님께서는 2층으로 올라오려고 하셨습니다. 페레나 씨께서 서재에 있다고 믿고 계십니다」

「그럼, 부국장이 지금 내가 마즈루 형사와 르바쇠르 양과 함께 있다는 사실을 알고 있나?」

「예, 그렇습니다」

페레나는 잠시 생각에 잠기더니 이렇게 대답했다.

「그에게 가서 날 찾지 못해 르바쇠르 양의 처소로 가 보겠다고 하게. 그러면 그는 아마도 자네와 함께 가겠다고 할 게야. 그렇다면 천만다행인데……」

돈 루이스는 말을 마치기가 무섭게 다시 문을 닫았다.

돈 루이스의 얼굴에서는 불안한 표정 대신 결연한 의지가 빛났다. 행동해야 할 때가 되자 돈 루이스는 결정적인 순간이면 늘 그러하듯 침착함을 되찾았다.

그는 플로랑스에게 다가갔다. 그녀는 새파랗게 질린 얼굴로 조용히 울고 있었다.

「걱정 말아요, 르바쇠르 양. 당신이 지금부터 날 믿고 따라 준다면 조금도 걱정할 필요가 없을 겁니다」

플로랑스가 아무런 대답도 없자 돈 루이스는 그녀가 아직도 자신을 의심하고 있음을 깨달았다. 그러나 앞으로 그녀의 생각을 바꿀 기회가 있다는 생각을 하니 한편으로는 몹시 기뻤다.

그는 고개를 돌려 소브랑에게 말했다.

「내 말 잘 들으시오. 어쩌면……, 만약 내가 성공하지 못하면 우린 다시 만날 수 없을지도 모르오. 그런데 그전에 보다 확실히 알고 싶은 점이 몇 가지 있소」

「어떤 겁니까?」

소브랑이 침착한 목소리로 물었다.

돈 루이스는 머릿속에 복잡하게 얽혀 있는 생각들을 몇 가지 핵심적인 질문으로 요약, 정리한 후 비로소 입을 열었다.

「범죄가 벌어졌던 날 아침, 당신의 인상착의와 일치하는 흑단 지팡이를 든 사내가 베로 형사의 뒤를 쫓아 퐁네프 카페로 들어갔을 때, 당신은 어디 있었소?」

「집에 있었습니다」

「그날 한번도 외출한 적이 없소?」

「물론입니다. 게다가 〈퐁네프〉라는 카페는 가 본 적도, 들어본 적도 없습니다」

「좋소. 다른 질문이오. 당신이 이 사건에 대해 알게 됐을 때 왜 경찰청장이나 예심판사를 찾아가지 않았소? 이런 무모한 싸움을 시작하는 것보다 그들에게 정확한 진상을 밝히는 것이 훨씬 더 쉬웠을 텐데?」

「처음엔 저도 그럴 생각이었지요. 그러나 저를 궁지에 몰아넣은 음모가 너무나 교묘하게 짜여져 있어 그저 진실을 이야기하는 것만으로는 사법 당국을 설득할 수 없으리라는 사실을 깨달았습니다. 결코 제 말을 믿지 않았을 거예요. 게다가 제가 제시할 수 있는 증거가 뭐가 있습니까? 단 하나도 없어요. 반면 저희 두 사람에게 불리한 증거는 셀 수 없이 많죠. 그 끔찍한 이빨 자국 하나로 마리안의 유죄가 입증되지 않았습니까? 게다가 저는 앙세니 수석 형사를 살해한 혐의로 포빌 부자의 사건이 아니더라도 어쩔 수 없이 교도소에 가야 하는 처지였고요. 그러나 마리안을 구출하기 위해선 절대적으로 자유로운 몸이어야 했단 말입니다」

「하지만 왜 그녀는 아무 말도 하지 않았을까요?」

「왜 저희들의 사랑을 밝히지 않았냐고요? 정숙한 부인으로서 차마 그런 말을 할 수는 없었을 겁니다. 하지만 그 이야기를 했다고 뭐가 달라졌겠습니까? 오히려 그녀의 혐의만 확고해졌을 텐데요. 게다가 이폴리트의 편지가 공개됐을 때 바로 이런 사태가 벌어지지 않았습니까? 차례차례 대중에 공개된 편지 세 장은 〈그녀와 제가 서로 사랑하는 사이였다〉는 범행 동기를 사법 당국에 알렸습니다」

「그 편지들에 대해서는 뭐라고 설명하시겠소?」

「설명할 수 없습니다. 저희는 그때까지도 포빌이 저희 사이를 질투하고 있다는 사실도 몰랐습니다. 포빌은 마음속 깊은 곳에 질투를 숨기고 있었던 거예요. 게다가 도대체 왜 그가 저희를 의심했던 걸까요? 누가 포빌의 머리에 저희가 그를 죽이려 한다는 생각을 불어넣었던 걸까요? 왜 그는 그런 터무니없는 악몽과 공포에 시달렸던 걸까요? 알 수 없는 일이에요. 포빌은 저희들의 편지를 갖고 있다고 썼습니다. 하지만 도대체 무슨 편지를 갖고 있다는 겁니까?」

「그렇다면 포빌 부인이 남긴 것이 틀림없는 그 이빨 자국은 어떻게 된 거요?」

「저도 모르겠어요. 저도 도저히 이해할 수 없는 일입니다」

「그렇다면 그녀가 오페라 극장에서 나와 자정에서 새벽 2시 사이에 무엇을 했는지 짐작할 수는 있소?」

「그것도 모르겠습니다. 무슨 함정에라도 빠졌던 게 분명해요. 하지만 어떻게? 누가 함정을 쳤단 말이죠? 그리고 왜 그녀는 무엇을 했는지 밝히지 않는 걸까요? 알 수 없는 일입니다」

「범행이 있던 날 밤, 당신은 오퇴유 역에 있었소. 거기서 대체 무엇을 하고 있었습니까?」

「쉐세가로 가 마리안의 창문 아래를 지나갔습니다. 범행이 있던 다음 주 수요일, 여전히 포빌 부자 살인 사건에 대해서도 마리안의 체포 사실도 모르고 있었던 제가 또다시 쉐세가로 갔다는 사실을 잊으셨습니까? 당신이 제 거처를 발견해 마즈루 반장에게 밀고했던 바로 그날 저녁 말이에요」

「좋소. 다른 질문이오. 당신은 모닝턴의 유산에 대해 미리 알고 있었소?」

「천만에요. 플로랑스도 마찬가지였어요. 그리고 마리안과 포빌도 그 점에 대해선 전혀 모르고 있었을 겁니다」

「포르미니의 헛간은? 어제 처음 그 헛간에 들어갔소?」

「그렇습니다. 그리고 대들보에 걸려 있던 해골들을 보고 저희도 당신만큼 놀랐습니다」

돈 루이스는 입을 다물었다. 그는 필요한 질문은 모두 했는지 다시 한번 생각해 본 후 말했다.

「내가 알고 싶은 것은 이게 다요. 당신도 당신의 결백을 증명하기 위해 필요한 말은 모두 했다고 확신하시오?」

「그렇습니다」

「시간이 없소. 우린 다시 만나지 못할지도 모르오. 그런데 당신은 당신의 주장을 뒷받침할 수 있는 그 어떤 증거도 아직 제시하지 못했소」

「당신에게 진실만을 이야기한 겁니다. 당신 같은 사람에게는 진실만으로도 충분하지 않습니까. 제가 졌습니다. 이제 무모한 싸움은 끝내고 당신의 명령에 따르도록 하겠습니다. 그러니 제발 마리안을 살려 주세요」

「세 사람 다 구해 내겠소. 내일 저녁에 포빌의 네 번째 편지가 나타날 거요. 그러니 이번 사건에 대해 함께 연구해 볼 시간적 여유가 있는 셈이지요. 내일 저녁, 나는 그곳으로 가서 새롭게 발견한 사실들을 토대로 당신네 세 사람이 결백하다는 증거를 찾아 내고야 말겠소. 이를 위해선 무슨 있어도 5월 25일 밤에 쉬셰가의 저택으로 가야 하오」

「제발 마리안에 대해서만 생각해 주십시오, 부탁입니다. 필요하다면 저를 희생해도 좋습니다. 플로랑스까지도……. 전 지금 플로랑스를 대신해 말하고 있는 겁니다. 마리안을 구할 수만 있다면 저희 두 사람은 어떻게 되어도 상관없습니다」

「세 사람 모두 구해 낼 거요」

돈 루이스가 되풀이해서 말했다. 그러고는 문을 살짝 열고 바깥에서 무슨 소리가 나는지 귀를 기울인 후 두 사람에게 말했다.

「꼼짝 말고 여기 있어요. 그리고 그 누구에게도 문을 열어 주지 마시오. 내가 다시 돌아오기 전까지 어떤 구실로도 문을 열어 주어서는 안 되오. 나도 될 수 있는 한 빨리 돌아오도록 하겠소」

돈 루이스는 문을 이중으로 걸어 잠그고 2층으로 내려왔다. 그는 이번에는 평소에 큰 싸움을 앞두고 느끼는 짜릿함을 맛볼 수 없었다. 플로랑스의 목숨이 걸려 있기 때문이었다. 따라서 이번 일의 실패는 돈 루이스에게 죽음보다도 더 끔찍한 결과를 초래할 수 있었다.

층계참에 난 창 밖으로 안마당을 지키고 있는 요원들의 모습이
보였다. 모두 여섯 명이었다. 또 베베르 부국장이 페레나의 서재
에 난 창문을 통해 안마당을 감시하며 자기 부하들과 연락을 취
하고 있는 모습도 보였다.

돈 루이스는 속으로 생각했다.

〈빌어먹을! 아주 자기 초소처럼 딱 지키고 섰구먼. 이번 판은
힘들겠는데, 저렇게 경계를 취하고 있으니. 할 수 없지. 자, 일
단 가 보자!〉

돈 루이스가 거실을 지나 서재로 향하고 있을 때 베베르가 그
를 불러 세웠다. 두 사람은 한동안 서로를 매섭게 쏘아보았다.

단 한순간의 방심도 단 한 치의 오차도 허용되지 않는 긴박한
결투가 시작되기 전 잠시 침묵이 흘렀다. 3분 만에 결판날 승부
였다.

베베르 부국장의 얼굴에 초조감이 섞인 기쁨이 떠올랐다. 처음
으로 그는 이 저주받을 돈 루이스를 상대로 싸울 수 있는 허가
를, 아니 명령을 받았던 것이다. 돈 루이스에 대한 그의 원한은
좀처럼 사라질 줄 몰랐다. 그런데 마침 돈 루이스가 플로랑스 르
바쇠르를 보호하기 위해 그녀의 사진을 변조한 사실이 밝혀져 곤
경에 처한 것이다. 따라서 베베르가 절대적인 우위를 차지하고
있는 지금 그의 만족감은 이루 말할 수 없을 만큼 컸다. 그러나
베베르는 돈 루이스가 다름 아닌 아르센 뤼팽이라는 사실을 잘
알고 있었기 때문에 단 한순간도 경계를 늦추지 않았다.

〈손톱만큼이라도 실수를 하는 날엔 난 끝장이다. 〉

베베르는 긴장된 표정을 감추지 못하며 속으로 이렇게 생각
했다.

그리고 자못 농담을 던지듯 이렇게 선수를 쳤다.

「그쪽에서 나오시는 걸 보니, 집사의 말대로 르바쇠르 양의 별채에 계신 게 아니었나 보군요」

「집사는 내가 지시하는 대로 말했을 뿐입니다. 저는 난 위층에 있는 내 방에 있었거든요. 하지만 내려오기 전에 마무리를 지을 일이 좀 있어서……」

「그래, 이제 일은 다 끝내셨습니까?」

「그렇습니다. 지금 내 방에 플로랑스 르바쇠르 양과 가스통 소브랑이 입에 재갈이 물린 채 꽁꽁 묶여 있지요. 가서 그대로 체포해 가면 됩니다」

베베르가 외쳤다.

「가스통 소브랑이라고? 그렇다면 저택으로 들어왔다는 자가 바로 그자였습니까?」

「맞습니다. 그는 플로랑스 르바쇠르의 처소에 숨어서 함께 살고 있었습니다. 그자가 그녀의 연인이거든요」

베베르가 비웃음 섞인 목소리로 말했다.

「하하…… 그녀의 연인이라!」

「예. 마즈루 반장이 플로랑스 르바쇠르를 심문하기 위해 하인들이 잘 들락거리지 않는 3층의 내 방으로 오게 하니까 소브랑은 자신의 정부가 체포될 것이라는 사실을 예견하고 대담하게도 내 침실로 뛰어들었던 겁니다. 그녀를 제 손에서 빼내려고 했지요」

「그래, 그를 진압하는 데 성공했단 말입니까?」

「그렇습니다」

부국장은 돈 루이스의 말을 단 한마디도 믿지 않았다. 그는 이미 데말리옹과 마즈루에게 들어 돈 루이스가 플로랑스를 사랑한다는 사실을 알고 있었고 또한 돈 루이스가 아무리 질투에 눈이 멀었다 하더라도 자신이 사랑하는 여자를 경찰에 넘길 사내가 아니라는 것을 너무나도 잘 알고 있었다. 베베르 부국장은 한층 더 경계를 강화했다.

「아주 잘하셨습니다. 그럼 지금 당신 방으로 안내해 주실 수 있을까요? 소브랑과의 격투는 힘들었습니까?」

「별로 힘들지는 않았습니다. 곧 소브랑의 무기를 빼앗았으니까. 하지만 마즈루 반장이 그가 휘두르던 칼에 엄지손가락을 조금 베었습니다」

「반장은 심하게 다쳤습니까?」

「천만에요! 그저 살짝 베인 거라 요 옆에 있는 약국에 치료하러 갔지요」

베베르는 깜짝 놀라 발걸음을 멈췄다.

「뭐라고요? 그렇다면 마즈루 반장이 당신 방에서 두 명의 포로를 지키고 있는 게 아니란 말입니까?」

「마즈루 반장이 거기 있다는 말은 안 했는데요?」

「그렇긴 하지만 당신 집사가……」

「집사가 뭔가 착각을 한 모양이군요. 반장은 당신이 도착하기 몇 분 전에 이미 밖으로 나갔습니다만.」

베베르가 돈 루이스를 똑바로 쳐다보며 말했다.

「이상하군요. 여기 있는 내 부하들도 모두 그가 저택 안에 있다고 믿고 있는데……. 반장이 나가는 것을 본 사람도 없고 말입니다……」

돈 루이스가 자못 근심스러운 듯 말했다.

「마즈루 반장이 나가는 것을 아무도 못 봤다고요? 그렇다면 지금 그는 어디에 있는 걸까요? 저한텐 틀림없이 상처를 치료하러 간다고 그랬는데……」

베베르는 점점 더 돈 루이스의 말을 믿을 수 없었다. 베베르는 마즈루 반장을 찾기 위해 자신을 내보낸 후, 페레나가 도망가려는 속셈이 틀림없다고 생각했다.

베베르가 대답했다.

「내 부하를 한 명 보내겠습니다. 약국은 여기서 멉니까?」

「바로 옆 부르고뉴가에 있습니다. 여기서 전화해 볼 수도 있지요」

「아! 전화가 있었지……」

부국장이 되뇌었다.

베베르는 더 이상 어떻게 된 영문인지 도무지 알 수가 없었다. 그는 당장 머리 위로 뭐가 떨어질지 모르는 사람처럼 불안한 표정을 짓고 있었다. 그는 천천히 돈 루이스를 전화실 쪽으로 몰아갔다.

돈 루이스는 마치 억지로 떠밀린 것처럼 전화실까지 뒷걸음질쳐 들어가 한 손으로 수화기를 들고 이렇게 말했다.

「여보세요…… 여보세요, 삭스 24-09 부탁합니다」

통화를 하는 척하면서 돈 루이스는 다른 손에 들고 있던 작은 집게로 전화선 하나를 잘라 버렸다. 전화실에 들어오기 전에 베베르 몰래 테이블에서 집어 숨겨 왔던 것이다.

「여보세요, 24-09번이죠? 약국인가요? 예, 치안국의 마즈루 반장이 지금 거기 있죠? 네? 뭐라고요? 아니 지금 무슨 말씀을 하시는 겁니까? 어떻게 그런 일이……! 정말입니까? 상처에 독이 퍼졌다고요?」

순간 베베르가 돈 루이스를 밀치고 안으로 들어왔다. 그 바람에 돈 루이스는 자신이 바라던 대로 철문 조종 장치가 숨겨진 천장 바로 아래로 물러났다. 베베르는 수화기를 움켜잡았다. 〈상처에 독이 퍼졌다〉는 말에 큰 충격을 받았던 것이다.

「여보세요! 여보세요!」

베베르는 돈 루이스를 감시하며 한 손으로 멀리 가지 말라는 신호를 한 후 고래고래 소리를 질렀다.

「여보세요. 내 말 안 들리시오? 나는 치안국의 베베르 부국장이오, 여보세요……, 마즈루 반장에게 무슨 일이 생긴 거요? 여보세요, 왜 대답이 없으시오? 젠장……」

갑자기 베베르는 수화기를 내려놓고 끊겨 있는 전화선을 멍하니 바라보았다. 그는 급히 돈 루이스에게 고개를 돌리며 얼굴을 찡그렸다.

〈빌어먹을…… 또 당했군!〉

페레나는 베베르의 뒤에서 세 발짝 떨어진 전화실 입구에 태연히 서 있었다. 베베르가 돌자 그는 왼손을 장치가 있는 쪽으로 가져갔다.

페레나의 입가에 미소가 떠올랐다. 사람 좋아 보이는 따스한 미소였다.

「움직이지 말게!」

어떤 위협의 말보다도 페레나의 알 수 없는 미소에 지레 겁을 먹은 베베르 부국장은 꼼짝도 할 수 없었다.

「움직이지 말라고!」

돈 루이스가 명령조로 되풀이해서 말했다.

「두려워할 것 없네. 아플 일은 조금도 없으니까. 말썽꾸러기 소년처럼 5분만 어둠 속에서 벌을 좀 받고 나면 곧 나올 수 있을 거야. 준비됐나? 자…… 하나, 둘, 셋!」

돈 루이스는 조금 뒤로 물러서서 철문을 작동시키는 버튼을 눌렀다. 무거운 철문이 둔탁한 소리를 내며 떨어졌다. 베베르 부국장은 꼼짝없이 전화실에 갇혀 버렸다.

돈 루이스가 빈정거렸다.

「2억 프랑이 날아가는군! 멋진 한판 승부긴 했지만 너무 비싼 값을 치렀는걸. 모닝턴의 유산이여, 안녕! 돈 루이스 페레나여, 안녕! 용감한 뤼팽 씨, 베베르의 복수에서 빠져나오려면 지금 당장 달아나는 게 좋을 거요. 하지만 당황하지 말고 질서정연하게 발맞추어, 하나, 둘, 하나, 둘!」

페레나는 계속 중얼거리며 거실로 나가 대기실로 통하는 문을 잠갔다. 그러고 나서 서재에서 거실로 통하는 문도 역시 잠갔다.

그동안 베베르는 있는 힘을 다해 철문을 두들기며 어찌나 소리를 질러 댔던지 열려 있는 창문 밖을 통해 밖에까지 그의 목소리가 울려 퍼졌다.

돈 루이스가 큰 소리로 외쳤다.

「그 정도론 어림도 없네, 베베르 부국장!」

돈 루이스는 권총을 들어 공중에 연달아 세 발을 쐈다. 그 바람에 유리창 하나가 깨졌다. 그러고 나서 돈 루이스는 서둘러 서재에서 복도로 통하는 작은 문으로 빠져 나온 후 문을 다시 닫고 열쇠로 단단히 잠갔다. 복도는 서재와 거실을 감싸고 있었고 대기실로 통하는 커다란 문이 나 있었다.

그는 이 큰 문을 열고 문짝 뒤로 숨었다.

벌써 발포 소리와 베베르 부국장이 내는 소리에 놀라 안마당에 있던 요원들이 모두 현관과 거실로 뛰어 들어오고 있었다. 그들이 2층에 도착해 대기실로 들어왔을 때 거실 쪽으로 통하는 문은 닫히고 복도로 통하는 문만이 열려 있었다. 복도 저쪽 끝에서 부국장이 고래고래 지르는 소리가 들려왔다. 여섯 명 모두 그쪽으로 달려갔다.

그들 중 마지막 요원이 문지방을 넘었을 때 돈 루이스는 자신이 숨어 있던 문을 천천히 닫고 다른 문처럼 단단히 잠갔다. 그렇게 해서 부국장과 다른 여섯 명의 요원이 모두 꼼짝없이 1층에 갇혔다.

돈 루이스가 중얼거렸다.

「멍청한 놈들……, 적어도 5분은 지나야 상황 파악을 하고 문을 부수려 들 거야. 5분 후면 우린 이미 멀리 달아나 있을걸」

페레나는 지레 겁을 집어먹고 달려오는 집사와 운전사를 만났다. 그는 그들에게 각각 1000프랑짜리 지폐를 하나씩 주며 운전사에게 말했다.

「지금 당장 차로 가 시동을 걸어 놓게나. 그리고 자동차 옆에 아무도 얼씬거리지 못하게 하게. 내가 자동차로 도망치는 데 성공한다면 2000프랑씩 더 주도록 하지. 제발 그런 멍청한 얼굴들 좀 하지 말고! 2000프랑을 벌 수 있느냐 없느냐는 자네들이 하기에 달렸으니 말일세. 그러니 서두르게나!」

페레나 자신은 감정을 최대한 절제하며 서두르지도 않고 3층으로 올라갔다. 그러나 마지막 계단에 도달했을 때 기쁨에 겨운 나머지 이렇게 외쳤다.

「완벽한 승리요! 빠져 나갈 길이 뚫렸습니다!」

페레나는 마침내 작은 응접실 문 앞에 도착했다.

그는 문을 열며 의기양양한 목소리로 또다시 외쳤다.

「완벽한 승리요! 하지만 단 1초의 시간도 낭비할 수 없습니다. 당장 나를 따라오시오」

페레나는 방 안으로 들어갔다.

순간 욕설이 그의 목구멍으로 치밀어 올랐다.

응접실에는 아무도 없었다.

「아니, 도대체 이게 어찌 된 일이지……? 그들이 떠났단 말인가? 플로랑스도……?」

과연 페레나가 생각했던 대로 소브랑은 열쇠를 갖고 있었던 것일까? 그러나 열쇠로 방문을 열었다 하더라도 두 사람이 도대체 어떻게 경관들의 포위망을 뚫고 도망칠 수 있었을까? 그는 방 안을 찬찬히 둘러보았다. 그리고 곧 어찌 된 일인지 깨달았다. 창문 아래 바닥 부분이 마치 상자 뚜껑처럼 열려 있었다. 그리고 그 안에 아래층으로 통하는 매우 좁은 사다리가 하나 걸린 것이 보였다.

돈 루이스는 곧 말로네스코의 선조들이 혁명기에 이 저택에 숨어 지내며 수색 요원들의 추적을 따돌리곤 했다는 사실을 떠올렸다. 이제야 수수께끼가 풀리는 듯했다. 두터운 벽면 내부에 난 통로가 멀리 떨어진 어떤 출구와 연결되어 있어 플로랑스와 가스통 소브랑이 안전하게 저택을 오갈 수 있었던 것이다. 이제까지 그들은 그런 방법을 통해 페레나의 방으로 숨어 들어와 그의 비밀을 캐낸 것이었다.

돈 루이스는 섭섭한 마음에 이렇게 중얼거렸다.

「왜 그들은 내게 아무 말도 하지 않았을까? 틀림없이 아직까지도 나를 의심하는 모양이군……」

곧 탁자 위에 놓인 종이 한 장이 그의 눈길을 끌었다. 가스통 소브랑이 떨리는 손으로 남긴 메시지였다.

당신을 곤경에 빠뜨리지 않게 하기 위해 저희는 나름대로 탈출을 시도해 보겠습니다. 만약 저희가 붙잡힌다면 할 수 없는 일이지요. 중요한 것은 당신만큼은 결코 붙잡혀서는 안 된다는 겁니다. 우리의 모든 희망이 당신에게 달렸습니다.

그리고 그 아래에 플로랑스의 글씨체로 이렇게 적혀 있었다.

마리안을 살려 주세요.

돈 루이스는 예기치 못한 결말에 그만 어안이 벙벙해져 당장 무슨 결정을 내려야 할지 몰라 이렇게 중얼거렸다.
「아! 왜 내 지시를 따르지 않았을까? 결국 우린 이렇게 헤어지게 되었군……」
아래층에서 경찰들은 자기들이 갇혀 있는 방문을 부수고 있었다. 경찰들이 밖으로 나오기 전에 자동차로 갈 만한 시간적 여유가 있을지도 몰랐다. 그러나 그는 플로랑스와 소브랑의 뒤를 쫓기로 마음먹었다. 어쩌면 그들을 되찾아 위험으로부터 구출할 수 있을지도 모른다.
그래서 페레나는 곧 창문 밑의 비밀 통로로 들어가 사다리를 타고 아래로 내려갔다.
약 스무 개쯤 되는 계단을 내려가 2층에 이르렀다. 거기서 그는 손전등을 켜 들고, 매우 낮고 폭이 몹시 좁아 어깨를 비스듬히 해야 통과할 수 있는 터널 쪽으로 발걸음을 옮겼다. 그의 생각대로 이 터널은 벽 안에 뚫려 있는 길이었다.

30미터쯤 앞으로 가자 오른쪽으로 또다시 동일한 길이의 터널이 펼쳐졌다. 그 끝 바닥 쪽에 뚜껑 같은 것이 열려 있고 1층으로 통하는 또 다른 사다리가 걸려 있었다. 아래층에 닿자 밝은 빛이 그를 반겼다. 그는 열려 있는 벽장을 통해 밖으로 나왔다. 평상시에는 닫혀 있던 커튼도 양 옆으로 젖혀져 있었다. 이 벽장은 작은 알코브 전체를 차지한 침대 위로 나 있었다. 침대를 지나 알코브를 방과 분리해 놓고 있던 휘장을 젖혔을 때 돈 루이스는 놀라움으로 눈이 휘둥그레졌다. 그 방은 다름 아닌 플로랑스의 거실이었다.

이제야 확실히 이해가 갔다. 플로랑스는 평상시에 팔레부르봉 광장 쪽으로 나 있는 창문을 통해 가스통 소브랑을 몰래 저택으로 끌어들였던 것이다. 돈 루이스는 거실을 건너 현관 계단을 내려와 식탁 준비실 바로 앞의 저택 지하실로 통하는 계단을 허겁지겁 뛰어 내려갔다. 어둠 속에서 저 멀리 작은 구멍으로 빛이 새어 들어오는 것이 보였다. 광장 쪽으로 통하는 낮은 문에 난 눈구멍이었다. 돈 루이스는 더듬거리며 자물쇠를 찾았다. 운 좋게도 그는 자물쇠를 여는 데 성공해 즉시 문을 열었다.

「아니……, 이럴 수가!」

그는 곧 황급히 문을 닫고 다시 자물쇠를 잠갔다.

제복을 입은 경찰 두 명이 문 앞에 지키고 서 있다가 문이 열리자 돈 루이스에게 달려들려 했기 때문이었다.

이 경찰들은 어디서 온 것일까? 이들이 소브랑과 플로랑스의 탈출을 막았을까? 그랬다면 돈 루이스가 두 명의 탈주자와 마주쳤어야 했다. 그들은 돈 루이스와 정확히 같은 경로를 통해 달아났기 때문이다.

「그래, 이 문이 감시당하기 전에 탈주하는 데 성공한 거야. 젠장! 이젠 내가 파멸할 차례로군. 곤란하게 됐는걸. 토끼처럼 내집에서 붙잡힐 운명이란 말인가?」

페레나는 지하실 계단을 다시 올라갔다. 저택으로 통하는 복도를 지나 안마당으로 몰래 빠져나가 자동차에 올라탄 다음 힘으로 포위망을 뚫어 볼 생각이었다. 그러나 그가 막 안마당으로 나오려는 순간 차고 가까이에서 그가 저택 2층에 가둬 두었던 치안국 요원 중 네 명이 허겁지겁 소리를 지르며 뛰어 나오는 모습을 발견했다.

그리고 곧 대문과 수위들이 쓰는 별채 쪽에서 큰 소동이 일어났다는 것을 눈치 챌 수 있었다. 수많은 남자들이 한꺼번에 시끄럽게 떠들어 댔다. 격렬하게 다투는 소리가 들려 왔다.

어쩌면 이 순간 혼란스러운 틈을 타서 몰래 도망갈 수 있을지도 모른다는 생각에 돈 루이스는 발각될 위험이 있는데도 밖으로 머리를 내밀었다.

그러나 눈 앞에 펼쳐진 광경에 그는 그만 어안이 벙벙해졌다.

한 무리의 경찰들이 벽에 기대선 어떤 사내를 빙 둘러싸고 욕설을 퍼부으며 이리저리 떠밀고 있었다. 손목에 수갑을 찬 그 사내는 다름 아닌 가스통 소브랑이었다.

가스통 소브랑이 붙잡혔다니! 경찰들과 이 두 명의 탈주자 사이에 어떤 일이 벌어졌던 것일까? 두근거리는 가슴을 안고 페레나는 대담하게 몸을 더 앞으로 내밀었다. 그러나 플로랑스는 보이지 않았다. 아마도 혼자서 도망치는 데 성공한 모양이었다.

마침 현관 층계에 나타난 베베르 부국장의 말은 그의 희망을 확인시켜 주었다. 베베르는 분노에 치를 떨고 있었다. 돈 루이스에게 속아 넘어가 전화실에 갇히는 수모를 당한 그는 화가 머리 끝까지 치밀어 고래고래 소리를 질러 댔다.

포로를 발견한 그는 이렇게 소리쳤다.

「아! 적어도 한 놈은 건졌군! 가스통 소브랑! 저자는 어디서 붙잡았나?」

형사들 중 한 명이 대답했다.

「팔레부르봉 광장에서 검거했습니다. 지하실에 있는 문을 통해 도망치고 있는 중이었습니다」

「공범 르바쇠르는?」

「놓쳤습니다. 이미 도망치고 난 후였습니다」

「돈 루이스는? 설마 저택을 빠져 나가도록 놔둔 건 아니겠지? 안 그런가? 내가 포위 명령을 내렸을 텐데?」

「그자 역시 5분 전에 지하실로 난 문을 통해 탈출하려 했습니다」

「누가 그러던가?」

「문 앞에서 보초를 서고 있던 경찰들이 그랬습니다」

「그래서, 그자는 어떻게 했대?」

「다시 지하실로 들어갔다고 합니다」

베베르는 의기양양하게 외쳤다.

「이제 독 안에 든 쥐구나! 그놈한테 참 안된 일이야. 공권력에 반항하고 범인들을 빼돌리려 하다니 이젠 제 놈도 어쩔 수 없겠지. 마침내 그자의 정체를 밝힐 때가 온 거야! 자자, 절대로 그자를 놓쳐선 안 된다! 두 명은 소브랑을 지키고 네 명은 권총을 손에 들고 팔레부르봉 광장을 지키도록! 두 명은 지붕 위로 올라가고 나머지는 나를 따라와! 르바쇠르의 침실부터 수색한다. 그리고 놈의 침실을 뒤져보겠다. 자! 모두 각자 위치로 가!」

돈 루이스는 경찰들이 이렇게 한꺼번에 몰려들 것이라고는 상상도 못했다. 그러나 그들의 작전 계획을 엿들은 그는 일단 아무도 눈치 채지 못하게 플로랑스의 별채로 숨어드는 데 성공했다. 베베르 부국장이 아직 별채로 곧장 통하는 길을 모르고 있었기 때문에 그는 비밀 통로가 여전히 문제없이 작동하는지 확인해 볼 시간이 있었다. 알코브 안쪽, 커튼으로 가려진 벽 뒤에 이런 비밀 선반이 있을 것이라고는 그 누구도 감히 생각할 수 없을 것이다.

비밀 통로로 숨어 들어간 그는 2층으로 올라가 벽 안에 난 긴 통로를 지나 그의 응접실로 통하는 사다리를 올라갔다. 그리고 여기서도 비밀 입구가 아무도 의심할 수 없을 만큼 감쪽같이 숨겨져 있다는 사실을 확인한 뒤 다시 통로로 들어가 머리 위의 입구를 닫았다.

몇 분 후에 그는 경찰들이 요란하게 방의 구석구석을 수색하는 소리를 들으며 숨어 있었다.

이것이 5월 24일 오후 5시 현재 상황이었다. 플로랑스 르바쇠르에게는 구속 영장이 발부된 상태였고 가스통 소브랑은 체포되었으며 포빌은 교도소에서 모든 음식물을 거부하고 있었다. 그리고 세 사람의 결백을 믿고 그들을 구원할 수 있는 유일한 희망이었던 돈 루이스는 자기 집에 꼼짝 없이 갇힌 채 스무 명이 넘는 경찰들의 추적을 받고 있었다.

모닝턴의 유산 또한 더 이상 문제가 아니었다. 유일한 상속자인 돈 루이스가 공권력에 도전하면서 사회 전체를 상대로 반란을 일으켰기 때문이다.

돈 루이스는 스스로의 처지를 비웃으며 말했다.

「꼴좋게 됐군. 바로 이런 게 인생이란 거겠지. 똑같은 문제가 다양한 모습으로 나타나니까. 어떻게 주머니에 돈 한 푼 없는 거지가 자기 소굴에서 한 발짝도 움직이지 않고 스물네 시간 내에 엄청난 재산을 모을 수 있을까? 병사도 탄약도 없는 장군이 어떻게 이미 패한 싸움을 다시 승전으로 이끌 수 있을까? 간단히 말해서 나, 아르센 뤼팽이 무슨 수로 내일 저녁 쉬셰가의 모임에 참석할 수 있을 것이며 거기서 어떻게 행동해야 포빌과 플로랑스 르바쇠르, 가스통 소브랑, 그리고 나의 절친한 친구 돈 루이스 페레나를 구해 낼 수 있는 걸까?」

둔탁한 총 소리가 어딘가에서 울려 퍼졌다. 지붕 위를 샅샅이 뒤지고 벽이란 벽은 모조리 조사하고 있는 것이 틀림없었다.

돈 루이스는 땅바닥에 엎드려서 교차시킨 두 팔 사이에 얼굴을 파묻은 채 두 눈을 감으며 중얼거렸다.

「자, 잘 생각해 보자」

옮긴이 | 심소정

한국외국어대 통번역 대학원 한불과 재학 중이다. 프랑스 대사관 주체 아비뇽 문화 연수 장학생으로 선발되어 파리 소르본드에서 연수를 받았으며, 프랑스 상공회의소 비즈니스 불어 1급 자격증을 획득했다. 현재 ㈜엔터스코리아 전속 번역가로 활동 중이다. 역서로는 『바다 속에는』, 『학교에 가고 싶지 않았던 꼬마』 등 다수가 있다.

아르센 뤼팽 전집 11

호랑이 이빨 上

1판 1쇄 펴냄 2003년 3월 19일
1판 6쇄 펴냄 2014년 9월 22일

지은이 | 모리스 르블랑
옮긴이 | 심소정
발행인 | 김세희
펴낸곳 | 황금가지

출판등록 | 2009. 10. 8 (제2009-000273호)
주소 | 135-887 서울 강남구 신사동 506 강남출판문화센터 5층
전화 | 영업부 515-2000 **편집부** 3446-8774 **팩시밀리** 515-2007
홈페이지 | www.goldenbough.co.kr

© 황금가지, 2003. Printed in Seoul, Korea

ISBN 978-89-8273-428-1 04860 (11권)
ISBN 978-89-8273-417-5 (set)

㈜민음인은 민음사 출판 그룹의 자회사입니다.
황금가지는 ㈜민음인의 픽션 전문 출간 브랜드입니다.